新东方
NEW ORIENTAL

我的美利坚

本科岁月

一个获得美国明星级大学全奖的聪颖女孩，
一个在美国大学毕业典礼上致辞的优秀女孩，
一个驾车两万公里横穿美国的勇敢女孩，
一个正在华尔街顶尖投资银行忙碌的女孩。
她多姿多彩的人生，更是一个个单薄背彩的青春故事……

马俏 著

群言出版社
Qunyan Press

图书在版编目（CIP）数据

我的美利坚本科岁月 / 马俏著. —北京：群言出版社，
2008.4
ISBN 978-7-80080-833-3

Ⅰ. 我… Ⅱ. 马… Ⅲ. 纪实文学—中国—当代 Ⅳ. I25

中国版本图书馆 CIP 数据核字（2008）第 034950 号

我的美利坚本科岁月

出 版 人	范　芳
责任编辑	高　敏
封面设计	赵文康
版式设计	王抒音　兰　玲
出 版 者	群言出版社（Qunyan Press）
地　　址	北京东城区东厂胡同北巷 1 号
邮政编码	100006
网　　站	www. qypublish.com
电子信箱	qunyancbs@126.com
总 编 办	010—65265404　65138815
编 辑 部	010—65276609　65262436
发 行 部	010—65263345　65220236

总 经 销	群言出版社发行部
读者服务	010—65220236　65265404　65263345
法律顾问	中济律师事务所
印　　刷	北京朝阳新艺印刷有限公司

版　　次	2008 年 5 月第 1 版　2008 年 5 月第 1 次印刷
开　　本	880×1230　1/32
印　　张	9.5
字　　数	185 千
书　　号	ISBN 978-7-80080-833-3
定　　价	25.00 元

Dedication

仅以此书献给我的爸爸妈妈，
还有我的弗吉尼亚大学

Contents

I

自序

我叫马俏，今年二十四岁。

数年之前，我和中国其他所有的高中生一样，披星戴月，步履匆匆，日复一日地过着普通又单调的生活。瑰丽的梦想似乎远在天边，遥不可及；通向梦想的路云雾缭绕，迷茫缥缈。

四年之后，我已经从美国弗吉尼亚大学取得了金融和经济双专业并荣誉毕业。去年，我加盟世界最赫赫有名的投资银行之一——雷曼兄弟银行，成为华尔街的一员。回眸这充满了欢笑、汗水和奇迹的五年，数不清的故事和感想，点点滴滴地积累在心头，真有不吐不快之感。更重要的是，我想将自己跌爬滚打的道路描绘成图，送给我所有的读者，只希望你少几分坎坷，多几分坦途。出国的路，毕竟跟世界上其他的路一样，有弯路，有死胡同，可是更有捷径。希望这本书，可以为你照亮那漫漫长路的一个角落。

而同时，让我成为你的双眼与双腿，请跟着我，到美洲各地走走看看。去看看南部的枫叶，北部的霓虹；去听听猫王永恒的歌声，和马丁·路德·金慷慨激昂的演说。

记得年少的我十分喜欢三毛，她的《西风不相识》读了一遍又一遍。她的文章中记录了她年少的时候留洋遇到的许许多多不平之事。因为是华人，她曾受了很多委屈，遭遇了许多不公正。而如今，在弗吉尼亚大学里，人性和善良，穿过了肤色的差异、文化的鸿沟和体制的不同，将来自世界的人们紧紧地连在一起；诚挚的友情，甜蜜的爱情，平等与尊重，不分国界。

在这里，我最感谢的就是我的父母。孩子展翅高飞，不管千里，线的另一头总是拴在爸爸妈妈的手上。没有双亲通过那条细细的电话线源源不断地给我送来的温暖和关怀，我不可能有独自打拼天下的勇气；没有父母的爱，我不可能有一颗爱人的心。我爱你们，爸爸妈妈。

还要深深地感谢所有帮助过我的人，香港的Rosita Ho 基金会，美国和中国的师长好友，新东方的编辑，因为有你们，所以才有这本书的面世；因为有你们，我依旧相信善良，依然相信友情和爱情，依然相信，努力和自信无坚不摧。

梦想起飞

梦想起飞

那是一个很平凡的清晨，电话骤然响起，睡意正浓的我慵懒地爬起，抓起话筒："喂？""马俏吗？你的北京大学录取通知书已经来了，邮差会在五分钟之内送到你家……"

灿烂绚丽的梦想幻化成一只金凤凰，悄悄地落在了我的肩头。

五分钟后，邮差如期而至，后面跟了一位本地记者，我知道他需要的是什么，他需要的是我接到通知书后泪雨成行的激动和难以自已的欢呼。可是我，只是平静地签收，拆封，火红的录取通知书映红了我的脸庞。真的被录取了，而且是第一志愿，北大的元培实验班。我轻轻地叹了一口气，避开了记者不解的目光，仍是对着镜头，抱着那张纸，露出了我最灿烂的笑容。

当自己与那火红的纸单独地无言相对时，我的泪悄悄地由眼角滑下。打开手边的抽屉，护照静静地躺在那儿，上面贴着美国的签证，旁边是弗吉尼亚大学印着金色盾牌的录取通知信和全额奖学金的授予书，再旁边是西北航空公司厚厚的机票，以及码得整整齐齐的旅行支票和现金。再想想大洋彼岸那些素不相识的前辈们拳拳的诚挚和慷慨的相赠，我不禁长叹一声。我已经没有选择，无法回头。北大，对不起，可我真的只能将你放弃。

当你的梦想接二连三地实现，而鱼与熊掌却又不可兼得，你便知道我心里的滋味。

十年寒窗，我奋斗，拼搏，废寝，忘食，刀山火海，枪林弹雨，流血流汗，为了北大，在所不惜；梦想成真的那一刻，却带给我如此终身难忘的憾痛。

一边是北大，一边是弗大，生命的天平，究竟向何处倾斜，有谁可以当我的罗盘？在北大，在这"宝刀屠龙，为我独尊"的中华第一名校，我可以聆听这个民族最优秀的学者字字珠玑的谆谆教诲，可以与这个时代最出类拔萃的学生促膝长谈。"恰同学少年，风华正茂；书生意气，挥斥方遒。指点江山，激扬文字，粪土当年万户侯"这句诗，在我的心中藏了五年，也许只有北大人，才配得起。

而远在万里之外，在美国国父杰弗逊的家乡，我可以拜于世界闻名教授的门下，用我的双眼细细地观看那另外半个地球，并倾听那西风下亚里士多德跨越时空的响亮声音；更用我的心，放下五千年文明古国传人的矜持和骄傲，从美索不达米亚到巴比伦，去品味那同样古老而神秘文化的传人对自己文化深刻而感人的诠释。

我的心中，对于美国，对于西方的历史和文化，有那么多的问号。我想知道，雅典光辉灿烂的文化为何悄然隐退；我想知道，在曾经炮火纷飞的巴尔干半岛上诞生的古老文化，如何深刻而久远地塑造了整个美国和西方的历史；我想知道，在这个文化里，是什么孕育了三次工业革命……我想知道的，太多太多。北大，原谅我，现在将你放弃，只因为我想在不远的将来，更好地耕耘你所在的土地。

一步三回头，我终于扬手挥别了北大。两个星期后，美国西北航空公司的波音飞机呼啸而起，载着我，向遥远的国度飞去。飞机起飞的时候，旅客们都俯视那越来越远去的大地，而我却仰视那越来越近的蓝天。梦想，腾空而起。

学英语的实话实说

跟现在的中国小孩相比，我十二岁才真正开始学习英语，已经是太晚了。可是，我这只笨鸟，尽管晚飞，竟然还没有落后。

我高二那年考托福，第一次便考了近650分。到了美国之后，每个跟我侃侃而谈的美国人，都会习惯性地问我是哪里人。而有意思的是，我一年级上半学期的时候，美国人还会问我从哪个国家来，知道我从中国来了不到三个月后都竖起大拇指说我的英语真了不起；一年级下半学期的时候，别人开始问我从哪个州来的，而我总会纠正，应该是问我从哪个洲来，毕竟亚洲不是美国的五十个州之一。从二年级开始，我一口纯正的弗吉尼亚口音听不出真伪，其他人开始问我是从弗吉尼亚的南部还是北部来的，我懒得纠正便含糊地说南方，毕竟广东论纬度还是在弗吉尼亚州的南方。二年级暑假我在北部实习学了一口纽约口音。纽约人的眼睛里揉不进沙子是世界闻名的，不久前纽约人更是因为公共场所插队而引起的枪击案令善良的弗吉尼亚居民闻风丧胆，如今我在纽约，每每排队的时候，我的口音使我经常被误认为纽约人，因此从来无人敢冒着生命危险插我的队，任由我狐假虎威打着纽约人的旗号招摇过市。

在文理学院里修美国历史课，我写的论文总是最高分。每次教授发论文的时候都不忘打击一下美国同学："这次写得最好的论文，又是一个国际学生的论文。

你们在自己的国家用自己的语言上自己的历史课，竟然让国际学生拿了第一，应该反省。"教授的"反省"意味着这个星期有额外的作业，于是教室里一片怨声载道。我在商学院里修市场金融课，学期末的演讲我总是主讲。于是偌大的讲坛上，经常是四个金发的美国人站在我这个黑发的、身材娇小的亚洲女孩后面让我当主角，不失为一景。

我不想在这里饱汉不知饿汉饥地说把英语学好很简单。学英语是一个很漫长、很艰难的过程，想把英语学好，需要很大的毅力和勇气。但是这个过程，跟世界上大部分的事一样，是有捷径的。而现在，我就带着你去看看这条我走出来的捷径。

工欲善其事，必先利其器

在品质参差不齐的英语参考书充盈市面，各种令人热血沸腾的许诺不绝于耳的今天，挑选参考书成了学习英语艰难的第一步。以下的数套教材是我自己在六年英语学习中的左膀右臂，令我受益匪浅。现在详列出来并附上我的介绍和体会，以飨读者。

1.《走遍美国》(*Family Album U.S.A.*)

这套系列教材若按照英文本意应直接翻译为《美国家庭相册》，开始我对这个译名颇为不解，后来由于对这套教材深为钟爱才体会到译者的深意。这套多媒体教材涵盖了美国家庭、教育、运动等生活元素，融入了亲情、爱情、友情，真可谓美国"万花筒"。更重要的是，这套教材处处渗透着美国人的价值观和理念，让我们了解到比语言更深刻的美国社会现象。不夸张地说，熟悉了《走遍美国》，你真的可以遍游美国。

教材以电视剧的形式将 Stewart 一家的故事娓娓道来。虽然美国的麦克米伦公司早在上个世纪七十年代就推出了这个电视系列，但是在这个父慈母爱、夫妻融洽、儿孙满堂的家庭里发生的每一件事今天看起来都没有过时，和现在的美国家庭每天发生的事情一般无二。我到了弗吉尼亚后有一个友好家庭（host family）*，不久我就发现这个家庭简直就是 Stewart 家的翻版。《走遍美国》里关于描写家庭细节的准确性令我惊诧不已。

2. 新概念英语（*New Concept English*）

这套风靡了全球三十多年的教材到现在还是宝刀不老，也是我学英语时的启蒙教材之一。我对这套教材第二册和第三册的了解程度是到今天大部分的章节我还可以一字不差地背诵出来。其实《新概念英语》从来就不是真正意义上的"新概念"，所有的课文用的并不是最流行的语言，而是最经典、最长盛不衰的语言。这套书的第四册因为科技类文章居多，所以我没有仔细阅读，后来有时间随便翻了翻发现很多名词已经过时，毕竟世界科技日新月异，当年令人类不可思议、啧啧称奇的东西现在几乎已经被淘汰。所以我强烈推荐这套教材的一至三册。

---

*关于我的友好家庭的故事请看第 114 页《拜德家的故事》

3. 听力训练

练习英语听力的第一位良师是《英语听力入门》。这套又名 *Step By Step* 的听力教材可谓是听力材料中的经典,在市场所有琳琅满目的听力教材中雄踞首位。和新概念一样,这也是一套极富个性的教材。和其他呆板生硬的材料相比,它以其鲜活的生命力、强烈的场景感独树一帜。里面各种各样的背景杂音,男女老少的不同嗓音,使我真正感受到英语决不枯燥,决不是一些毫无意义的字母组合,而是一门充满生机的语言,承载着无数和我一样的人们的喜怒哀乐。这一点认识,现在回想起来很是幼稚肤浅,但是对一个初学者来说,对一门语言的兴趣、认识和尊重却是至关重要的。

从 *Step By Step* 听下去,我陆陆续续地听完了北京外研社出版的《英语初级听力》和《英语中级听力》。如果朋友们要问学完这两套教材的听力可以达到一个什么水平,我可以直截了当地告诉你,学完这两套书,我高二的上学期考托福,听力只错了一题。到美国上学后,我平时无论是上晦涩难懂的政治课,还是在口音浓重的教授麾下做研究,从来没有如听天书的感觉,我的笔记,和所有美国学生的一样,干净、完整。

4. 其他英文读物

上了高中之后,我开始广泛涉猎各种英文出版物。《疯狂英语》杂志是每月必听必看的。对我来说,这并不是一种学习任务,而更多的是一种娱乐和消遣,并顺便背几个单词,何乐而不为? 除了《疯狂英语》,《英语随身听》、《21世纪报》、《新东方英语》也都是可读之物。

对于能用因特网的朋友们，最有效而又经济的办法莫过于阅读网上新闻。美英各大新闻报纸，都有网上完整版。我经常读的是《纽约时报》(*New York Times*, www.nytimes.com）和《华盛顿邮报》(*Washington Post*, www.washingtonpost.com）。这类报纸网上版都是免费的。最地道的英语，最新的时事，可谓是完美的学习材料。如果网速够快，有些新闻网例如CNN新闻网还有网上新闻录影片断，音色俱全。在电脑上装一个金山词霸，随时查阅并记录生词，方便快捷。

这里还要说一句，我对那种所谓的"疯狂英语"学习法实在不敢苟同。我学习英语最大的心得就是不能靠心血来潮、血气方刚，而是靠日积月累、聚沙成塔；不是靠一时一刻的疯狂，而是靠地久天长的坚持。相对于汉语来说，西方语言的语法更为复杂，本来就是一种难学的语言。美国的小孩子到了三岁多还不会像模像样成篇成章地说话，而中国的小孩子已经可以摇头晃脑地出口成章了。如果本地的小孩子还在按部就班、牙牙学语的时候，一群外国人却如同宗教一般地狂热于语言速成，在我看来是很愚蠢的做法。学英语，有捷径，但没有电梯。路，还是要自己一步一步地走。

凡事预则立

有了这些学习资料还远远不够，更重要的是如何去应用它们。在这里，我建议各位朋友为英语学习制定一个至少三年的计划表。如果说好书如宝刀利剑，那么这个计划表就是真正的武功秘籍。计划长远，并持之以恒地执行和完善这个计划是学好语言至关重要的一个环节。在这里，我将自己学英语的进度表毫无保留地公布出来，仅供各位参考。

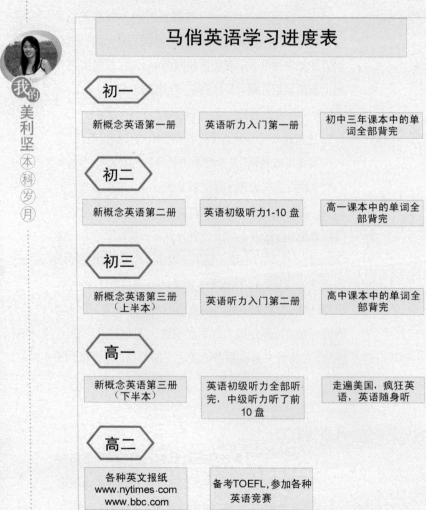

马俏英语学习进度表

初一

| 新概念英语第一册 | 英语听力入门第一册 | 初中三年课本中的单词全部背完 |

初二

| 新概念英语第二册 | 英语初级听力1-10盘 | 高一课本中的单词全部背完 |

初三

| 新概念英语第三册（上半本） | 英语听力入门第二册 | 高中课本中的单词全部背完 |

高一

| 新概念英语第三册（下半本） | 英语初级听力全部听完，中级听力听了前10盘 | 走遍美国，疯狂英语，英语随身听 |

高二

| 各种英文报纸 www.nytimes.com www.bbc.com | 备考TOEFL，参加各种英语竞赛 |

北大赌留学

　　我，从来就不是一个执意要出国的学生。从小学到高中，未名湖的影子就一直在我的梦中徘徊。对从小喜欢文科的我，我的天堂，名字叫北大。倾向英语的"偏科"，也是偶然之举。仿佛是一种天生对语言的喜爱，我学英语学得如痴如醉，不能自已。来到美国后回头一看，留学这条路仿佛真是冥冥中命运的安排。

　　高中的时候，十七岁的我第一次出了国门，拿了一个由澳大利亚的新南威尔士大学举办的国际中学生英语能力竞赛的特等奖，仿佛一下子就发现了门外的鸟语花香。就像哥伦布发现了新大陆，我发现原来世界上其他国家也有着很好的大学，留学的念头，在我心中不知不觉地播下了种子。

　　高一的时候，一个偶然的机会认识了一个叫肖恩的美国小老师。他那个时候刚刚大学毕业，热血方刚，发现我对英语和留学有兴趣，便极力鼓励我去美国留学。肖恩是我认识的第一个美国人，也是我认识的最善良友好的人，我便决定了，如果要留学我就要去美国。当时的想法特别单纯，我看着肖恩，料想如果美国是一个充满了像他这样的人的国家，那么我入乡随俗一定毫无问题。

高二的时候，我看了一本书，书的名字叫做《哈佛女孩刘亦婷》。对很多看过这本书的人来说，这是一本很有启迪意义的教子之书，而对我来说，这本书是我的圣经。突然发现，原来出国并不是虚无缥缈的事情，原来出国可以从现在做起。于是，和爸爸商量了很久，我很果断地做出了一边考高考，一边准备出国的决定。当时，我在做这个决定时，许多师长们苦口婆心，甚至有些人呵斥我"用前途开玩笑"。于是，四百多个日日夜夜，别人看见的是我披星戴月，只有我自己知道，我在进行我人生最大的一次赌博，我的赌注，是北大。

我所在的学校江门一中是广东省最好的中学之一，在决定申请前，我多次的模拟考试排名稳居文科第一名，以往年的行情估计，文科第一名的成绩大概是830分左右，北大的录取线是800分。在决定申请美国大学后，我每天白天在学校跟别人一样卖力地准备高考；每天晚上六点钟回家后的六个小时，却只作申请之用。为了集中精力申请，甚至都不背书包回家。这样经过了一个学期，到申请结束的时候，我的成绩下滑到文科第三名，估计是780分左右。

那是很难熬的一个寒假。申请已经寄出，在寒冷的大西洋上空来往穿梭。北大的梦已经缥缈无影，而多少次的午夜梦回，只有多年的北大梦破碎的清脆声音。可是，我把厚厚的申请资料一页页翻看最后一遍，告诉自己，这份经历，千金难买，为了这个遥远的希望，我甘愿把目标从北大降到中山大学。中大成为了我的目标后，有了这所设备一流、资金雄厚、享誉中外的本省大学垫底，我一心一意地回到了高考的准备中来。申请的焦虑，北大的伤痛，全部被我轻轻地放下。

四月如期而至，在广东省最为权威的广州一模里，我竟然力创几所名校的尖子，再次在文科班里一骑绝尘，遥遥领先。四月底，守得云开见月明，美国大学的全奖翩然而至。七月份，我为了恪守对母校的一言承诺参加了高考，在荒芜了从四月到七月的两个月后，凭着一颗平常和平静的心，赢得了北大文科元培实验班的录取通知书。

但是，我很清醒地意识到，我的例子有很大侥幸的成分，也就是说，我绝不敢保证，即使名牌中学的尖子生，即使我自己，再重走同样的路时，可以这样的两全其美。在这里面，确实有很多命运的厚爱。我自己虽然最后仍是上了北大的录取分数线，但是假如当初没有美国大学每天六个小时的"干扰"，上850分应该如囊中取物。记得前几年上了哈佛的刘亦婷的父母在为她估分时，也做出了从北大降到一所一般大学的准备，证明了一般的中学生为了申请美国大学耗费了大量时间和精力，这种风险和牺牲似乎是无法避免的。

这就意味着，你也许不能如愿以偿地考上北大、

清华一类的顶尖学校。但是每个决定申请的朋友应该问
自己的问题是，对你来说，用北大赌全奖，输了却并不
会一输到底，至少还有一所全国前二十名的大学保底，
到底值不值？

我从来都认为，我的血液中总有那么一股蠢蠢欲
动的赌徒意识，因此我到底还是选择了这场如履薄冰
的赌博。

我一言九鼎的赌场庄家说，你买进的筹码，叫托福。

我的
美利坚本科岁月

考托经历

决定了参加五月份托福考试的时候，已经是二月份。当时还是高二的我，虽然对英语从来没有过一丝一毫的放松，毕竟年龄还小，对自己说"我要考托福"的时候多少还是有些底气不足。随便找了一份往年的试卷做了一次，竟然过了600分，一下信心大增。高二的时间贵如油，况且我当时身在南方，参加专业的托福训练班是既没有时间也没有条件，于是爸爸不辞辛苦地在网上邮购了一堆北京新东方考托的书籍。两个星期之后，各种考托秘籍陆续摆在我的书桌上，精神抖擞地炫耀着身上大大的"TOEFL"字眼。

于是，我奋不顾身地跳进托福的海洋，每天除了上正课的时间，其他所有的零碎或者整块的时间——自修课、晚自修、课间以及茶余饭后都被托福毫不客气地占得满满的。日子虽苦，却别有一番滋味在心头。首先，得益于平时英语的底子好，听力从来就不是问题，跟平时听的《英语听力入门》的中级版比起来，托福听力发音清晰，语速慢，而且没有背景音的干扰，竟然十分好听。那种感觉就像是一个北京人听尽了各个地方南腔北调的普通话后突然听见了中央人民广播电台的广播一样，格外的亲切悦耳。于是，练托福听力，竟然变成了苦闷生活中的一种自娱自乐。阅读做了几套试题发现问题也不大，科普的文章大多平铺直叙，其实最易懂不过，就连我这个中学生也发现这些短文通俗易懂，趣味盎然。

我最大的问题还是语法。由于从小英语就是凭着兴趣学的，对口语、听力和阅读都一直勤练不懈，唯有语法，我一向固执地认为语法不过是系统化的语感，只要口语阅读练上去了，时间花到了，语法会水到渠成。这个说法其实也没错，我到了美国之后开始写论文还是经常有语法错误，后来时间长了，语法自然就慢慢规范了，可是当时对于一个高二学生，我的语感还没有强到可以代替系统的学习，于是托福的语法频频出错，一开始竟错三分之一。于是我开始了语法方面的系统学习，常常是一手捧着一本托福试题，一手拿着一本好的语法书。我通常都选择新东方的语法丛书。新东方的老师们博闻广识，侃侃而谈，常常令我受益匪浅。他们那充满个性、幽默而又一针见血的讲解也经常令我有醍醐灌顶之感。另外，我的桌面上常常还放着一本厚厚的语法经典《张道真语法》，以便解答我遇到的疑难问题。就这样，从 1980 年到 2001 年所有的托福语法题，全被我细细地做了一次。几次模拟，我的成绩已经提高到 630 分以上。

考试的时间如期而至。我整理行装，抖擞精神，神采奕奕地来到了广州考场。广东外语外贸大学在广东省外语界赫赫有名，只恨以前无相见之缘。偌大的新校园莺飞草长，鸟语花香，春光明媚。正当我满意地注视着底楼的考场时，忽然天空中隆隆作响，只见一架银色大鸟疾速地从空中划过，飞往仅数百米之外的广州白云机场。我心中暗暗叫苦，白云机场的飞机大约四分钟就起落一架，头顶隆隆作响对考试能没有影响吗？心一下子凉了半截，爸爸看穿了我的心思，安慰我说："教室里声音应该不大。"我勉强笑了笑，心里仍是七上八下、忐忑不安。

进考场前，我和其他考生一起在广外的休息厅小憩，看见其他的考生大都还戴着耳机，紧张地准备着考试，我的心情反而很平静。环顾四方，我的年纪大概是最小的。在高中的时候尝试一下这种级别的英语考试，无论结果如何，都会是一种宝贵的人生经历。

考试开始了，果然像爸爸说的那样，教室的隔音效果很好，隆隆的飞机起降声完全被滤去，我全神贯注地开始了考试。写作的题目是关于环保的，我平时经常关注社会环保问题，因此得心应手，洋洋洒洒地写了好几段。听力，势如破竹，跟平时在家里的练习完全一样，没有任何突发事件。语法我有几个吃不准，多读了几遍凭着语感猜着答。阅读也进行得很顺利。三个小时以后，我跟进来的时候一样，平静地走出了考场，心中知道，我是不用再考一回了。

两个星期后，我在美国的朋友帮我查了成绩，647分，写作是5分。听力和阅读几乎全对，语法错了三题。我松了一口气，迄今为止，美国大学要求的唯一硬件指标，我达标了。

苏格兰

投石问路

考完了托福以后，准备申请美国大学的硬件工作就正式告一段落。接下来的工作，就是要积极地开始搜集各个大学的材料并开始联系各大学的招生办。

搜集大学的材料，要从大学的网站做起。"美国新闻与世界报道"网（www.usnews.com）上有各所大学近年来的排名以及大学的网址，我将排名前五十的大学逐一看过，摘抄我所感兴趣的信息。当时我备有一个笔记本，为每所大学留有几页空白页，以供这种信息的摘抄。在每所大学的空白页中，我记录了这所大学的强项学科，是否给国际学生奖学金，每年招收多少国际学生，以及大学招生办公室的联系电邮和网址。这个方法十分行之有效，因为每天看的信息量大，十分容易混淆，当最后决定申请哪些大学的时候，只要翻开这个笔记本，各所大学的重要信息便一目了然，方便横向比较。在开始联系大学时，也可以在联系过的大学旁边作个记号，避免遗漏。

大学里的网站消息固然是最可靠的官方消息，但也不可以小瞧与大学招生办公室的联系。因为每所大学都有形形色色的来自官方和民间的奖学金，不少小的奖学金没在网上公布，却年年照发。我后来在弗吉尼亚大学拿的奖学金，就是一个私人设立的奖学金。弗吉尼亚大学是一个公立大学，对国际学生不设立官方的奖学金，但百万富翁们在这所大学里却设立了不少专门给国际学生的各种名目的奖学金。弗吉尼亚大学招生办的工作人员，就是在我去信询问后给我介绍了几种我可以申请的、却没有在学校网站上公布的奖学金。

我当时给所有我感兴趣却又不设立国际学生奖学金的大学招生办公室发去了一封电子邮件，询问有关奖学金的事项。这些电子邮件应该言简意赅，既要简单介绍一下自己的情况，又要着重突出自己关心的问题。邮件大概如下：

Dear Staff at the International Admissions Office,

My name is Qiao Ma and I am a high school junior* in Guangdong, China. I currently rank among the top students in my high school and I am very interested in applying for

---

* 美国英文中高中一年级是 first year in high school，二年级是 junior，三年级是 senior。

the undergraduate program in your institution.

I would be very appreciative if you could give me some information regarding the scholarships that are applicable to international students from China.

Thank you very much for your time.

Yours sincerely,

Qiao Ma

中文翻译大意如下：

亲爱的 XX 大学办公室工作人员，

我的名字叫马俏，是中国广东的一名高二学生。我在我的学校名列前茅，并对贵校的本科项目十分感兴趣*。

我想询问一下贵校关于本科国际学生的奖学金的情况。十分感激您的帮助。

马俏

各位有志于申请美国大学的同学要注意，这种信大多是石沉大海、杳无音信的。大部分的大学在网址上公布的信箱，都是形同虚设，大学招生办公室每天接到数以千计的电子来函，没有人力物力去一一答复。大部分的邮件都会弹回一个自动答复，无非是让申请人自

---

*如果对这所学校具体的学科例如经济、生物等等有兴趣，也可以说对贵校本科的经济、生物科学项目十分感兴趣。

己去看大学的网站并抱歉不能一一答复邮件等等。这个时候有一个小窍门：可以在大学的网站上找到大学招生办公室主任的名字，然后在该校的人物引擎（people search）上根据名字找到他／她的电邮和电话，最后直接与招生办主任取得联系。大多数的招生办主任对直接发到他们个人邮箱的信件不会置之不理，至少也会让助手回复。

得到各所大学的回复之后，我将从电子邮件上得到的信息详细地记录在笔记本上，锁定了几所我准备申请的大学。这些大学全部都是全美排名前三十名的明星级大学。我当时的原则就是宁缺毋滥。如果申请不成功，在中国我上的一定是顶尖大学，"留得青山在，不怕没柴烧"，以后还会有申请出国留学的机会。如果在美国屈就了一个普通大学，那么找工作、继续升学的前景便会受到很大的限制。

经过慎重考虑后，我申请了哈佛、耶鲁、哥伦比亚、宾夕法尼亚、芝加哥、弗吉尼亚大学以及康涅狄格州的韦斯利恩大学，这些大学都为国际学生设有专门的全额奖学金，而且在美国都是赫赫有名的高等学府。其中宾夕法尼亚和弗吉尼亚大学有大学部的商学院，这在美国名校中较为罕见，我对金融很感兴趣，这正中我的下怀。美国本科商学院的排名每年都有些出入，但最权威的排名莫过于《商业周刊》（*Business Week*）和《美国新闻与世界报道》（*US News & World Report*）的排名。以下附表上是这两家机构 2007 年的排名：

Business Week 排名（2007）
University of Pennsylvania（Wharton）
University of Virginia（McIntire）
UC-Berkeley（Haas）
Emory University（Goizueta）
University of Michigan（Ross）
Massachusetts Institute of Technology（Sloan）
University of Notre Dame（Mendoza）
Brigham Young（Marriotte）
New York University（Stern）
Cornell University

US News & World Report 排名（2007）
University of Pennsylvania（Wharton）
Massachusetts Institute of Technology（Sloan）
University of California—Berkeley（Haas）
University of Michigan—Ann Arbor
New York University（Stern）
Carnegie Mellon University
U. of North Carolina—Chapel Hill（Kenan-Flagler）
University of Texas—Austin（McCombs）
University of Southern California（Marshall）
University of Virginia（McIntire）

　　各方面的联系工作完成之后，每所学校的宣传小册子漂洋过海地飞到了我的桌上。旁边是托福成绩单和我厚厚的笔记本。万事俱备，只欠东风，我一头扎进了填表的海洋中。

回首彼岸：申请心情手记

申请日记一：山穷水尽疑无路

2002 年 3 月 1 日

终于，厚厚的表格装进了牛皮纸信封。仔细封口，贴邮票，填地址，然后将那小小的信封一个个放飞到大西洋彼岸。从那一刻起，我才发现，近一百个日日夜夜的牵挂和煎熬，早已将我的心打磨成一张张薄薄的小小的邮票，附在信封的一角，飞去了遥远的美国，我的胸腔里，早已空空如也。

幸好，有功课密密实实地填满了那令人难以忍受的空白。本来申请时已经落下了不少的功课，高三的功课又总是环环相扣，便狠狠心一点点开始恶补。文言文、几何、政治、物理……铺天盖地地将那份惆怅、不安与焦虑，厚厚地覆盖，将等待的无奈、闲愁的痛苦一一抹去。生活又如一台高速运转的机器，变得充实而丰富。

莺飞草长的四月终于来临。温熙明媚的春光中我的心情却跌入低谷。一封封拒绝函送到了我的手里，抬头写的是那些曾经让我为之热血沸腾、为之欢呼雀跃、为之满怀憧憬的名字。一封又一封，重拳出击，狠狠地打在柔软的心上。午夜梦回，我听见自己在明枪暗箭下伤得千疮百孔时发出的痛苦的呻吟。或许表上用无数根灯下熬出的血丝换来的文字只是别人匆匆一瞥的遗弃儿，或许批阅百天、增删千回的文章被弃若敝屣、向隅而泣。这让我怎么能不伤心？白天，我仍是若无其事地做笔记，写作业，而到了晚上，则蜷缩在被窝中将心中的毒箭一支支地拔出。记不得多少次了，我仰望墨蓝的天空，告诉苍穹也告诉自己，这没有关系，可是泪水还是打湿了朦胧的月华。

十八岁的生日如期而至。当时的我已经恢复平静，两次模拟考试的成绩在文科班遥遥领先，聊以慰藉。生日晚宴，朋友们变戏法似地捧出一个大蛋糕，摇曳的烛光中我阖目许愿，未名湖的柳枝在心愿中飞扬，却不小心在湖水中映出星条旗的影子，连忙睁开眼，将蜡烛一下子吹灭，也将最后一点点期待和幻想一下吹散。

平静后常常问自己，是否后悔。将贵如油的高三时间分出一整半投入到镜花水月中，是否值得。而最后，我分明听到内心深处坚定的回答：不后悔！在申请的过程中，在一堆堆陌生又亲切的表格里残喘求生的过程中，我的身心都经受了前所未有的考验。从来不曾试过，在疲惫地奋战完学校的功课时，还要拧开台灯将满腔热情和滴滴心血灌到那一个个小小的格子里；从来不曾试过，在学校的行政部门之间穿梭来往，为一个个章子大费周折。我变得会统筹规划，会深思熟虑，会坚忍地付出和耐心地等待，变得可以承受更大的压力和更重的任务，变得可以勇敢地去尝试和迎接挑战，并勇敢地面对哪怕是很残酷的结果。千言万语汇成一句话，我在打击、磨炼、煎熬中成长起来。日记里我只想写这句话：有时候过程就是结果。

申请日记二：柳暗花明又一村

2002 年 4 月 30 日

广州市普通高中毕业班综合测试(广州一模)在江门一中的地位是很崇高的，全省十万考生参加此次模考，全真模拟高考过程，四天下来，累得够呛。

那天晚上正好是广州一模后的第一天，我忙里偷闲打开电视，刚看了一段，爸爸妈妈散步回来，我起身开门，脑海里电视的主人公们还打得热闹。电话骤响。我暗自不满，心想是谁这么扫兴？"喂？"我的声音懒洋洋的，电话那边却吐字清楚："Hello？"我乐了，一定是哪个没长大的耍鬼把戏呢，便问："是谁呀？"那边仍诚诚恳恳，一字一板地说："我找马俏。"这中国话说得不南不北，怪腔怪调，根本听不懂，还好我总算听到了自己的名字，"我就是，您是哪位？""我是 Rosita Ho Foundation 的，现在我们 Rosita Ho Foundation 决定……"我的脑海里努力搜索着 Rosita Ho

25

的词样，没听说过，不知道是何方神圣。那边却还在不停地说："我们决定给你全额奖学金，不知你是否愿意接受。"大概是太确信自己已经没有希望，我竟然毫不相信，深信一定是有"猫腻"，要不就是搞错了，便接着问："全奖？你为什么要给我全奖？"那边也有点急，"你是不是申请了Virginia？我们给你全奖让你去读啊。"我却还是不知好歹地不依不饶，"那你们现在在哪里？""我们在Virginia，你到底要不要奖学金？"我看了看天，好像要掉馅饼了，不管掉不掉馅饼，我说"要"天上也不能掉下来个铁饼砸我的头吧？于是脱口而出："要！"那边的声音变得很兴奋，很快地报出一大堆事，例如，打电话给某某，再发email去reconfirm等等。

　　很容易便拨通了弗吉尼亚国际招生办主任的电话，确认了我的确要去弗大，然后我听到了他很严肃却很欣慰的声音："恭喜，你现在正式成为弗吉尼亚大学2006届的应届入学生。我们很高兴也很荣幸地接受你成为我们中的一员。"

　　于是，就这样，好像所有的黑暗都从眼前撤去，所有的阴霾都已散去，我又可以在阳光下呼吸青草的香味，灿烂地微笑。

我的
美利坚本科岁月

走过高考

很多人看见这个题目可能都有点奇怪，走过高考，为什么我要走过高考？当一纸弗吉尼亚大学录取通知书从大洋彼岸飞来，轻轻松松地解除了我身上高考的枷锁，我有了充足的理由对高考说不。何苦呢？而且当时我已经近三个月没有看过书，正所谓"一日不练手生"，如果经历那一场让自己颜面无光的考试，岂不是自讨苦吃？

考试之前，我也曾经这样问过自己，为什么要参加高考？主要原因是我对母校江门一中有着深厚的感情。想感谢很多老师，并不光是因为他们的谆谆善诱，更是因为他们在我年少不更事出言顶撞的时候，给了我很大的包容和谅解。我不是一个传统意义上的好学生，却得到了很多持久的、无条件的关爱，正因如此，我感谢江门一中。而在我申请美国大学的时候，一中也给了我很多的帮助和支持。而我，怀着投桃报李之心，曾经允诺过一中的老师，不管怎样，我会在高考中尽力一搏。参加高考，是为了兑现自己的诺言。

可是，这不是全部的理由。对于每一个高中生来说，自己逾千个日日夜夜"衣带渐宽人不悔，为伊消得人憔悴"，全都是为了那决定命运的三天。那炽热的、爆发的、蓄势已久的、背水一战的三天。三天后，"成者王败者寇"，"几家欢乐几家愁"，可是每个人的人生，无论步入高潮还是跌进低谷，都好像是一条条曲折的河流，突然转变了流向，又好似凤凰在烈火中涅槃重生。高考，就像一团烈焰，以其无与伦比的炙热，给每个人的高中生活，也是少年的生活，烙上一个或许并不一定圆满，却一定难忘的句号。没有高考的高中生活，不能算是一个完整的经历。而对于我来说，手上的这把剑经过了十二年精血的炼淬，好像一把浸了天山雪的倚天剑，不断地锵锵作响，急不可待地要再披战衣。好吧，我轻轻地叹息，让我们去见识一场真正铁与血的战役。

这种经历绝无仅有。当七月七日如期而至，我穿着平日的校服，骑着自行车，一如平常地享受着清晨珍珠般的露水。就好像这三年里最平静的一个早上，我充满喜悦地迎接着新一天的太阳。今天，莱克星顿枪声即将响起，而我，却不计成败，不较得失，只在乎自己曾经走过高考。到了学校的门口，我才发现，今天，是我在江门一中六年以来，校门口最为热闹的一个早上。

这是真正的人声鼎沸。焦急的家长，紧张的考生，烦躁的鸣笛声，与校门上挂着的红色大匾幅——"考出水平，考出风格"一起，构成了一幅动人的画面。我小心翼翼地推着自行车，费尽腾挪之事才在水泄不通的人群中杀出一条"血路"，可以感受到旁边的家长向我投来的那多少有点奇怪的目光。环视四周，我应该是唯一自己骑自行车来参加高考的，没有家长的千叮咛万嘱咐，脸上没有众多考生的焦急忧虑，难怪我会在人群中显得与众不同。我的目光穿过熙熙攘攘的人群，凝望着远方的考场，心里很平静。

语文是第一枪。对待语文，我有着特殊的深厚的感情。对我来说，语文已经深深地扎根在我的心里，我的灵魂，我的血液。当想起即将离开这片土地长达四年时，最让我放不下的东西之一便是中文。中文的背后，是这个民族紫气氤氲的文化和博大精深的历史。而语文，也是高中三年来唯一让我乐此不疲的学科。看着监考老师将语文试卷一一分发，我竟有点微微地颤抖。因为我知道，在考试结束交卷的一刹那，很有可能是我要和中文暂时说再见的时候，在一个没有方块字的国度，日子又会变得如何呢？充满着依依眷恋，我展开了语文试卷。在打开试卷的那一刹那，我知道，三个月前的自己复苏了。虽然已经和选择题、字词拼音阔别了近百天，可是那三年从不知疲倦的训练使我在看到它们的第一眼便迅速找回了感觉。拼音，错别字，病句，一气呵成；选择题，阅读题，作文，一一作答。作文的题目是"选择"，于是，我畅谈我十八年的人生对于选择的认识，谈北大和弗大的选择，心想阅卷老师看了一定哭笑不得，哪有参加高考的考生明确地在高考作文中表明放弃中国大学的？但就文论文，这篇文章倒是写得真情实意，字字心血，这也是我给自己这么多年热爱文学的一个说法吧。

考政治的时候，我放得更开了。由于当时因为签证和其他出国手续，已经有两个月没有碰政治书了，当初背得滚瓜烂熟的时事分析已经陌生，我就干脆凭着自己对概念的了解侃侃而谈，洋洋洒洒地写着我对改革的看法，写我对经济趋向的预见，将我作为一个学政治的学生对时事真实的感觉，诚实地记录下来。忽然发现，经过了那么多天的耳濡目染，政治和哲学的那种思考方式，已经如此深刻地渗入了我的血液，不用死记硬背，不用抓耳挠腮，一看见题目，我自然地就知道这道题的题点是什么，考的是什么，应该如何分层作答，甚至可以预见阅卷老师面对我的卷子的时候，在寻找什么，会在什么地方颔首微笑，然后慷慨地打分。一切的一切，在我平静的逻辑思维中竟然变得如此透明。

在参加英语考试的时候，一看见卷子，我对母校的愧疚就一点点地爬上心头。我知道，学校对我最大的期望，就是拿下英语九百分的全省状元。可是，看见卷子的那一刻，我知道我只能让老师们失望了。我的英语，从来都不是以应试的模式来学的。多少次，在英语课上我把英文小说和报纸悄悄地塞在空白乏味的卷子下。我的英语水平和我的英语成绩并不成绝对的正比。我知道如果我将所有花在英语上的时间放在应试上，这个状元手到擒来。可是，我知道，这个状元的代价是我可能永远不会用英语流畅地表达我的思想，永远对着外国人手足无措。中国人吃了多少年哑巴英语的亏，都是因为对语法和措辞细节的规章制度过分注意，忘记了学习语言最本质的目的就是用这种语言来交流。语法选择题，我几乎全是凭语感来做。而我当时毕竟从没有在说英语的国家长时间地生活过，所以我的语感仍然有时背叛我。当我看见这么一张对语法细细考查的卷子的时候，我已经知道，我不会是广东省的第一名，我甚至不会是江门一中的第一名，但对此，我除了对老师们有些愧疚之外，无怨无悔。我选择了自己的方式来学习英语，而一直到今天，我都为这个选择感到如此庆幸。

语文，数学，英语，综合，政治。不知不觉中，我平静地走过了我的高考。我实在找不出另外一种更好的方式来结束我的高中生活。一个星期后，我收到了我的成绩，803分。再过了一个星期，我收到了北京大学的录取通知书。

曲径通幽的校道，经常让我无所适从

迷路记

　　我的方向感一向极差，就算在已经住了近十年的岭南小镇，也经常站在可能已经路过了千百次的曲径通幽处，脸上一片不知所措的茫然。平时在家，不认路只是父母家人口中善意有趣的笑料，但却远远没有想到，几乎为零的方向感竟然成为我到美国之后的第一个绊脚石。

　　庞大的飞机在一片绚烂的晚霞中呼啸落地。当我的友好家庭拜德家的女主人艾米的车轻巧地穿过树林中的夏罗茨维尔的时候，我的心里便暗暗叫苦，珠江三角洲的平坦开阔天下闻名，我尚且分不清楚东南西北，更何况这深山老林中的小镇，条条小路崎岖不平，犹如迷宫。弗吉尼亚大学的面积之大之广遐迩闻名，我知道自己的课程时刻表，有的课与课之间只有十分钟的休息时间，而我却必须在校园内来往奔波好几个有红绿灯的十字路口。我深知自己方向感极差，知道如果不事先到学校勘察地形，则极有可能出现自己看着时间一分一秒地流逝，却无所适从、前路茫茫的情况。

　　那是盛夏的一个夜晚，我到美国的第二天。我和拜德一家在后院里席地而坐，艾米烤的比萨饼的香味弥漫在高大的樱花树环绕的小院子里，温暖的夏风袭面，我跟艾米和埃瑞谈天说地，很是惬意。埃瑞问我，新的学期是否需要什么，我笑笑说是地图。埃瑞大笑，说弗大的校园可不是一般大学的校园，以步代车就算有地图恐怕也行不通。我想想说，那可能就得买辆自行车。埃瑞是个急性子，当天晚上便带着我去了当地的商店挑了一辆自行车，捆绑在拜德家那辆本田 SUV 的车顶上雄赳赳地开回了家。

　　第二天，吃完了艾米的爱心早餐，我骑着新自行车，看着地图，穿过夏罗茨维尔小小的城镇。市中心和大学之间不过几条街的距离，街的两旁布满了一家家小小的酒吧和餐厅，店名都用好看的曲体英文柔和地勾画而成，古老中透过轻盈，埋头看书的年轻顾客们更是给小店增添了很多书香气息。看来这个地方四季如春、气候温和，每个餐厅外面都有大片的露天桌椅。因为是夏天的缘故，生意较为冷清，美丽的服务生小姐们慵懒地坐在太阳下，啜着冰柠檬汁，手上却仍是少不了一本或厚或薄的书。虽然弗大没有围墙，但是这些争分夺秒与书为伴的学子们便是弗大最好的标志，我知道，那个魂牵梦萦了三个多月的我的大学，到了。

夏日的太阳在头上毫不留情地张牙舞爪，自行车上我已是汗流浃背。美国南部的太阳完全不顾中美已经建交近四十年的事实，毫不留情地炙烤着我的全身，以至后来我头晕眼花时竟隐隐闻到了自己背上飘来的里脊肉诱人的香气。虽然从小在广东长大，亚热带太阳的威风早已有所领略，可是在这里仍觉得力不从心。

自行车驶过一座又一座庄严又和谐的教学楼，几乎一式一样的罗马式的白色圆顶和深红色的墙壁，楼外面一个个深蓝色底的牌子上用白色粗体字写着系的名称：人文学、数学、历史、政治、经济、商学院……我的心兴奋地狂跳不停。年轻的心，对世界有那么多的问题和困惑，我是那么迫不及待，要揭开这些美丽科目的神秘面纱。

我手上的地图早已攥得破破烂烂，而我，还是在那曲径通幽处，不幸地迷路了。反正是一个闲来无事的下午，我也就信马由缰，随意乱逛。忽然我来到了道路的尽头，前面是一排排笔直陡峭的楼梯，我下了车，有点为难地重新打开地图审视。这边地图还没有打开，旁边的人已经停了下来，好听的美国南部口音在耳边响起："新生？"我转头一看，高大的男生，蓝色的眼睛带着一份洞悉一切的微笑，不等我说话，他已经将自行车从我的身边拿去，轻巧地搬在肩上，大步流星地一路走到台阶的尽头，转过头来对着空手爬上这些台阶的我笑笑，长长的手臂指向前面："直走是新生宿舍，右拐是商店，左拐是招生处。"我感恩道谢的话还没有说完，我的救命恩人已经消失在树林中。

这就是我和美国南部绅士的第一次邂逅，清爽的夏风在身边吹过，心里觉得很温暖。

正如我那位蓝眼睛的救命恩人所说的一样，向前骑了大概五百米，那林深不知处，端端正正地站着我接下来一年叫做"家"的小小红砖楼，Maupin House。后来在杂志上发表文章，读者们急着问我住的小楼叫什么名字，喜欢看《红楼梦》的我想了半天，决定就叫梦馨楼。

梦馨楼的外面一颗颗古木高耸入云，星星点点的木桌木凳十分干净，深绿色的叶子摇摇晃晃地飘落下来，为纯净的木色加上了夏天淡淡的一笔。推开了一楼宿舍高高的大门，是一个环形的厅，厅里一个女生，正往宿舍的墙上涂上温暖的黄色，挂上色彩鲜艳的海报。看见了我，她噔地从椅子上跳下来，"欢迎来到梦馨楼，我是宿舍长克里斯廷。"美国的大学前两年不分系，更没有班级制度，因此新生的宿舍都会有高年级的学生当宿舍长，管理无头苍蝇一般的新生。厅连着五个宽敞的双人房，在属于我的房间里，细心的克里斯廷已经拿彩色笔用好看的美术体写下我和我未来室友的名字。第一次看着我的名字被人用英文写得如此美丽，我的脸上漾起了大大的微笑，竟然多少有了回家的感觉。

大学书店、餐厅、体育馆……一座座亲切的楼房看过去，那个下午，我吃力地蹬着单车，在占地半个小镇的大学里兜了一圈又一圈，迷了无数次路，问了无数次路，可是每次，都有人那么及时、那么热情地伸出援手，将我一点点、一次次地指向正确的方向。"大头虾"的我有几次甚至将背包忘在了歇息的树下，却也都被路人不折不挠地完璧归赵。

　　夜色茫茫，当我终于在艾米家已经弥漫着晚饭香气的大门前跳下车的时候，艾米和埃瑞看见的是一个凌乱的头发被汗渍粘在额头上，脸上因跌跤而泥印连连，却依然笑靥如花的女生。停好自行车走进拜德家的那一瞬间，看着这个温暖的人家，想起这整整十个小时自行车上的遭遇，我忽然是那么的肯定，不管我的英文是否说得地道，不管我的方向感有多差，在这个人心如此善良的小镇上，在这所美丽的大学里，我一定会找到很多朋友，一定会有一段精彩的人生，而更重要的是，我一定会得到来自很多人的爱。

　　一年后，收拾屋子的时候，无意中找出了一张汗迹斑斑的弗大地图，那上面的千皱百纹依然残留着当初在手心中紧紧攥握的痕迹，一年前那个挥汗如雨的盛夏，又重新浮现在眼前。我正对着这张地图出神，一个慈祥的老太太的脸庞出其不意地出现在眼前。她爽朗地介绍自己是克里斯廷的母亲。她热情善谈，和我竟然一见如故。我和她聊得很是愉快，却也不禁有些奇怪，因为她似乎对其他人不闻不问，而对我却非常感兴趣。她和蔼地看着我说：“知道吗？我想见你已经很久了，我们家的克里斯廷经常说起你，说你特别勇敢独立。我还记得，刚开学的时候，有的国际学生吓得连门也不敢出，你却自己一个人骑着自行车拿着一张地图到处摸索道路，克里斯廷很是佩服呢。”我看着好友克里斯廷笑语盈盈，想不到那个夏天的一番挣扎，竟为我赢来了挚爱好友最初的尊敬。

美国的苹
果就是圆

象牙塔里的衣食住行

留学之前，妈妈担心我人到异地，万事不惯，必将寸步难行。我步履蹒跚地走下飞机的两个月后，向她老人家报告说我健康快乐，丰衣足食，乐不思蜀，竟令妈妈多少有些儿行千里却不愁的伤感。衣食住行乃民生四大支柱，缺一不可，也许是年纪小的缘故，我适应得很快，现在回首看看当初的经历，倒也别致有趣。

穿衣戴帽：百花齐放才是春

记得来美国前曾经惴惴不安了好一阵子，担心自己所带的衣服是否会被视为奇装异服，担心自己是否会被视为蛮夷之人，来到以后，才惊喜地发现，一切的担心都是多余的。看着这里男生女生的着装，只能用四个字"眼花缭乱"来形容这种感觉。没有潮流之说，没有流派之分，美丽，得到了最充分、最全面的诠释。在这里，你可以西装革履，也可以赤脚拖鞋；可以穿印度的长袍招摇过市，也可以着西双版纳的草裙闪亮登场；可以从头到脚包得一丝不露，亦可以袒胸露背尽显迷人身材。更有甚者标新立异，浑身上下插满了一种类似羽毛的絮状物，远远一看活像一只大型鹦鹉，他们试图用这种方法来博得行人一笑，回眸一望。毕竟在美国，有个性、与众不同是一件多么值得骄傲的事呀。

当今世界，欧洲的服饰以其高贵典雅久靡不衰，亚洲的韩国、日本着装潮亦方兴未艾，唯独没有听过哪里有美国服装潮，美国多元化的熔炉特性在着装上体现得淋漓尽致。当世界各地的人们从四面八方涌进美利坚，他们无不将自己民族服饰的色彩倒进了这个大熔炉，于是这片土地染上了最缤纷的色彩，绘上了最纷繁芜杂的图案。而这里豁达的人民，也用最大的努力去包容，去欣赏这种文化的融合和服饰的交汇。因此对于那所谓的奇装异服、异域风情，他们不但不会嗤之以鼻，反而会觉得尤有味道，大加欣赏。记得我有一件唐装风味的中长袖衬衫，一天无意中穿出去，竟意外地得到了至少三十个人的赞赏，窃喜之余，不仅对这个民族对多元文化的包容有了更深的体会。

但这种八仙过海、各显神通的着装也有特殊的时候，那就是每月一到两次的弗大主场球赛。每到赛季，整个校园便是橙色和蓝色的海洋。炽热的橙色和沉静的蓝色作为弗吉尼亚大学的幸运色，仿佛就是弗大学生对学习、对生活、对人生热爱的象征。在球赛时，路上每个身穿橙色或者蓝色的人在小道上借交换目光会心微笑；而在赛场上，每当进了球，人们相互拥抱，做人浪状高唱校歌，响彻云霄。看台上仿佛燃起了熊熊的橙色和蓝色的火焰，令人热血沸腾，激动不已。在球赛的季节，其实倒也不是一定要穿橙色和蓝色，但一定要注意不能穿对方球队的颜色，否则不就成了里通外国、吃里爬外了吗！

写着这篇文章的时候，无意中望到窗外。阳光下，花草争芳斗艳，好一个万紫千红的春天呀。

民族服装表演

民以食为天：我爱西餐

当了十多年的广东人，对粤菜的感情不可谓不深厚。广东菜讲究细功慢火，清凉滋补。饭前的热汤开胃，舒筋活血。这个被老火汤宠坏了的胃到了美国，竟然入乡随俗毫无不适，令我喜出望外。

跟热气腾腾的中餐比起来，西餐可以用"冷"和"生"两个字来形容。"冷"字首先体现在冰水上，在食堂也好，在饭店也好，白水加冰，不分早晚冬夏。久而久之，发现早上的冰水提神，中午的冰水解渴，晚上的冰水醒脑。在课堂上思路顿塞之时，一杯冰水下肚，顿时醍醐灌顶，

我的美利坚本科岁月

大彻大悟。而且我养成了嚼冰的习惯，不知从什么时候开始，特别喜欢含一块晶莹透彻的冰块在嘴里，慢慢地融化，细细地嚼开，竟然比嚼口香糖还爽。其他汉堡、三明治也都是凉的面包片加上略温的肉饼或者干脆冰凉的火腿，习惯了也吃得津津有味。"生"字体现在蔬菜上为多。色拉就算了，我和宿舍里的其他女生懒起来连色拉酱都懒得买，发挥了牙齿的原始作用：干嚼。于是小至手指粗的胡萝卜、黄瓜，大至一颗颗根粗苗壮的芹菜、生菜，一律生吃。晚上学习疲乏之时，洗干净一颗生芹菜当零食是常有之事。跟爸爸妈妈打电话，嘴里还嚼得铿锵有声，令爸爸妈妈对我自封的"西餐礼仪通"深表怀疑。美国人的肉食倒是不像日本人食毛饮血的，基本上以熟食为主，除了牛排。我最喜欢的西餐莫过于半生（medium rare）的牛排了。好的餐馆，可以将牛排做得外面焦烤状，芳香四溢，切开里面却是诱人的粉红色，鲜嫩得竟然要溶于口。牛肉的极致，莫过于此吧。

　　不过清冷的西餐也有例外的时候，那就是我最爱的南部炸鸡。美国的炸鸡因为原料的廉价和高卡路里，在北部是黑人或者穷人的快餐，被富人所不齿。可是在南部，炸鸡是一种传统食物，好客的南方人喜欢用炸鸡来招待远方而来的客人，在南部的各州，特别是田纳西州，金灿灿油旺旺的炸鸡是男女老少皆津津乐道的美食。吃炸鸡的时候，平时文质彬彬的美国人也会毫不客气抓起就啃，撒上麻辣的五味盐和得克萨斯州特产的辣酱，炸鸡的香气四溢，外酥里嫩就更不用提了。夏日清闲的下午，没有什么比一杯清凉的柠檬水，一盘炸鸡，一碗色拉更惬意醉人了。我最爱的吃炸鸡的地方，莫过于赛马场。每年春天，四月底五月初是赛马的季节，男女老少倾巢出动。一大早，太阳刚刚在东方的天空露脸，当地的居民和学生开着吉普早早地来到赛马场占个好地盘。真正的赛马要到下午才开始，等待的时候最为有趣，人们呼朋唤友，都带了自己做的食物慷慨地和大家分享。这时候最受欢迎的食物就是炸鸡。男人女人们都忘了平时的矜持，大口吃肉，大口喝酒，蓝天绿草，马儿奔跑，很是豪放。

说起吃，意大利餐也是不能不提的。意大利餐简单可口，我真是百吃不厌，我们学生平时最喜欢的也是最容易烹饪的就是意大利餐。简简单单的面，放进几滴橄榄油，一点盐，煮出来便香滑可口。在商店买回来的西红柿酱，在锅里面煮热了，随便扔进一点牛肉或者鸡肉，如果真正来了兴致就再放进去一点蘑菇，把酱浇在面上，撒上一层芝士，拌匀了便大功告成，省时间又有营养，是学生们的最爱。平时男生女生出去约会，意大利餐厅因为气氛好，食物别致，量充足（法国菜和日本菜就是以量小闻名，总让人吃得意犹未尽，回到图书馆还是饥肠辘辘），总是男生女生的最佳选择。我最爱的意大利餐就是海鲜意大利面，浓浓的奶油海鲜酱，与嫩滑的宽面简直是完美的搭配，吃得胃暖暖饱饱的，每次吃完了，总有一种很幸福的感觉。

转眼四年过去了，我在美国吃得幸福安乐，体重没增没减，身材匀称面色红润，对西餐的喜爱，也是有增无减，正所谓"民以食为天"，这也是我的一种幸运和福气吧。

住：我的陋室铭

来美国的时候，我带着两个大大的箱子，爸爸妈妈怕我想家，给我带了很多很多的中文书，很多很多家人的相片。我重重的行李箱里面，除了书、相片、衣物，几乎什么都没有。搬进一年级宿舍的时候，我的室友把东西铺天盖地地摆满了一地，而我很简单的一张床，上面一个枕头，书桌上很多很多高中和小时候的相片。中文书摆了小小的一摞，其余的都是教材。室友的那面墙贴满了乱七八糟的相片、海报和剪报，我的床头贴着"志当存高远"的毛笔字，除此之外，白墙一面。

三年后，我住在一间十二平方米左右的单人房，这间小小的房间占尽天文地理人和之利，离教学楼走

陋室一隅

路五分钟，与网球场隔壁，楼前绿树环绕，草坪茵茵。我住在二楼，一面大大的窗子占了近一面墙，把窗子打开的时候，阳光倾泻而进，让我的房间春意盎然，明亮温暖。窗前有一颗很高的樱花树，夏天的时候浓浓的一片绿让我的窗子隐在一簇簇的叶子中，春天则是一片粉红，花瓣不停地吹进屋子里，秋天金黄的叶子和蓝天相得益彰，冬天简单的枝条使窗子的视野辽阔，可以看见很远很远的延绵的山脉。我的书桌上笔记本电脑每天二十四小时不停地将世界带到我的面前。一个四层的书柜，金融书籍摆得满满的，厚厚的黑白封面的卡耐基传记和杰弗逊传记是这个小柜子里面最显眼的书籍。德文的字典，西班牙的字典，也毫不客气地跻身最上面一层里的"黄金地盘"。摇滚的唱片整齐地摆了一排又一排。家人的相片只剩下一张，爸爸妈妈和我在相片里面都张嘴大笑，我喜欢这张相片，也更懂得思念应该藏在心里。我从南美洲、欧洲和美国各个地方收集的小东西摆满了书桌。我的墙上贴着一幅猫王艾维斯的黑白海报，一幅从卢浮宫里的商店买来的凡·高的《星夜》，还有一幅油画，画上两个人在晨曦中迎着太阳奔跑。

　　三年以前，在我的室友眼里，我是一个有点害羞有点茫然，对美国一窍不通的中国娃娃，当她发现我在看一部普通的美国电影的时候，竟然大吃一惊；如今，我在同楼的女孩子们的眼里，是个忙碌的女大学生，是她们学术、服装、首饰、音乐和人生的小小指导员，她们喜欢跑到我的房间谈天说地。乐意融融中，我给她们看我一年级房间的相片，看着我现在满炕满谷的家，她们都不可思议地摇着头。三年前的房间，恍如隔世。窗外樱花树摇曳的美丽的房间里，我看着镜子中的自己，笑笑，扎回书堆里去，南非前总统曼德拉那砖头厚的传记，才看了一半呢。

行：汽车上滚动的国家

去的地方越多，越来越发现像美国这样依赖汽车的国家真是少见。我去过的每一个地方，大大小小的城市，公共交通都四通八达，唯独在美国，这个世界最发达的国家，公共交通的落后程度与我去过的所有的发展中国家也好、发达国家也好都无法同日而语。大型的城市有地铁还好些，小型和中型城市里几辆破破烂烂的公交车慢吞吞地两个小时来一班。坐车的都是老公公老婆婆，因为年纪太大了实在没有办法开车，只能颤颤巍巍地来坐公车。上班族，甚至学生们，坐公车的都是少之又少。城市间的公共交通也好不了多少，唯一的巴士是灰狗巴士，走的速度是正常轿车的三分之一。夏洛茨维尔到里士满 150 公里的路程灰狗要走上三个多小时。火车的价格通常比飞机票还要贵，几乎完全是给公务出差的生意人准备的。

美国公共交通的落后倒不是因为美国政府或私人没有资源发展公车或者火车，而是美国人对汽车的依赖和喜爱是真正的全球罕有，活活地把公共交通挤垮了。几乎每个学生都有车，从宿舍到图书馆走路十分钟的距离，也要颠颠地把车开过去。地广人稀的校

旧金山的
金门大桥

园，离学生们最近的商店也在三公里以外，好的餐厅、酒吧、娱乐场所就更是星星点点地分布在城市的各个角落。这些地方，对没车的人是远在天边，对有车的却是近在眼前。车，在学生的生活中，实在不是奢侈品，而是生活的必需。大概因为车是真正的不可或缺，我认识的绝大多数美国人都对汽车是如此痴迷。他们每个人都对车的型号、类型、经销商、价格、性能等等了如指掌。不管男生女生说起车来都双眼放光、滔滔不绝，经常让我忍俊不禁。

美国大学生喜欢开车，于是汽车旅行成了美国年轻人永远的流行。电影里面看到的那种两人一车，从西部的茫茫沙漠，一直开到东部的灯红酒绿的景象在大学里层出不穷。学校放几天长假，几个人商量商量，开着车说走就走，过了几天再打他们的电话，人已经在美加边境的大瀑布边上玩水，或者在迈阿密海滩上喝椰汁了。

也许因为汽车是美国生活如此常见和普通的一部分吧，美国的驾驶执照考试被称为是全世界最简单的。就拿弗吉尼亚州的驾驶执照来说吧，任何人拿着一定的身份证明就可以在交通局参加随到随考、不需要提前预约的交通规则考试。交通规则的考试是机考，二十五题，答对了二十题就可以过关。考的多是"在停车牌前，应该1）加速，2）停车，3）减速。"之类的题，只要有点交通常识的成年人都应该易如反掌地过关。参加了机考二十天后就可以参加路考，考生和考官在车上绕着交通局小小的山包绕一圈，考试的车都是傻瓜型的自动挡车，交通局周围平时空空荡荡，路过的车稀稀疏疏，可以说是最简单的路况了。只要开出去的这一小圈中速度不高不低，红灯停绿灯走，考官几乎都一一让过。整个路考的时间不会超过十五分钟。不用去驾驶学校，不用交费，一张驾驶执照就这么简简单单地躺在了我的钱包里。美国的驾照在全世界通用，也就等于我已经拿到了全世界畅通无阻的司机资格，这种对司机和车完全的信任，在这个世界上恐怕除了美国人，再无他人。

从拿到驾照的那一天起，我已经决定，有一天，我要横穿美国，我要在滚动的车轮上，体会这块如此辽阔和美丽的土地，更重要的是，如此一个为汽车和司机量身定做的国家。

选课：凡事预则立

当我还未领到去美国的签证时，学校厚厚的选课表就已经飞进了我的信箱。打开一看，头呼地一下大了几圈。半寸厚的选课表上用蝇头小字密密麻麻印满了各种课程的名称，其种类繁多让人眼花缭乱，令我目瞪口呆。这里从指点江山的国际政治课，激扬文字的希腊语写作课，到专门给立志作家庭主妇的少女们准备的家政课，凡所应有，无所不有，林林总总，不可尽数。

美国大学在一二年级的时候不分专业，因此一年级的学生无论什么课都可以选，没有一丝一毫的限制。虽然这样的自由令人窃喜，但真正面对这一大堆课表时，我仍是诚惶诚恐，战战兢兢，不知从何入手。

不过学校也知道新生们的苦衷，自然也不会太为难大家。新生们在开学前都将经过一个适应训练，在这个适应训练中会得到导师的帮助。每个新生都会在开学前有一次机会和导师促膝长谈，导师就像个智囊一样为新生出谋划策，但是导师完全没有决定的权力，最后选什么课完全是学生们自己的责任，导师们在谈话之后再无权过问。

我的导师是一个叫做佩瑞的西班牙语教授。这个教授是一个可爱的拉丁美洲裔的老头，身材滚圆，圆圆的脑袋上空无一毛，油光可鉴，憨态可掬。我带着新生的拘谨去见他，结果他一开口就把我吓了一大跳，他那洪亮的大嗓门将整栋教学楼震得嗡嗡作响："刚从中国来，路挺远吧？"接着又是一阵开朗的笑声，把我也忍不住逗笑了。

这个可爱的老头第一句话就是："我是为你自己设计的路提供忠告的，而不是为你设计道路的，因此，所有的事情都由你自己做主。"他询问了我的专业兴趣，然后拿着我事先拟好的计划表看了起来。我第一个学期选了经济课、数学课、电脑课和德文课。佩瑞拿着铅笔在那张表上圈圈点点了几下，问了我几个问题，然后告诉我："你选课搭配得不错，工作量也合适，但是你是怎么把这些教授选出来的呢？"我如实地回答说我只是选时间段，并没有认真挑选授课的教师。他摇摇头微微笑了一笑，说："这就是你们这些新生为什么必须要有一个导师！呵呵。你这个经济学教授选的一般，要选经济201就不能错过艾星格教授。你这个英文写作老师嘛，呵呵，"老头子的眼中露出一点点的狡黠，然后嘴角上扬，微微笑着说，"如果英文写作要过关，更是决不能错过！"

事实证明了佩瑞所言不虚，我在佩瑞的指导下，第一个学期只选了五门课，难易搭配相当，学习交友两不误。

过了一个学期，我终于悟出了选课的重要性，毫不夸张地说，选课选得好，整个学期就等于成功了一半。选课难度过高会使自己每日疲于奔命应接不暇，而选得过于简单又会使自己在最后升学或者找工作时履历表上无光。学校允许学生们有一个半星期的时间自由增课或减课，超出这个期限后选择的课便白纸黑字地永远记录在了学生们的宝贝成绩单上。于是开学的第一个星期总是最为繁忙，每个学生都被选课弄得焦头烂额，疲惫不堪。而选课中的学问，更是复杂深奥，低年级的时候懵懂无知，到了四年级后方幡然领会其中的奥妙。

从专业的角度来说，选课应该谨小慎微，步步为营。新生应该未雨绸缪，虽然三年级才分专业，也应该在一二年级的时候便将自己感兴趣的专业要求的课程细细地打印出来研究。原来每个专业到毕业的时候都会有普通毕业和荣誉毕业之分。荣誉毕业和普通毕业要求的课程多有出入，课程的集中度也大小有别。荣誉毕业对今后的升学和求职来说都是弥足珍贵的资本，所以有志于荣誉毕业的朋友们应该早早计划好至少两年以内每个学期的课程计划，循序渐进地完成学位计划。而要提醒各位的是，每个教授在学术界的地位高低相差迥异，因此有的时候也可以考虑为教授而选课。我后来选金融课的时候，有意识地选了很多在金融界和银行界赫赫有名的教授的课，不光从他们的课堂上受益匪浅，而且在求职和工作中受到了他们很多的指点和帮助，他们成为了我最好的人生资源之一。

特别要提的一点是，尽管从求职的角度应该在选课的时候集中火力，把专业学精，但美国的大学不是职业学校，这种大学最大的好处之一是由于大一大二暂时没有专业，学生可以真正随心所欲地选择自己感兴趣的课程。我一年级的时候选了写作、国际政治、哲学，甚至新闻学，虽然跟专业没有直接关系，但是这些课程让我在今后对时事政治的了解，对宏观经济的把握上都受益匪浅。后来进了商学院，我更是深切地体会到了金融和政治紧密相连，不懂政治的商人，可能会有暂时的盈利，却永远不会有雄霸天下的产业。而哲学和写作课，更是使我在今后投资银行的工作和管理中如鱼得水。人类学和社会学课，更是将睿智和慈悲的人文关怀和人性教育渗透在我的血液里，这样的课程，使我对世界、对地理、对文化、对人类文明有了最深刻的理解。更重要的是，这些与专业貌似无关的课程开拓了我的眼界，开发了我对各个领域的兴趣，使学习和求知成为了我终身的爱好。

我的
美利坚 (本科岁月)

以学为天

美国大学以其高质量的教学、严谨的学风闻名遐迩。进入弗吉尼亚大学后，我更是亲身体会到了这里学习氛围之浓之纯，同时对这里课程的苛刻与严酷深有感触，而学生们正是在这种严格的训练中"百炼成钢"。

在弗吉尼亚大学里漫步，映入眼帘的皆是莘莘学子埋头苦读的身影。美国学生不喜欢室内的拘束和限制，对大自然的热爱使他们对室外学习情有独钟。高大挺拔的参天巨木旁，斑驳阴凉的宽大石凳上，清爽宜人的松软草丛里，甚至是明亮凉爽的窗台上，到处都有三三两两的学生手不释卷，沉醉于那圣洁庄严的知识殿堂中。

学生们如此勤奋刻苦，当然与这里极富挑战性的学习任务密不可分。记得刚刚高三毕业时，同学们相互击掌相庆，当时很流行的口号是："过了高三，我们无坚不摧。"那时天真地认为，经过高三的煎熬，大学一定相对简单。可是当大学的第一个星期结束时，面对这一大堆的作业，高三的感觉再次萦绕左右。

美国大学毕业一般要求 120 个学分，平均每个学期 15 个学分，也就是五门课。这 15 个学分的工作量是每个星期上课时间 15 个小时，而老师布置作业的强度遵循"一比三"的原则，也就是一个小时的上课时间与三个小时的作业量相对应。于是，每个星期最少工作量是 60 个小时。成绩好的学生一般却不会满足于 15 个学分。我在学校的每个学期几乎都选了 18~19 个学分，学习的时间便增加到每个星期七八十个小时，期中期末考试周便是不分昼夜，而且越来越体会到教授们真是"心狠手黑，残酷无情"。

就举语言课为例，我选了一门四个学分的德文课，第一堂课老师发了 Syllabus（即整个学期的教学计划加上课程要求，作业要求等），厚厚的一摞，整份材料完全用德语来写，除了里面夹带的阿拉伯数字外我一个字也看不懂。老师开始讲课，第一堂课的信息量大得惊人，德文的 30 个字母一气教完，数字从一数到 1000，简单的近十句问候用语。整堂课可怜我那从没听过德文的耳朵被大段大段的德文狂轰滥炸，极其痛苦。谁知临近下课时老师竟还自自然然地说，"这是我用英文最多的一堂课了，以后我会尽量用德文来讲课，为大家创造一个纯德文的环境。"我差点昏倒，天啊，这是德文 101 班，这个班的学生是被定位为没有任何德文基础的呀，硬对这样的学生讲德文，学生是如听天书，老师岂不是对牛弹琴！

于是，为了上课不当哑巴和聋子，我被迫开始了每天晚上复习、温习、预习，大量地背词汇，背上课用语，开始了学习德文的荆棘满途风雪之路。完全没有过渡，没有适应期，我被抛上了学习语言的正规、严格训练的道路。大量的工作纷至沓来，一份份的论文，练习永无止境。每天晚上，都要钉在学习室里，将一点一滴的心血慢慢地注入到日耳曼民族那古老而又美丽的语言里去。

更加严格的考验是测验和考试，这门课的分数是这样评定的：口语水平占25%，词汇测验占20%，平时考试占40%，期末考试占15%。平时的考试一共有六次，平时不烧香临时抱佛脚是无济于事的。口语水平分按照平时上课的表现算，如果旷课两次口语分就为零。想要这门课的分数漂亮，既要平时努力，节节不旷，小考大考分数高，又要考试前认真复习。心中的弦，一时一刻也不敢放松。

辛苦过后，当我欣慰地看着厚厚的一本德文书火箭一般地翻烂了半本，自己已经在短短的两个月之内可以用德语进行简单的对话，写一些短文，更重要的是，对一种伟大的文化从陌生到熟悉，继而兴味盎然。读万卷书，行万里路，德文，为我敞开了一扇通向欧洲国家的窗子，令我眼界大开。三年级的时候我去巴黎旅游，见到满街满巷的德国人我竟然倍感亲切，还上去搭讪，多亏了大一下的苦功。我永远保留着这门课厚重的笔记，密密麻麻记下的是那点点的心血，记录着那没有荒废的时光，这，永远都是青春年华骄傲的印记。我，为此感激弗吉尼亚大学。

学习任务如此的苛刻紧迫，偌大的校园里，自然是一派埋头苦读的场面。学校的小图书馆每天晚上开放到午夜，而最大的克莱蒙斯图书馆则是二十四小时开放。没有节假日的分别，没有午夜后的疲惫，克莱蒙斯图书馆里面永远飘溢着咖啡的香味，明亮的灯下永远晃动着不知疲倦的学生们的身影。

记得大一下学期的时候，美国南部遭到百年不遇的飓风袭击。那个星期四的下午，已经是一片的"山雨欲来风满楼"，两个人环抱的大树在风中摇摆不定，弗吉尼亚大学被迫作出了两个世纪以来都未曾做过的决定：学校关闭一天半。星期四的晚上，暴雨滂沱，平坦的路上洪水泛滥。我看见两个朋友，竟然在狂风中，弯着腰向克莱蒙斯图书馆奔去。灰暗的天空中，他们骑着自行车的身影变得那样的渺小和脆弱，可同时又是那么的坚定和顽强。远远地眺望克莱蒙斯图书馆，飓风面前依然挺立，依然灯火通明，弗大学子那种对学习的热忱，仿佛从杰弗逊总统当年建校到现在，从无改变。

我和朋友们在图书馆里挑灯夜战

写完这篇文章，已经是凌晨一点了，回头看一看图书馆，那灯火阑珊处莘莘学子仍在埋头苦读，静谧的校园在十多处图书馆柔和的灯光中散发着沉静的魅力，同时也焕发着生机和希望。明天，又将是忙碌的一天。

与杰西卡

天赐芳邻

在高中的最后一次同学聚会上，照例要许下心愿。记得当时的我，凝望着多年好友如花的笑脸，一阵难舍难分翻江倒海般地将离别的心扯得七零八落。摇曳不定的烛光下，我的心愿便是：无论走到哪里都可以交到深爱的挚友，愿四海之内，皆有我友。

这个愿望，在地球另一端那个温馨的小城市里实现了。

我最喜欢弗吉尼亚大学的一点就是一种叫做宿舍套间（又叫寝厅，suite）的制度。所谓宿舍套间，实际上就是类似于五房一厅的结构，五个宽敞的双人房共同与一个大的起居室（类似客厅）相通。平时每间房子的房门都是敞开的，"阡陌交通，鸡犬相闻"，其乐融融。

俗语说，"一个吵闹的女人等于五百只鸭子"，以此逻辑计算这里便有足足五千只终日喧嚣不定、不知疲倦的鸭子，自然是热闹非凡。这些十八九岁的女生，正值豆蔻年华，青春亮丽，脸上都是一式一样活泼阳光的笑容，一样的落落大方，一样的温婉可人，却同时又像明朝魏学洢所著的《核舟记》里面的人物一般的"各具形态"，我的生活，因为她们变得五光十色。

杰西卡是宿舍中我最深爱的一个，她天生聪颖懂事，温柔体贴。记得搬进去的第一天，杰西卡是第一个大方地推开我的房门、微笑着向我伸出手的人，这个春天一般的女生从此就走进了我的生活。

当时，我初来乍到，人生地不熟，虽然杰西卡也并不是夏洛茨维尔的本地人，但是以前经常来这里玩，对弗大了如指掌，绝对是我的"活地图"。而我在慢慢地适应了这里的生活以后，经常会遇到一些鸡毛蒜皮的小麻烦，经常向杰西卡抱怨，杰西卡总是诲人不倦、热心帮忙。而我们对文学和文化共同的浓厚兴趣很快使我们成了无话不谈的好朋友。

杰西卡的志向是要像她的父亲一样当一个外交官，她很有见识地领会到，中美之间复杂而微妙的外交关系是美国外交事业的一出重头戏，而对亚洲文化的浓厚兴趣也使她对中国充满了好奇。她的第二语言选择了中文，每天都对着一大堆的汉字挠头不已，苦恼不堪。她经常很认真地对我说："我觉得你六岁的时候是个天才，你怎么可能记住这搅成一团团的浆糊的内在结构呢？（她的浆糊的意思是繁体汉字）"我看着她苦瓜一般的脸和她"画"得一堆堆"浆糊状"的汉字，大笑不已。不光是浆糊，杰西卡还跟汉语的四个声调十分过不去，每天她夸张地将四声分开的时候便像足了有人在练声，于是别人就叫她"杰西卡艺术家"，因为她每天吟歌作画，实在是高雅得很。可是玩笑归玩笑，功夫不负有心人，当然也在我的"东风"帮助下，杰西卡的中文一日千里，进展神速。在第一个学期快结束时，她才学了三个月的中文，有一次我正和爸爸打电话时，杰西卡跑进来捣乱，我一时兴起，便把话筒交给她，她如临大敌，紧张得手足无措，话筒差点都拿反了，后来竟和我爸用中文交谈了足足五分钟。后来我爸还在电话里将她的中文大大表扬了一番，我鹦鹉学舌般地翻译给杰西卡听，把她高兴得容光焕发，从此更加劲头十足。

阿什利是另外一个我十分钟爱的舍友，也是最为可爱的一个。洋娃娃一般清秀纯净的笑脸甜得像一泓清泉，而更为难得是，她的心就和她那招牌笑脸一样的甜。每天见到她的笑容，听到她那脆脆的声音，让我的心也不禁充满了阳光。阿什利整个人，就像是一个甜甜的天使。

圣诞节的假期，伊丽莎白十分热情地邀请我到她的家里玩。美国这里的规矩就是一般不会轻易邀请别人到家里做客，但是一旦发出了邀请，便是认真的。令我十分感动的是，伊丽莎白竟然一个人在圣诞的第二天，开车近两个小时到学校把我从临时宿舍接到了她家。接下来的三天里，在繁华的弗州首府里士曼，我们的足迹遍布了庄严典雅的剧院、琳琅满目的商场、深沉悠久的历史博物馆、风格迥异的墨西哥饭店……晚上，在她小小的温馨舒适的家里，我们一起吃爆米花，看着一部部甜蜜的老片。

宿舍里还有高挑漂亮的丽萨，活泼灵巧的劳拉，耐心周到的宿舍长克里斯廷和我那"神龙见首不见尾"的室友斯隆（关于斯隆的故事将在《薰莸同路：我的美国室友》中详细介绍）。除了斯隆之外，我们都如姐妹一般的相亲相爱。这个小小的居室，沐浴着金色的爱的光辉；每一个房间，都奏响着天籁之声一般友爱的音符。

每周一晚上十点半，我们那善解人意的宿舍长，高年级学生克里斯廷便在我们的客厅里设一个小型的茶会，清香四溢的茶水，玲珑美味的糕点，一帮美丽可爱的少女，组成了一幅温暖人心的画面。我们抱怨那博学又残酷的教授，叹息那热心又经常帮倒忙的 TA（Teaching Assistant 助教），交换饭堂里的奇遇，讨论男生的可爱，畅谈我们的人生……时间仿佛停滞在这美好的一刻，身边围坐着深爱的挚友，手里端着热气腾腾

与阿什利和伊丽莎白

的香茗，那样的无拘无束，无忧无虑，一星期的烦恼疲倦便在此时烟消云散，只有快乐的心情高高飞扬。

平时的周末，我们经常去学校旁边别致的比萨店，要一个蘑菇蔬菜比萨，刚刚出炉的比萨醇香四溢，令人垂涎三尺。咬一口，蘑菇蔬菜清香滑嫩，面饼柔韧可口，大伙儿禁不住满意地微笑，然后互相插科打诨，嘻嘻哈哈，整家店里回荡着我们青春响亮的笑声。

记得有一次我们谈起了家中的兄弟姐妹，我很是委屈地说我没有兄弟姐妹，很是孤单。杰西卡和阿什利做了一个我一辈子都不会忘记的动作，她们同时抱住我，在我耳边轻语："俏，我们就是你的姐妹呀！"

是的，我们有着不同颜色的头发、不同颜色的肤色和不同颜色的眼睛，但是我们的确是姐妹，于是，我有了五个美国姐姐。

冰天雪地中，
心里温暖自知

那第一场雪的温情

十一月，很普通的一个夜晚。我和往常一样，在晚上十一点的时候与好友并肩走出图书馆的大门。

走出门的一刹那，突然仿佛整个人迈进了一个白色的世界。我站在那里，目瞪口呆，不知所措。大片大片的雪花，天使一般的优雅，精灵一般的曼妙，从天上，旋转着，飞舞着，几分清馨，几分清纯，十分的妙不可言，无声无息地飘落在地。阔别了十三年的雪，在这异国他乡突然出现，给了我一个措手不及的无限惊喜。

回到宿舍，才发现宿舍里的其他女孩已经收拾齐整，个个精神抖擞，见我进来，欢呼一声，争先恐后地扑出门，门前的空地上，雪球大战正式开始。

三个小时后，我筋疲力尽，浑身上下粘满大朵大朵的雪花，却是忍不住大笑着，回到了房间。换上一套干净的衣服，端着一杯热气腾腾的巧克力和朋友谈天说地。突然，我发现钥匙不翼而飞了！平时放钥匙的衣袋空空如也。

宿舍的钥匙有两把，一把是套间大门的钥匙，另一把是我房间的钥匙。学校的规定是如果谁丢了钥匙，两个星期之内还没有找到，那么两把锁统统更换，费用要个人承担。这两把锁，最少也要值一百五十美金。不光是钱的问题，如果宿舍的钥匙换掉，套间里的每一个人都要换一把新钥匙，平白的又给别人添了麻烦。我看着窗外仍是下个不停的大雪，犯起了愁。

第二天早上起床推开门，外面是一个粉雕玉琢的世界。若是往日，我早就飞身出门欢呼不已，可是今天，想起那不知去向的钥匙，心里也堆满了积雪一般沉甸甸的。

没有钥匙的日子自是十分的不便。每次进门前都要擂门三声，大喊"芝麻开门"。我那些可爱的舍友们一次次地跑出来给我开门，弄得我十分不好意思。

一个星期飞逝而过，窗外仍是积雪沉重。而我每天放学后，都到那片空地上一遍遍地找，雪一天天越积越厚，不论我多么努力，在一大片的空雪地里找一串小小的钥匙，谈何容易。希望，越来越渺茫。

转眼已是第二周的星期五，离学校的期限还有两天，而我已经不抱希望了。星期五的下午我有事，要晚些回来。我知道杰西卡她们要去一个派对，可是别无他计，只好厚着脸皮央求杰西卡等我回来再去。一向爽快的杰西卡的脸上露出十分为难的神情，她犹豫地问我："那你大概几点才能回来？"我小心翼翼地说："大概八点。"她想了一会儿才说："那好吧。"

知道杰西卡她们都是爱玩的人，一定去派对心切，我晚上七点半就急匆匆地赶了回去。可是到了宿舍门口，里面灯火尽熄，人声全无。我敲了很久很久，终于完全失望了。杰西卡，到底没有兑现她的诺言。

寒风凛冽，我一个人在宿舍的门口冻得瑟瑟发抖。夹着雪花的风毫不留情地抽打在我的脸上，可怜我脸上的皮肤已经冻得失去了知觉，可是，我的心却比裸露的皮肤更冷。我站在这寒风中，思考着我们的友谊。我们那无数个晚上的彻夜长谈，那数不清的欢笑时光。我曾经真的以为我们的友谊像一杯杯热巧克力一般醇香久远，以为我们真的可以成为姐妹一般的好朋友，原来一切都是我的错觉。她们不能为我，晚一点点去派对，不能为我，花一点点的耐心，她们完全不顾我可能为此，整整一个晚上，在严寒中露宿街头。眼睛突然发疼，发酸，继而泪珠一点点地顺着脸庞悄悄滑下，不知道是因为天气严寒，还是因为这人间炎凉。想想命运真是会开玩笑，仅仅十天前，我们还在一起相亲相爱，热闹非凡。那场雪仗，真是终身难忘。想起那天晚上的欢乐，我的眼睛，不禁朝另一个方向的空地望去。

皎洁的月光下，空地上人影幢幢。竟有七八个熟悉的身影，在呼啸的风中俯首弯腰，执著地寻找着什么。几个不停地用脚在雪地中用力地踹，还有几个用不知名的工具在细细地挖。依稀的光线下，我认出了杰西卡、丽萨、阿什利、伊丽莎白、罗拉、克里斯廷……她们在干什么？突然有一个说话了："快点呀，找到没有？俏马上就要回来啦！我们还有十五分钟！"我呆呆地立在风中，没有办法思考，没有办法呼吸。我只能看，我看见红衣红帽的杰西卡正紧张地看着手表，我看见高挑的丽萨弯着腰，修长的腿跪在冰冷的雪中，我看见阿什利金色的长发在风中飘舞，我看见娇小的克里斯廷被风吹得摇摇晃晃，我看见伊丽莎白和罗拉用一把大一点的铲子在一堆雪中吃力地挖。不光是这些，我还看见这寒冷的冬夜里，爱的阳光，透过云层，洒满人间。

离八点还有五分钟，四分钟，三分钟，终于，金属清脆的响声从阿什利的小铲子下传来，欢呼声顿时响彻云霄。一串串的掌声笑声中，我艰难地将我那冻红了脸蛋的姐妹们，一一拥抱。当有人将一串温暖的钥匙轻轻地放进我的衣袋，我们携手回宿舍时，整点的钟声在远方响起，在夜空中愈传愈远。爱，创造了一个小小的奇迹。

这是一个最好的夜晚。我们终于又懒懒地坐在温暖的炉火旁，啜着热巧克力，谈天说地。我们的友情，果然像热巧克力一般，醇香久远。

薰莸同路：我的美国室友

屈原道，"薰莸不共器"，意思是香草怎能与毒草放在一起。殊不知有些人的人生偏偏就是"薰莸同路"，看上去像甜美多汁的柠檬，但拨开一看，里面却充满了苦涩的果肉。

她，名字叫斯隆，是我大一时候的室友。1980年中国颁发的那条伟大政策对我的生活的直接影响是，我还从来没有跟别人共处一室。大一了，新天新地之时，我对室友充满了好奇和友善。我想象着如何跟我的室友一起兴奋地议论我们即将开始的大学生活，想象着我们穿着印有小熊的睡衣彻夜不眠谈着女生的悄悄话，甚至想象着我们像姐妹一样混穿衣服。而我室友的闪亮登场，却有点出乎意料。

微卷的栗色长发，鲜红色的半腰吊带，牛仔短裙，她给我的第一印象是惊人的漂亮。深蓝色的眼睛顾盼生姿，给人一种既活泼又优雅的感觉。她大方地握了握我的手，从此室友身份正式确定。这位拥有天使面孔的室友，比我想象中的还要才华横溢。读英语专业的她一年级就成了莎士比亚协会的副会长，精通美术的她还是我们戏剧协会的艺术主编，同时她还是学校报纸的编辑，一年级学生会的秘书，攀岩协会的负责人……她选的课比所有人的都多都难，于是，她比所有的人都忙碌。一年级刚上课，当我慢慢地认识了寝厅里的其他女生，夜晚穿着睡衣彻夜不眠地谈着女生的悄悄话时，我的室友从来不在。她开始彻夜不归。很快，一个高大帅气的男生西装革履地来请她去舞会，浓郁的玫瑰香气溢进了我的房间，她有了一个人人羡慕的男朋友。

于是，她的生活看上去如此完美。看着她每天风风火火地出来进去，其他女生经常感叹富有的家庭，成功的学业，浪漫的恋爱，她的人生夫复何求？可是我，开始担心起她了。我发现我这位超人少女一般的室友，仿佛真的是超人，几乎到了不吃不喝的境界。每天睡觉时间是凌晨五点，八点分秒不差地迈出房门。我们邀请她出去吃饭或者去学校餐厅她从来都婉言谢绝，我从来没有见过她吃东西。于是我这个杞人开始忧天，我的室友该不是机器人吧？

美国大学生周末喜欢喝酒狂欢，倒也无可厚非。可是，每个周末三天，我的室友开始与酒精为伴。我开始习惯于她星期四、五、六三天早晨六点蹒跚入门，神志不清地倒在床上呓语。她的醉酒呕吐越来越频繁，一开始我跳下床扶她上床给她倒水漱口帮她清理垃圾，到后来我干脆睡前将一个塑料袋挂在门把手上，在她呕吐的味道和声音中蒙头大睡一觉到天亮。

渐渐地，我们寝厅里的东西开始不翼而飞。曲奇饼、蛋糕、速溶可可、朱古力都像人间蒸发一样消失了。剩下一群饥饿的女生半夜气急败坏地无法入睡。农历新年，有个喜欢我的男生为我定做了一个大蛋糕，我们寝厅晚上欢天喜地地准备大快朵颐的时候却发现蛋糕和其他食物一样飞去了百慕大。结果，我第二天不好意思说寝室失窃，只好饥肠辘辘却强颜欢笑地对男生说蛋糕真好吃啊，入口即溶啊。

她还是彻夜不归。酩酊大醉的她，开始醒在不同的地方。有一天早上她在一个陌生男生的床上醒来，于是在没有其他证据的前提下她控告男生性侵犯。这件事闹得沸沸扬扬，舆论大喧。两个星期后，同样的故事竟然重演。一个学期下来，她控告了不下五个男生，成了学校的知名人物。有一天，已成为稀客的她竟出乎意料地在五点左右回房睡下。五点半，我和同学商量好了去晨跑，开了一盏小灯，她突然从床上一挺而起，像一条翻白的鱼一样直挺挺地摔在了地上。我吓了一跳，她睁开眼睛看着我，眼睛里面的惊恐和绝望令人骇然。接着，她开始哭泣。我不知道说什么好，只能慢慢地抱住她，希望不管以前她受到什么伤害，让所有的伤疤都渐渐痊愈吧。

我们的室友关系，到底还是崩溃了。当我第二次在我们房间的地上一大清早发现胡子拉碴的陌生男子的时候，跟她很严肃地谈了一次，她一气之下搬了出去。一年级结束，我有了自己的房间，而她从此杳无音信。

大三的时候，听说她因为精神极度不愉快，提前离开学校。而我和一年级寝室的其他女生，仍然是要好的朋友，我们常常吹着咖啡上的热气，感慨着她的故事。

她的父母都是纽约著名的律师。可是，她从小的生活就没有关爱。刚刚上中学的她，被她父亲的朋友性侵犯，而做父母的，竟然毫无察觉、不闻不问。她是如此绝望地希望父母可以注意到她，于是她拼命地读书，参加各种各样的活动。对身材的过分追求使她对食物有心理障碍，她因此排斥正餐，而对别人的食物，却吃得不能自已。偷窃食物，是因为心理的畸形。

她仇恨男性，恐惧黑暗。

于是我认识的最有才华却离人生的成功最远的女子，把她最灿烂而又最灰暗的人生，融为一体。而我看到的，是一个那么无助而绝望的小女孩，在受了伤害，声嘶力竭地哭喊而仍没有回应之后，一个人在墙角里哀哀地哭泣。

美国也好，中国也好，这个世界上成功人士很多，但成功的父母很少。因为人生的成功只要努力就可以实现，而成功父母却需要一辈子的付出和关爱。想想有多少次，在山穷水复的时候，我没有畏惧；在伸手不见五指的黑暗中，我没有恐慌。因为我知道，不论我做了什么，不论我将来成为什么人，我都是爸爸妈妈最爱的女儿，而他们无条件的支持和爱护，使我在千里之外，有了勇敢的资格。因为被爱，我有了一颗爱人的心。亲爱的读者，如果你对我上面的一段话亦有同感，我们应该举杯相庆，因为我们是多么的幸运。

严格的体制下
灿烂的笑脸
（与伊丽莎白
和丽莎）

以我的荣誉起誓（一）
——谈弗大的荣誉体系

　　"我以我的荣誉担保，我没有说谎、欺骗和偷窃。"
这普普通通的一句话，凝结了所有弗吉尼亚大学学生
最庄严的承诺。

　　弗吉尼亚大学位于美国南部弗吉尼亚州小镇夏洛
茨维尔。她作为美国公立大学中的佼佼者，每年在全美
排名中都位居前二十以内。终年沐浴在南部和煦充沛的
阳光下的弗大以其旖旎的风景多年荣获美国大学中最
美丽大学的称号。其实，我在弗吉尼亚大学的一年中，
印象最为深刻的一点并不是她清丽迷人的自然风光，
而是她自然、纯朴、诚实的人文环境。而荣誉体系，则
更是让这个环境沐浴在信任的春风之下。

　　荣誉体系，是弗大最为重要的一个体系。每个学

生，在跨入弗大校门的那一瞬间，已经成为了荣誉体系一个不可缺少的组成部分。为荣誉体系描绘最初蓝图的不是别人，正是大学的建立人，美国前总统杰弗逊。当年杰弗逊为建立这所大学奔走呼告，更是亲手精心设计大学蓝图。建立荣誉体系，使学生们生活在一个信任和被信任的团体中，是他最大的梦想之一。每个刚进校门的新生，必须在杰弗逊的铜像前宣誓不得背叛荣誉体系。

荣誉体系的执行者全由学生组成，每个学院选出两名代表成为学生法官，一旦发现弗吉尼亚大学的学生有违反荣誉体系的行为（即说谎、欺骗和偷窃），学生法官将会立即报告学校，请求学校将该生开除。荣誉法庭铁面无私，毫无情面，一旦案情确凿，则该生无论背景、家境、以往成就、对学校的贡献大小，必须在规定的时间之内离开弗吉尼亚大学。

正如杰弗逊总统所说，"对一些有意践踏他人对其信任的人丝毫不留情面的惩罚，正是为了保证所有弗吉尼亚的学生生活在一个充满信任的社区。"荣誉体系建立的最终目的，不是为了执行严刑酷罚，而是为了保证所有的学生可以生活在一种被信任的氛围里。在弗吉尼亚大学生活久了，更是深深地体会到这种诚实的风气带来的前所未有的愉悦和自尊。

平时的每份作业、论文或考试，在首页上部，都毫无例外有一段誓言，英文原文如下：On my honor as a student, I have neither given nor received any help for this assignment/test. 翻译成中文就是："我以我学生的荣誉

起誓，我没有为了这份作业／这场考试给予或接受任何的帮助。"每个学生都需要将这段文字手写一遍，然后庄严地签上自己的名字。

记得有一次，我有一个很好的朋友，在教授发作业的时候找不到自己的作业，有些不知所措，因为那次作业占了总成绩的近一半分数。当他向教授询问时，教授面无表情地说，我没有批改你的作业，因为你没有以你的荣誉保证这份作业的真实性。他猛然醒悟，自己将誓言写在了作业的尾端了。他连忙把一份厚厚的作业翻到最末处，果然见到白纸黑字的誓言工工整整，教授这才答应批改作业。杀一儆百，从此每个人皆牢记将誓言写在作业的最前端，以免重蹈覆辙。每个学生，在这种严厉的制度下，无不恭行慎言，谨小慎微，生怕触犯了荣誉体系的虎威。

弗吉尼亚大学（其实是美国大学）很推崇团队精神，因此经常由教授来布置小组学习的任务，学生们组成一个个的小组共同完成。但是，团队精神所提倡的互相协助与荣誉体系的独立完成背道而驰。因此学生们必须明明白白地知道哪些作业可以开"群英会"广开言路，哪些必须单枪匹马独打天下。而有时教授们又并不明明白白地指出，因此人人诚惶诚恐，如履薄冰。我的应用微积分课上有个韩国的朋友，平时成绩也好，数学课上教授的提问经常被我们两人一唱一和地垄断。有一次教授布置了一份作业，难度和长度都是平日的两倍。这个朋友给我发电子邮件想和我一起做。我很踌躇，本来如果我们两个一起来做，取长补短，可以节省时间、提高效率，但是这份作业的说明并没有指出是可以合作完成的。最后我还是发了一封电子邮件向教授询问，最后教授的回答是可以，我们两个才安心地在一起并肩作战。

荣誉体系面前，没有朋友的情面可以讲，在弗吉尼亚大学这已经成了一条不成文的规矩。我上英文写作和国际关系课时，一个学期每每有数十页的论文要写，而经常有朋友打电话求助或者要和我合作，我有了上次的经验，都是在向教授请示后方才给他们答复，教授的答复往往是否定的，那么我只好毫无情面地断然拒绝。因为我知道在这里，如果你为了荣誉体系对不起了朋友，真正的朋友不会离你而去；如果你为朋友背叛了荣誉体系，所有的朋友都会离你而去。

正是在这种有时甚至有点不近人情的体系下，人与人之间表现出了充分的信任。平时的大考小考从来没有监考老师，而我到了弗大的整整一年中，从来没见过或听过任何形式的作弊行为，教授们给予了学生们誓死捍卫的荣誉极大的尊重和信任。上个学期的期末，有位来自澳大利亚的女生在社会学的期末考试当天回家奔丧，教授将考卷交给她说："回去吧，在飞机上把它做完。"教授并没有要求她提供任何人的监督证明。这位女生真的在飞机上把试卷在规定的时间内独立完成，然后将试卷封好交给了一位空姐求其代为寄出。空姐在信封上写下了："林西·柏德小姐在旅程中用三个小时独立完成了这场考试，全体在美国联合航空公司第 1433 号民航客机的服务人员可以作证。我们以我们的名誉担保并祝贺弗吉尼亚大学有如此卓有成效的荣誉体系和信誉卓著的学生。"该故事一时传为美谈。

荣誉体系使古老的弗吉尼亚大学焕发着勃勃生机。回头看看杰弗逊总统高高矗立的铜像，想起他数个世纪前所言的铿锵话语——"我要我们的学生成为有荣誉的公民"，想起弗大里信任与被信任的春风，竟发现铜像的嘴角，竟然似乎拂起一抹不为人注意的微笑。

在校父面前的誓言，一诺千金

我
的
美
利
坚
本
科
岁
月

以我的荣誉起誓（二）
——谈美国的信用体系

　　校园里的荣誉体系，其实只是社会上信用制度的
一个缩影。到美国之前，早已对美国闻名于世的信用体
系有所耳闻。来到这里之后，连我这个终日在象牙塔里
的学生也深深体会到信用在整个美国社会举足轻重的
地位。

　　在假期当中，我居无定所，为了方便与朋友、家
人联系，需要一部手机。美国的手机服务与中国不同，
很多家公司推出手机计划，以一年为期，每个月大概
三十到四十美金的话费，每个月可以免费在工作时间
（星期一到星期五早上七点到晚上九点）用手机通话五
百分钟，在晚上和周末免费通话五千分钟，而且手机
本身大多是免费的。我挑好了满意的计划和免费手机，

谁知道竟然有几家商店,在我打了一番电话后充满了歉意地说:"小姐,对不起,我们不能将手机卖给你,你的信用不够。"

原来在美国,有个叫做消费者信用管理的组织,这个组织与全国所有注册的商店都有联系。每个消费者,只要按时付清账单,信用指数就会增长,反之,如果拖欠账单,信用指数就会下降。而在每一个需要消费者做出一定承诺的交易中,例如手机、分期付款的汽车、房子、各种各样的贷款,卖方都可以打电话对这个消费者的信用进行查询。只要输入该人的社会保险号,他的信用历史便一目了然。每个商店都对消费者的信用程度有不同的要求,在手机交易中,消费者不花一分钱拿走一部免费手机并使用手机一个月才开始每月付费,因此对消费者的信用要求相对较高。而我才来这里八个月,尚没有足够的信用历史的积累来证明我的信用,因此信用的指数较低,难怪不少商家都拒绝将手机卖给我。

记得当初年幼时读李汝珍的《镜花缘》,对里面虚构的大人国十分地仰慕。在那里,人人天生脚下一团祥云,云的颜色是人的心地的指示剂,如果是五色祥云则表示该人宅心仁厚,如果是黑色之云则表示该人心术不正。当时便痴痴地想,如果可以有这么一种制度让每个人有一种确定的方法来度量别人的信用,那么社会上就会少了很多行骗之人之事。想不到数个世纪后,聪明的美国人真的用信用体系做成了诚信的指示剂。

于是,整整一个下午,我揣着存有四千美金的卡,转遍了几乎全城所有的商店，却没有人肯将区区三百多美金一年的手机卖给我，我不禁苦笑，信用体系，我今天算是服了。终于，在最后一家商店，好心的店主提出我将五百元美金作为押金放在该店的银行户头里，如果一年内我履行诺言如期付清每月的账单，那么年终五百美金完璧归赵；如果我没有付清账单，那么所欠余款将从这五百美金里面扣除。我答应了，于是签约，刷卡，五百美金无声无息地从我的卡中流走，总算弥补了我信用的不足。

在如此强大有力的信用体系下，商家少了很多对消费者的狐疑猜忌，数不清的商品，都是先取货再寄账单索要货款，无形中缩短了交易的时间。美国的商业，以高效率而闻名，信用体系功不可没。

和妈妈在杰弗逊故居前的合影

他和那所大学的故事
——记校父杰斐逊

稍微有点历史常识的学生都不会不知道杰弗逊。他是美国《独立宣言》的作者，是美国第三任总统，是美国历史上，也是世界历史上最重要的伟人之一。但这个世界没有人会像弗吉尼亚大学的学生这样了解和热爱杰弗逊。美国大学内流行的一句笑话是："都三百年了，弗吉尼亚那群人还没意识到杰弗逊已经死了。"这句话倒是真的，历史课上，建筑课上，甚至在杰弗逊生前不甚赞同的商学课上，杰弗逊的名字，几乎没有一天不被提起。教授们、学生们深情地一遍遍讲述着杰弗逊的故事，讲的人不厌其烦，听的人如痴如醉。一代代心口相传中，杰弗逊，就好像依然活在我们之中。因为，我们是如此地深爱我们的大学，而杰弗逊，是这所大学的父亲。

杰弗逊的故居叫做 Monticello，距离大学有二十分钟车程。一个温暖的春日，我们来到了杰弗逊的家门口。Monticello 实际上是个小小的庄园，当年住着大约三十个农奴和杰弗逊一家人。庄园前的植物依然长得异常茂密，美国南部特有的花丛长得绿百相间，郁郁葱葱。

走进大门，正门的厅堂里摆满了当年杰弗逊各个国家的朋友从世界各地给他带来的礼物。杰弗逊不光是个政治家和教育家，更是一个发明家和建筑师。他热爱科学，厅堂里他亲手设计的利用地心重力的摇摆钟，依然走得分秒不差；他别出心裁在里门的把手里装上了磁铁，到现在仍然使那道沉重的门无声无息却又恰到好处地自动关合。他的书屋和卧室都是他亲手设计的，高大的天花板上嵌满了天窗，阳光披泻而入，使屋子里充满了生机。屋子里的藏书是真正的汗牛充栋，打开的笔记本上似乎墨迹未干，仿佛他本人还在一遍遍踱步并沉思着，时不时在笔记本上写写画画。一本本厚厚的设计图摆在他书桌上最醒目的地方，我们一眼就认出，那是弗吉尼亚大学的雏形。当年，杰弗逊就是坐在这里，一个人一笔一笔地描画出了这所美国一流大学的蓝图。

餐厅里，五六把椅子随意地摆放着。导游告诉我们，当年，弗吉尼亚大学刚刚开学不久，杰弗逊已经七十岁高龄，耳朵已经听不清楚了，家里谢绝来客，可是每个星期，杰弗逊都会请五六个学生到家里来，盛情招待，仔细地倾听他们讲述对未来的憧憬，对大学的感想，对时事的看法。他鼓励学生们多上科学课和哲学课，有的时候也会慷慨地借出他珍贵的藏书，满足学生们的求知欲。

正式的会客室看上去很小，当时却是世界名流聚会的地方。当时世界上最著名的政客、画家、作家、科学家纷至沓来。他们讨论最多的问题，就是如何让尚在襁褓之中的美国巩固独立战争的成果，如何保证美利坚这块土地来之不易的自由和民主免受当时世界上最强大的力量——宗教的迫害。导游告诉我们，杰弗逊住在这里的几十年里，几乎每天都有来客，侍者在会客室来回穿梭，将来客的高脚杯里注满法国的红酒和德国的白酒。而每个人在寒暄之后都神情严肃，眉宇之间充满了忧虑。会客室里悬挂着当时美国副总统来访的一幅油画，画上的人，也是神色凝重。

会客室的窗外，是一片长长的有点奇怪的 L 型走廊。导游说，当年杰弗逊就站在那里，眺望施工中的弗吉尼亚大学。信步走上走廊，向远处一望，我简直不敢相信自己的眼睛，我们开车转弯抹角才来到的这个小小的庄园里，竟然有这么一个地方，直直地望过去，我们学校最主要的楼，当时的大学图书馆和教学楼——Rotunda，就这么跳进视野。仿佛是小山上的树木都自动向后退去，那么完美的一个图画，树丛中，端端正正的，是我的大学。而杰弗逊，从大学开始施工的第一天，到去世的那天，每天都会颤颤巍巍地走到这里，跟我今天一样，凝望着远处的大学。

忽然，很多的感动涌上心头。那个困扰着当时那么多智者的问题，杰弗逊不是已经用行动做了回答吗？这个世界上，难道还有比教育和科学能更好地捍卫自由和民主的武器吗？所有当年建国的伟人，最后都在这个尘世随风而去。可是，弗吉尼亚大学在三百年的风云变幻中岿然不动。人潮人海，日出日落，唯一永恒的是教育，那渗入人心、铸入灵魂的教育。这所大学，为这个国家的繁荣和富强，培养着一代又一代的人才，继往开来，生生不息。早已乘鹤而去的杰弗逊，就这样将那闪亮的智慧和铿锵的话语，浇灌在弗吉尼亚大学的一草一木中，定格在 1819 年，建校的那一瞬间。

这是所有弗吉尼亚大学学生延绵百年的骄傲。多少悲欢离合，她默然深藏。当年智者倾心所筑的一路一屋，至今历历在目。多少先人的足迹下，弗吉尼亚大学静静地，将往日的沧桑收藏在平适的树木与自如的鸟鸣声中，张开双臂，以海纳百川的气度将来自天涯海角的学子揽入胸怀。

我知道，总会有那么一天，我会恋恋不舍地走出这个地方，这所将我的人生推向一个全新轨道的大学。我知道，到时候，会有眼泪。我也知道，到时候，会有眷恋。我更加知道，这份感动和感激，会在心里，一生一世。

笑脸背后,那
块伤是否还
隐隐作痛?

黑白分明
——美国大学种族歧视之我所见

　　这个世界上有一种伤痕,伤得如此之深,以至于
当时间的年轮已经碾去了几个世纪,当新世纪的钟声
早已经在七年前敲响,人们还对它如此的念念不忘。那
块疤,神秘依然,仿佛一碰就会血流成河。美国的黑人
和白人,就有这么一块疤。

　　在弗吉尼亚州的人,对这块疤的感受最深不过。十
九世纪的南北战争,美国本土上发生的唯一一场战争,
弗吉尼亚州是最惨烈的战场之一。州首府里士满,当年
是南部奴隶主军队的首都,至今仍保存着当年南部总
统的总统府。里士满的南北战争纪念馆,是美国最大最
完整的。我大一的时候去过这个纪念馆,给我的震撼倒
不是里面硝烟的味道依然浓烈,也不是军大衣上的血

迹如何醒目，而是整个纪念馆，没有对谁进行评价，没有批判也没有吹捧，有的，只是对历史静静的描述。不管战争的对与错，南部将领的爱兵如子，南部士兵的英勇善战，都被一一记录，给人一种"本是同根生，相煎何太急"的感慨。

可是，不管博物馆如何的客观中立，这场战争，实实在在地在这片土地上发生过。对于美国的不少黑人来说，半个国家的人，为了将他们永远压在枷锁铁链之下不惜大动干戈的事实，仍在他们心中留下不可磨灭的伤痕。黑人和白人之间，仍然隔着一条历史与现实难以融合的鸿沟。

大学里面，黑人和白人，泾渭分明。大学男女学生，对种族的观念本来就不深，平时在校园的路上，跨国籍、跨种族的男男女女双双对对，不足为奇。亚洲女生的传统温柔，拉丁美洲女生的热情奔放，都很受大众青睐，令各国男士趋之若鹜。而最奇怪的现象是，黑人和白人的组合，我到这里四年了，却从来没有见过。我的朋友倒是黑白两道都有，随口问一问，倒是问出了不少有趣的答案。白人女生说，黑人男生太粗鲁，还是白人男生斯文；黑人男生说，白人女生太做作，还是黑人女生直率；黑人女生说，白人男生太女人气，还是黑人男生阳刚；白人男生说，黑人女生太吵闹，还是白人女生贤惠。在双方的成见之下，只怕月老也难将他们撮合，更何况我们这里只有傻傻的丘比特。

这还仅仅是冰山一角。

美国的黑人，经过了马尔科姆·艾克斯、马丁·路德·金这么多代人前赴后继的解放运动，觉得自己经过了这么多受压迫的年代，应该获得补偿。教育机会，则是最重要的补偿之一。在社会舆论的压力下，弗吉尼亚大学每年都要招收一定名额，大约是20%的黑人学生。黑人学生的平均入学成绩，远远低于白人学生。这就意味着，在这所美国最顶尖的公立大学里，很多黑人学生被招进来的唯一原因，就是他们的肤色。在这种制度下，二年级分系的时候，他们没有办法进入我们学校最有竞争力的系，例如商学院或工学院，大多数的黑人学生被迫选择了戏剧学或者社会学这样的"冷门"。

最近，黑人学生强烈抗议我们学校的教授全都是白人。于是前两天，我作为商学院的学生代表之一，给一个来学校试讲的黑人教授作面试。这个教金融的黑人教授果然十分出色，但言谈之中，他无意中透露哈佛、耶鲁、斯坦福这样的名校也在竞相角逐，试图以高薪争取他，原因就是美国去年全年获得金融博士的黑人学生总共有三个，而每所大学的教授数量都黑白失调，僧多粥少，难怪黑人教授抢手。面试后，商学院的院长询问我们的意见，我坦言相告，我们学校毕竟是公立大学，是雇不起优秀的黑人教授的。质量较差的黑人教授，又必将降低学校的教学质量。院长叹口气说，可是最终很难不向种族问题低头。

有一句话，我忍住了没说。向种族问题低头固然没错，但作为一所大学，总不能向愚蠢低头。如果真的为了种族原因雇来不称职的教授，必然产生黑人学生聚集在黑人教授身边的现象，然后呢？黑人学生得到的来自不称职的教授的劣质教育，出了学校拿什么跟白人和亚洲人竞争？这个怪圈于是继续延伸，技不如人的黑人学生使黑人博士的数量继续减少，而继往开来的黑人学生，还在徒劳地寻找黑人教授。可是这些黑人学生唯独不想，对黑人教授如此渴求，自己为何不成为一个教授，一个别人的楷模，一个黑人学生真正的英雄。

历史的疙瘩，可以用战争和法律来解开。可是人们心中的疙瘩，却挥之不去。如果人们注意的仅仅是肤色的不同和政治的争吵，那么黑人永远得不到他们最想争取的——经济上的平等和繁荣。

在呵护和放任中成长

　　美国大学的自由遐迩闻名，在这里，我真正体会到了一种完全的自由和放任，无论是在学术上还是在生活上，校方都把学生完全当成一个成熟而有分寸的成年人，知道为自己的行为负责。而同时，学校又为学生提供了最周到的安全措施，确保学生们的安全。呵护和放任，就好像是两股逆向流淌却又并行不悖的水流，在这两股冷暖交融的水流里，正值豆蔻年华的少男少女们在慢慢成长和成熟。

　　在这里，很多中国大学生耳熟能详的条规都隐形遁迹。没有了早上六点钟的早操铃，没有晚上十一点拉灯的铁纪律，没有必须参加的班会，没有班主任，没有男女生不得留宿的清规戒律，甚至学生不一定非要住学校的宿舍，可以在学校外边自己找房子住。

在学校常常看到和听到的一句训诫是：你必须为你的行为负责。在很多事情上，学校没有任何的校规禁止某些行为，但是学校却十分充分地给学生灌输了一种责任感，而在某种意义上，这种责任感是最好的约束。

就拿最为敏感的男女生同居来说吧，美国社会将性看成是一种自然，一种人性，也有很多的电影大肆渲染性的美丽。如果学校严加管束，那么很有可能适得其反，青少年的逆反心理可能会吸引着不谙世事的少男少女们反"校"道而行之。弗吉尼亚大学在女生宿舍张贴很多的宣传画，揭开了性神秘的面纱，并谆谆善诱性沉重的责任。有一张海报上甚至画了一个可爱的婴儿，上面写着"他很可爱。他是你们爱情的结晶，不是吗？"下面则是很多的日用品，婴儿的尿布、小孩的书包、脚踏车，甚至有一辆崭新的汽车，旁边写着"可是，为人父母，你们准备好了吗？"

对一年级的新生来说，很多的自由都与他们无缘。一年级的学生被强制要求买校内学校餐厅的膳食计划（每个学期1400美金左右，吃不吃一视同仁，统统要买）。新生还一定要住学校的宿舍，校方安排室友，而高年级的学生有自由选择室友的权利。如此的"欺下媚上"，一年级的学生"初生牛犊不怕虎"，自然怨声载道。学校的解释是：一年级的学生初来乍到，尚未适应突如其来的自由生活，如果放任自流则有可能由于饮食不规律、睡眠不佳而引发一系列的健康问题，因此需要多加管束、严加管理。从那时起，我才知道学校之所以"放任自流"不是因为疏于管理,而是因为,正如校长曾经所说:"充分地信任学生,并且应当要他们知道他们享有的自由,但同时意识到自己的责任。"

　　大学生的安全问题一向是校方最为关注的问题,校园面积庞大,占据了整座夏洛茨维尔小城的大半,而且美国大学都是没有校门围墙的,从来就没有学校到了一定时间关门以保证学生安全之说。学校没有熄灯制,学生宿舍二十四小时开放。什么时间回房间,甚至回不回房间都完全是学生们自己的选择。大学生学习紧张,社交频繁,挑灯夜战是家常便饭,夜不归宿也屡见不鲜。学校最大的图书馆也是二十四小时开放的,莘莘学子一到考试周便常常彻夜不眠。有球赛或者节日的夜晚,经常晚上三四点钟还有一群群的男男女女浩浩荡荡地在街上玩得不亦乐乎。学校旁边的墨西哥串烧店、咖啡店、三文治店经常整夜开放,校方也绝对不会干涉。周末的晚上,店里面的欢声笑语、灯红酒绿使大学城几乎变成了都市里的不夜城。

　　但是,细心的学校不忘在校道上每隔数米远就安装一个安全报警器。所谓安全报警器,也就是一个公共电话,上面有一个蓝色的小灯。走近了一看,就会发现这个公共电话不同凡响。在一排排的数字按钮下面,是一个大大的醒目的红色按钮。原来只要轻轻地按一下这个红色按钮,就等于拨打了911,警方会在三分钟之内赶到现场。每当夜晚华灯初上之时,报警器上蓝色的小灯会自动亮起,为人们指示他们的位置。而我们,每当因为晚上有课或者开会不得不走夜路时,只要看见暮色沉沉中一点点温暖的蓝色灯光，心中就不禁涌上一阵阵的踏实和安全，自然还有对学校丝丝入微的体贴和关怀的感动。因为我们知道，在这蓝色灯光的另一端，都有至少一个值班人员一天二十四小时的守护。那一盏盏的蓝色小灯，就好像我们的守护天使，凝结着学校的叮咛和关爱。

不光如此，学校还有守护天使一般的晚间护送服务。每个新生入学时学校都会发给他们一个精致的小钥匙扣，在别致的红色三角形饰物上清晰地印着这个护送服务的电话号码。每天晚上十点到第二天清晨六点，无论学生们身在何方，只要拨打这个号码，将自己的所在地和目的地告诉另一边的接线生，那么护送服务特有的蓝白相间的面包车就会在二十分钟之内风雨无阻地开到，免费将学生们安全地护送回宿舍。弗吉尼亚的学生们都是标准的书虫，二十四小时开放的图书馆里经常是座无虚席，有了这个护送服务，就好比给学生们

呵护和放任，
相辅相成

吃了一剂定心丸，令在图书馆里温习功课的莘莘学子可以专心埋头苦读，而无独行夜路之忧。即使不学习的时候，我们多半都是夜猫子，周末的晚上我经常跑到朋友那里谈天说地，品茶弈棋，常常就忘了时间，在指点江山之时抬起头来看钟，那根针就不知不觉地跑到了凌晨的两三点钟。每次我都是轻轻地拨下简简单单的几个数字，那辆亲切的面包车就会不管雨雪风霜将我平安地送回温暖的宿舍。

记得上次我坐护送服务的面包车回宿舍时，跟开车的老司机说了再见后慢慢地走上宿舍前的台阶，身后却没有面包车启动离开的声音，回头一看，两鬓皆白的老司机正专注地看着我，他看见我回头，笑了笑摆手示意我继续往前走。他在那里耐心地等着，一直等到看见我打开宿舍的门，进门并将门锁好后才启动车子离开。我透过窗户目送他，心里的感动一圈一圈地涌上来，他那苍老的脸上闪烁的分明就是守护天使的光辉。

台阶很短，情意很长。而这种情意，并不是简单的素昧平生的两个人之间的情意，而是弗吉尼亚大学对学生们不动声色却无微不至的母亲似的情意。我忽然明白了学校的用意，表面上的放任实际上在给学生们最大的空间和自由，学生们在这种自由的空间学会自我约束，成熟而理智地做出自己的选择。而同时，学校从没有忘记过自己的责任，默然深藏的关爱一如既往，从未停止。

美国民风掠影

　　转眼已到了我留学美国的第二个年头，对美国的了解也日渐增多。我就读的弗吉尼亚大学，坐落在一个人口不到十五万人的小镇夏洛茨维尔。小镇的居民常年沐浴在和煦的阳光下，民风民俗也被熏陶得极为友善和淳朴，人和人之间充满了关爱和信任。出乎我意料的是，中国古人梦寐以求的"路不拾遗，夜不掩户"的景象竟然在这里成为了现实。

　　茵茵的绿草上，偌大的图书馆里，经常有人将东西到处乱放，过了一时半晌甚至三天五天的才猛然想起，回头再看，往往发现东西原封未动。有时就算有人捡了，也会想方设法和失主联系，不辞劳苦地完璧归赵。我虽然算题很少出错，生活之道却疏于研究。平时在国内大衣帽子鞋子书籍本子，凡所能丢，无所不丢，令父母甚是伤神，常给我买双份的。到美国后，虽然水土有异，但毕竟本性难移，还是经常丢东西，可奇怪的是我不曾有所损失，只要在物品上写了我的名字，尽管丢了，也一定会有人送回来。

半年前的一件事令我终身难忘。我有一部笔记本电脑，是从国内带去的，平时跟我形影不离，是我学习的好帮手。有一次我终于把它丢了。之所以用"终于"一词是因为在校园里曾丢过一次，让人拾到给送了回来。可是这次是在汽车站，尽管电脑包上有我的英文名字，我认为也没有希望了。想不到一个星期后，在我宿舍的门口发现了这部电脑，完好无缺，只是上面多了三个字条。第一个字条是这样写的："你好，这是我在公共汽车站捡到的。你的 Lincy。"是男士的名字。第二个字条写道："你好，这可能是你留在公共汽车站的，有人误把它交给了我。你的 Cao。"是女士的名字。第三个字条内容相似："你好，这可能是你遗忘在公共汽车站的，有人误把它交给了我。你的 Ciao。"也是女士的名字。三个条子，三种字体，三句很简朴的话，三颗诚挚的心，让我备受感动。只是一部普普通通的电脑，却有三个陌生人接力般地辗转寻找失主。我感到思想有了升华，更深刻地懂得了什么叫高尚，也深切体会到了异国他乡的人间温暖。我真的以生活在这样的社区为荣。

到美国人家里做客，我又有了惊奇的发现，美国人的住宅竟然不锁门。在广东看惯了家家"深院锁清秋"的场面，这里的美国人家却敞开门户，可真让我大开眼界。记得第一次到我的友好家庭做客。友好家庭是弗吉尼亚大学为外国留学生特意安排的，是不收费的，目的是使这些远离家庭的学子得到家庭的温暖，忘掉想家思绪，专心学习。我和女主人艾米正聊呢，她突然想起家里需要面粉，于是带着我把门掩上开车就走。我不解地问："家里还有其他人吗？"她若无其事地说："没有啊。""那门不用锁吗？"她有些奇怪地看了我一下："家里这么多门，怎么锁得过来？"我不禁瞠目。心想，将自己家好好的一幢小楼门窗大敞，岂不是开门揖盗吗？

不久和他们家混得熟了，才知道不光他们家这么做，镇上的居民都这样。在中国人防盗网防盗锁日新月异的今天，美国人却做到了中国人千百年来梦寐以求的夜不掩户，时代和空间的差异，令人唏嘘。他们家里的锁大部分是老式的铜锁，式样老旧就不说了，而且看样子不堪一击，中国的贼可能都不用经验老到的，只要是一个新手，这样的锁就是形同虚设，可是就连这么一个锁，他们还不喜欢锁。艾米和埃瑞每天带着三个孩子浩浩荡荡地出去散步，全家倾巢而出，可是门就轻轻地掩上，他们也不会紧张得半路眼皮跳。

还有一件事也给了我很深的印象。暑假里我订了回家的机票，一天清晨正准备去晨跑，突然踢到了门外一个小小的邮包。我打开一看，大吃一惊，这个不起眼的躺在门口的小邮包里的竟然是我价值一千美金的往返机票。我不禁怒火中烧，这美国的邮差也太过分了，也不言语一声，也不要签名，把包裹扔下转身就走，如果丢了算谁的责任呀？后来我考察了一下，发现其他住宅前的台阶上，竟也遍布着大大小小形状不一的邮包，没有锁的邮箱里，邮件塞得满满的。这里的居民似乎完全没有保护自己的邮件免于失窃的概念。美国公司经常给顾客以售后退款的方式打折扣，这种退款经常是几百美金不等，也就随随便便地将支票往普通信封里一塞就邮了过来。我在银行办的信用卡，任何人捡到了都可以随时刷卡取钱，可银行竟然连挂号信都懒得用，用的是普通的平信，居然也安全地寄到了我的手上。我真的不禁发出了当年三毛留学美国时那声著名的感叹："美国，美国，果然不同凡响！"

喜也派对，忧也派对

忙忙碌碌了整整一个星期，星期五终于踏着轻松的步伐姗然来到。好容易有两天大好的光阴可以脱离教授的唠叨和助教的刁难，莘莘学子无不喜形于色，校车上到处都是一张张如释重负的笑脸。"周末干什么去？""我的朋友家里开派对。""小心别喝得酩酊大醉了！"那个被忠告的人一定会是一脸的骄傲。

美国大学的派对是学生们重要的社交场合，不同的学生宿舍经常会举办各种各样的派对，派对上的东西并不多，大部分就是饮料和薯片等小吃，开派对最重要的莫过于好酒和音乐了。美国对买酒有严格的规定，通常年轻人不到二十一岁不能在公共场合喝酒。可是大学的派对上这些清规戒律形同虚设，十八九岁的少男少女们趁机开怀畅饮，让一个星期的压力劳累在谈笑打闹中随着一杯杯流转着彩色灯光的美酒一散而尽，充满了梁山好汉大块吃肉大口喝酒的豪气。

开派对的原因有很多：生日要开派对，庆祝平安快乐地度过了一年；情人节要开派对，给单身男生女生们找个解闷的地方；有朋自远方来要开派对，大醉一场似乎是最好的迎接；甚至有个老兄天冷了也要在家里开个派对，说外面天冷我们聚在一起喝酒取暖吧。于是，友谊在酒精中发酵，爱情在酒精中萌芽。

一年中最有趣的派对莫过于万圣节的化妆派对了，女生男生们戴上面具假发，穿上长袍，去陌生的派对，满眼望去，一片的妖魔鬼怪，没有平时熟悉的面孔，更可以在伪装下为所欲为。音乐声中，一群人追逐尖叫，是真正的群魔乱舞。大笑声，拍手声，尖叫声，使这个小城也变成了灯红酒绿的不夜城。更有甚者，公报私仇，仗着别人认不出自己，如果认出了哪个平时有"过节"的家伙，就趁机上去作弄一把。我的一个平时喜欢搞恶作剧的朋友，就在万圣节的派对上栽了跟头。一个带着十九世纪法国式假发的男生"不小心"推了他一把，他没站稳跌在地上，一个带蝙蝠侠面具的女生"碰巧"将一个不知道从哪里弄来的生鸡蛋从桌子上不偏不倚地推下，鸡蛋在他脸上开花。他气急败坏地要站起来，结果不知道谁在他脚边放了一块奶油蛋糕，一站起来就结结实实地踩了一大脚。众人哄堂大笑。

有趣归有趣，大学生们毕竟年纪尚轻，在酒精的作用下，很多的悲剧，还是发生了。去年冬天，当地的一个居民在酒精的驱使下挑衅一个同样喝得烂醉的弗吉尼亚大学的学生，两个人开始了一场血腥的械斗，最后当地的居民竟然被那个酒后暴怒的学生数拳打死。后来我们才知道，那个学生是我们学校空手道俱乐部的，下手比旁人重，而且本能地知道人的要害部位，这几拳打中了这个当地居民的太阳穴和心窝。这个二十四岁的消防员的老父在法庭上白发人送黑发人的悲怆表情，被我们学校的报纸放大刊登了出来，全校的学生都被震动了。上个学期，我同届的一个商学院的学生，晚上被一个从派对上出来的酒后驾车的女生开车撞死，阴森森的黑色挽联，沉沉地在商学院的门口挂了很久。

于是，我欣慰地看见现在派对上经常有一个事先说好的"警卫员"，朋友们之间常常轮流当这个"警卫员"，这个人在派对上会滴酒不沾，看见有喝高的就劝停，有喝醉的绝对不让开车回家。有酒后挑衅闹事的，"警卫员"好言劝解，劝不开的，在事情没有发展到不可收拾的地步之前打电话给夏罗茨维尔警方。

这也许就是成长的一段必经之路吧，我们都是凡人，所以会忘乎所以，所以会犯错，但我们毕竟不是无药可救的愚人，我们终究会从教训中学习怎样去思考和负责。周末的派对依然热闹，可在热闹中，我们还是慢慢地成熟了。

今天，让我来介绍中国

小的时候，我想做一个外交官，将中国介绍给全世界。现在，当我走出国门上大学，和一群金发碧眼的人们朝夕相对时，向他们介绍中国，是我最为骄傲的一件事。

我用笔写下留学经历的一个最大的初衷，就是因为中国人对美国了解得太少。而实际上美国人对中国，了解得更少。我在中学时虽然美国历史只是读了一个皮毛，但至少还是知道独立战争和美国内战，知道美国著名的几个总统，而美国人对于中国历史，却是一窍不通。

可是，我这帮聪明的美国朋友们，认识我之后，就不能再摆出一个无知的面孔。小的时候，多多少少学了一点茶艺，亲爱的爸爸妈妈从家里寄来了上好的绿茶，于是经常邀了安迪、克里斯廷、克里沃和依万娜几个朋友过来品茶谈心。我的小小茶会经常是晚上十一点以后才开张，那个时候我们大多都在功课的围攻下殚精竭虑、力不从心，正好有中国的绿茶，健脑提神，身边又有亲爱的好友陪伴，其乐融融。而在这个小小的茶会上，我经常会将上好的中国文学，作为伴茶的糕点奉上。

我会从中文书中选出梁启超、三毛、张爱玲的经典短篇，翻译成英文，给我的朋友们看，翻译之后的语言自然没有原著典雅庄重，但是仍有"窥一斑而见全豹"之效。好朋友肖恩就是一个徐志摩的忠实信徒，他对《再别康桥》情有独钟，念念不忘，甚至在他的一篇西方文学的论文里引用了我翻译的最后几句，"悄悄的我走了，正如我悄悄的来；我挥一挥衣袖，不带走一片云彩"。结果他的老师大为诧异，给了他一个 A 不说，还特意叫他过去问，他是看谁翻译的版本，这句译文跟他自己看到的不一样，却很是别致有趣，也很是贴切。我听说之后，自然得意了很久。

好朋友安迪过生日，我送了爸爸在广州特意挑的《三国演义》的英文版，生怕有的译本词不达意坏了招牌，特地挑了一个美国纽约大学的教授翻译的，他看了以后大为震惊。用他自己的话来说就是："想不到一部小说可以写得这样复杂却又繁而不乱。我从来没有见过一个作家有这样的胆量用这么多主人公，却又将他们介绍得这样有条不紊。"这本《三国演义》让安迪发了好一阵子中国文学烧，每每提到《三国演义》就兴奋得上蹿下跳，乐不可支。

好朋友依万娜本来就迷信，她信的神中外加起来大概不下二十个。我又不怀好意地送了她一本《聊斋》，结果她在发中国烧的同时发起了中国的鬼烧，每日疑神疑鬼。我一看不好了，只好每日给她多灌输一些无神论，要不然有朝一日她准会一口咬定我是个来自中国的小狐狸变的。

　　我们更加喜欢做的，是比较中外的文化。我到了美国的几个月后迷上了西方哲学，每日都和我的朋友们谈论苏格拉底、柏拉图、亚里士多德。最后我还把看家本领"孔夫子"拽了出来，把他和苏格拉底放在一起，还真是绝了！两个老头，一中一外，却都是一派哲学的创始人，都留下了无数的名言和哲理让后人回味无穷，都是自己没怎么写书，言行全部由后人代笔记下的。我们为此得意了好久，对外戏言我们可以开一个中外哲学讲座了。

　　还有一次，和经济系的雷诺斯教授一起到美国一个很有名的政治俱乐部参观，他们提倡完全的无政府化，主张将政府的影响和干预降到最低，有点疯狂的一帮人。我对他们倒是挺感兴趣，并不是因为我同意他们的主张，而是我发现他们和老子的(政府)清静无为有几分相似之处。当我把我的想法告诉他们时，他们大为兴奋，于是中国的哲学课又再一次上演。

　　这，大概是我到了美国之后学到的最为重要的一课。作为一个留学生，在这个亚里士多德的后代居住的世界里，在这个世界上最强大的国家中，我对自己说，凡事有果必有因，美国，乃至西方的强大和繁荣一定有它的原因。我不远万里求学，求的就是这里的教育，学的就是这里的文化。我十二分愿意敞开自己，以容纳百川的胸怀去观察、去拥抱、去融入这种文化。我感谢我的朋友们，他们无私地、热忱地将一个立体的美国介绍给我，将一幅与中国风格迥异却又一样的博大精深、紫气氤氲的文化图展现在我的面前。

而我，似乎从踏上美国的那一刻起，就觉得自己作为中国使者的责任义不容辞。是的，没有人说我有这个义务，也没有人会因为我对中国哑口不谈而责怪我；但是，我只觉得我身后的文化，在呼唤，在呻吟，在为进一步的推广和介绍而迫不及待。

我在美国的社团服务

我深深地知道，自己是多么幸运的一个人。而我也深深地知道，这个世界有很多不幸的人们，因此我悲天悯人的心，无论走到哪里，从未放松过。在大学的时候，我只要一有时间便去做志愿者，为需要帮助的老老少少做些力所能及的事情，这给了我很大的快乐，也是我大学生活中最美丽的点缀。

弗吉尼亚大学国际学生办公室的主任苏珊娜是我的好朋友，我经常作为学校的亚洲学生代表给未入学的新生发发信，等他们来到学校之后再以老生身份聊表慰问之类的。有一天，苏珊娜告诉我，当地的一个老人院想请几个大学生去帮助他们搞一个老人节目，我欣然应允。

夏洛茨维尔的老人院是由政府资助的非营利性组

织，里面的老人儿女不在身边，又没有能力请私人保姆，于是住进这个干净方便的老人院，和其他老人共度晚年。我和苏珊娜跟组织这次活动的老人聊过后，发现这些老人大多是一辈子足不出户，不少老人竟然从来没有迈出过弗吉尼亚州一步。于是我们策划了一个项目，请几个国际学生来给这些老人讲讲世界各国的趣闻。

于是，整整一个周末，我走遍了校园的各个角落，将征募国际学生志愿者的广告贴满了大街小巷。在弗吉尼亚大学，只有两件事情能让所有人争先恐后万人空巷——美式足球和公益活动。不到一天，我就收到了近百封回信。来自非洲、欧洲、南美洲、大洋洲和亚洲，还有不少太平洋上一些我从来没有听过的小岛国的学生纷纷给我发电邮，自告奋勇愿将自己的国家介绍给这些孤苦伶仃的老人们。我和苏珊娜细细地挑了很久，最后挑了一个巴西的女生来讲南美洲，一个南非的男生来讲非洲，而我就来讲亚洲和中国。

那大概是我至今见过最特别的听众了吧。平均年龄超过八十岁的二十多个老人，有的坐在轮椅上，有的拄着拐杖。每个人还特意带上了助听器、老花镜，规规矩矩地坐在那里，听我们讲那些他们终身没能去过的地方的故事。

巴西的女生，特意带来了她高中毕业照的放大相。一尘不染的海滩上，穿着整洁美丽的沙滩裙子的女生和黝黑健壮的男生的靓影，照亮了整个房间。老人们的眼睛一下子亮了，青春锐不可挡的朝气，和南美洲人天生的快乐相结合，就这样让每个人感觉到生命的美好。

南非的男生，带来了热带雨林的礼物。他的一张张相片，满满地渗透着那些在世界其他地方已经不复存在的原始森林的深绿和湿润，动物们那种悠然自得的神态，是发达国家的人们从来没有见过的。来自一个很大部落的他，在相片上穿着色彩鲜艳的服装，在野鹿间纵情地奔跑、大笑。

终于，轮到我了。我的幻灯片，从一张卫星拍摄的照片开始：万里的高空上，地球上每一个建筑物，都缩成了一个小小的模糊不清的影子。可是，慢慢地看过去，一个延绵不断的建筑物，在一片影子中呼啸而出，清晰得让人不相信自己的眼睛。这，就是中国的万里长城。卫星图片慢慢旋转，亚洲各个国家的影像也在慢慢变得清晰。每转一处，我就会讲一个故事，泰国的泼水节，新加坡的腾飞，日本和唐朝千丝万缕的联系，韩国那举世闻名的泡菜……一个个国家转过去，最后停在了中国上。这时候，我特意请来的几个死党，穿着中国的服装鱼贯而出。四五个高鼻蓝眼的姑娘，穿着明清时期的官服和民装、蒙古的骑马服，捧着我们前天晚上根据我伟大的妈妈在长途电话里口述的各种菜谱，现买现卖做成的各色小吃，装出中国女生文静害羞的模样，让老人们捧腹大笑。有一个老人问，为什么你自己没穿民族服装。我看看自己，身上穿的是这个夏天最流行的粉红色露背裙子，很诚恳地说："因为我想让大家知道，中国女生，已经跟以前不一样了。"是的，我也曾经想过要不要自己也穿上民族服装，可是在美国的经历告诉我，美国人不是不知道中国的历史源远流长，而是不知道，中国已经不是那个在历史中驻足不前的国家了。很多的美国人，还以为中国人还在那个梳着长辫子的时代。我最想告诉这些老人的，并不仅仅是中国的历史，而是中国的现在，那个女孩子缠足不出户、忸怩畏惧的时代，已经永远是历史了。现在的中国女性，是他们面前这个漂洋过海和美国人一争高下的女生。流利的英语，大方的仪态，是我要讲的现代中国的故事。

不一会儿，老人们没牙的嘴里就塞满了广东和东北的小吃，吃得宾主尽欢。我那些从未洗手做过羹食的女生朋友们，看见自己第一次作中国菜的三脚猫功夫竟然换来了满堂的喝彩，别提多得意了。我看着她们那一脸的高兴，感慨地想，这里这么多的老人，多么希望自己可以扭转时间，去世界各个地方走走，特别是去中国看一看那神秘的东方，而我今天有机会，可以将他们向这个美丽的梦想拉近了一点点，是多么的荣幸。

很多很多个月过去了，就当我将这段小插曲渐渐忘却的时候，我收到了一张来自北京的明信片。刚劲的笔迹写着："俏，我来到了长城。如果没有你，我可能永远不会走出那个敬老院。谢谢你中国的故事。"我已经不可能知道这张卡片出自哪位老人之手，也不知道是哪一颗心，在我绘声绘色的故事中悄悄地埋下了去中国的愿望。我只知道，我那个月所有的努力，都得到了上天如此慷慨和美好的回报。

我在美国大学荣誉法庭当法官

在我们的大学生活里举足轻重的荣誉体系的独特之处在于执行者全由学生组成，原来的系统是每个学院选出两名代表成为学生法官，而现在荣誉体系进行了改革，将固定的法官改成了临时的陪审团。于是每起案子的审查都会由电脑随机抽出十二个学生作为临时的陪审团审判并且投票决定。由于没有法官，这十二个学生便成了实际意义上的联合法官。一旦陪审团决定学生有违反荣誉体系的行为（即说谎欺骗和偷窃），他们将会立即报告学校，请求学校将该生开除。荣誉法庭铁面无私，毫无情面。

这是一个很普通的秋日，我意外地收到了荣誉法庭的一封电子邮件，邀请我成为星期日开审的一件作弊案的陪审，我欣然前往。这段经历，竟然令我的心情近一个星期都不能平静。

案情很普通，一个四年级的学生，一次数学作业作弊。那是很微不足道的作业，占这门课总分的不到百分之一。可是，作弊的迹象非常明显：原原本本的抄袭，两份作业如出一辙。

作弊的是一个四年级韩国学生，成绩一直都不错，今年正在申请医学院，因为最近申请工作繁重，所以无暇顾及平时的功课，而这又是一门必修课，一急之下便铤而走险，抄袭了室友的功课。在法庭上，他的态度诚恳，供认不讳，请求荣誉法庭再给他一次机会。

看着他的脸，我的心一阵绞痛。荣誉法庭给予我们的权力，不是宽恕，而是鉴别。只要作弊的事实确凿，不论作弊的规模大小，不论作弊者的身份，开除是不可避免的命运。可是，同为国际学生，我知道他一路走过的辛酸艰苦，又怎么忍心做这个判决。拿起笔，看着象征着公正和无私的裁决纸，手仿佛系了千钧重担一般的沉重。我知道，这个简简单单的圆圈一画上去，一个人一生的锦绣前程就将画上句号。那昔日医学院飞舞昂扬的梦想，那张曾经无忧无虑的年轻的笑脸，那不远重洋毅然出国留学的勇气和一切在异国他乡的奋斗都仿佛只是黄柯一梦。只因一念之差，没有回头，没有转折，没有同情，他，将离开这个国家，离开大学里的一切，回到四年前的原点。但是，现在我是荣誉法庭的法官，我的决定，将是所有弗吉尼亚大学生的决定，我的圆圈，是对这所大学的公正和所有人的荣誉的捍卫。我，别无选择。

十二个陪审员，除一人外，全部投决有罪。看着他默默走出法庭的身影，我深深地觉得自己和荣誉法庭做了那么一个残酷的决定。

但是，因为残酷，所以有效。

让我们为你欢呼，我们亲爱的弗大！
——足球的热力势不可挡

　　弗吉尼亚大学的足球队全美闻名，每当秋季来临，整个大学的情绪就不知不觉地饱满起来，骚动起来，疯狂起来。球赛的季节，是热情洋溢的季节，是人潮人海情绪高涨的季节。正所谓入乡随俗，既然我现在身在美国，我所说的足球自然就是风靡不衰的橄榄球。

　　秋季，一般是美国大学足球队竞相角逐、问鼎中原之时。这个时候，各个大学之间的球队竞相角逐，在不同的大学里举行巡回比赛，一决雌雄。从九月到十二月的三个月里，平均两个星期就会有一场主场球赛在弗吉尼亚大学举行，届时整个大学万人空巷，男女老少，皆熙熙攘攘地去看球赛，好不热闹。美国人对于他们的足球本来就疯狂得堪称一绝，更何况现在为了学校的荣誉，更是摇旗呐喊，理所应当；声嘶力竭，在所不辞。

　　弗吉尼亚大学的幸运色是橙色和蓝色，自然而然，每到球赛的日子，整个大学就是一片橙色和蓝色的海洋。本来球赛之时，会有很多外校的学生不远万里来支持本校的球队，大学里人来人往，正所谓"知人知面不知心"，于是人群里鱼龙混杂、敌我不分。但是幸亏有了橙色和蓝色这个试金石，校道上只要看见身穿橙色和蓝色的人自然就知道是自己人，大家交换眼神会意而笑。

弗吉尼亚大学的球场规模宏伟，椭圆形的球场足足可以容纳上万人。每到球赛，看台上座无虚席，场面壮观。球场的上方竖起了巨大的屏幕，让观众将球场上的每一个细节尽收眼底。

弗吉尼亚大学历史悠久，闻名遐迩，三百多年的历史沉淀自然也为足球赛积累了极其丰富的传统，最为著名的有两个，第一个是球赛的时候男生女生皆盛装亮相，闪亮登场。绝大部分的美国人通常在看球赛时，穿着基本以休闲为主。但是弗吉尼亚大学有个不成文的规矩，就是一定要精心打扮才可以昂首阔步走进观众席，否则就会迎来旁人不屑的眼光。于是比赛当天，男生一般都是西装革履，胸前领带飘飘。可怜的就是大学的商店为了迎合橙色和蓝色的幸运色，特意推出了橙蓝相间的西装和领带，实事求是地说，那种颜色的搭配真的不伦不类，实在不敢恭维。可是弗吉尼亚大学的男士们不惜舍身以穿自己学校颜色的西装领带为荣，即使常常被外校戏称为弗大的"小丑装"亦不以为意，其爱校拳拳之心，日月可鉴。女生们更是煞费心机，争芳斗艳，使得球赛场上花团锦簇，万紫千红。我的宿舍有八朵金花，每每到了球赛之前，宿舍里面就一片忙乱，八个女生跑进跑出，那种不厌其烦"对镜贴花黄"的精神，常被男生笑话说弗吉尼亚大学的女生自己出阁嫁人时也不过如此。记得有一次，我有两个很要好的来自宾夕法尼亚的朋友来看球赛，在赛场上他们最大的感慨竟然不是我们弗大球队的骁勇善战，也不是我们拉拉队的气势磅礴，竟然是那观众席上的百花争艳，两个已经订了婚的大男人竟然异口同声地说："上帝，这里真是天堂。"弗吉尼亚大学的美女如云全美闻名，依我所见倒并非是因为上帝的偏爱，大部分原因或许还是球赛场上的美女阅军仪式令所有的外州人印象深刻吧。

另外一个传统就是别具一格的球赛开场仪式。在球赛开始之前，在观众们的高声欢呼中，大屏幕上显示出一幅南部骑士形象的漫画，他身材魁梧，全身披甲，胯下一匹高头大马，英姿勃勃。只见他精神抖擞地策马急驰，风驰电掣一般地穿过了我们熟悉的教学楼、宿

足球的热力势不可挡

舍、饭堂，直向体育馆的足球场冲来。屏幕显示着他离我们越来越近，突然一声炮响，球场一边的栅栏被撞开，一个和屏幕上的卡通骑士装束一般无二的骑士以迅雷不及掩耳的速度骑马冲进了赛

场。观众席上人潮翻涌，呼声如雷，狂热的人们摇旗呐喊："弗吉尼亚！"

在看球赛的过程中，观众的情绪一直高涨不落。特别是每当球队得了一个大满贯，即八分，所有的弗吉尼亚学生不管互相认不认识，都会紧紧拥抱。然后成千上万的学生全部起立，搭住旁边人的肩膀，高声唱起我们的校歌，整首歌及中文大意如下：

The Good Old Song of Wa-hoo-wa

We sing it o'and o

It cheers our heart and warms our blood

To hear it up and roar

这首歌叫哇呼哇，来自那以前的好日子

我们唱了一遍又一遍

它使我们精神振奋，热血沸腾

当我们听到它响彻云霄

We came from old Virginia

Where all is bright and gay

Let's hold our hand and give a yell

For dear old UVa

我们来自古老的弗吉尼亚

那里处处明亮欢快

让我们携手共喊

为了亲爱的老弗大

歌的旋律借用了《友谊天长地久》的曲调，深情款款又斗志昂扬，充满了年轻的活力和胜利的喜悦。嘹亮的歌声响彻云霄，经久不停，整个球场仿佛在燃烧，在沸腾，在焕发着不可遏止的激情。

球赛的结果将影响着整个学校当天晚上的情绪。如果球赛赢了，那么人人喜笑颜开，击掌相庆，处处张灯结彩大摆宴席，一个个傻傻的家伙可能整整一个晚上在街上意犹未尽地大唱校歌。如果球赛输了，好家伙，美国人号称是世界上最烂的失败者，意思是如果美国人输了，那么他们这些家伙一定不会输得很绅士，一定不会承认自己技不如人，一定会骂娘。而如果是输了球，那么就一定会回家找点什么东西砸一砸出气。于是整所学校的男生们，如果输了五分，就好像是考试不及格；输了十分，就好像是女朋友被人拐跑了；输了十分以上，就好像是股市亏了个血本无归！用他们自己的话来说，就是已经没有什么可以输的了，砸吧，砸吧，不砸实在难出心头这口闷气。

于是，平时学习考试的压力、郁闷、紧张都在看球时的疯狂、激情、大喜大悲中痛痛快快地释放了出来。过了周末，在星期一的校道上，走在路上的又是一张张平和、勤奋、欢乐的笑脸，仿佛昨日的癫狂，只是南柯一梦。

足球，足球，真是一言难尽。

大洋彼岸的
另一个家

拜德家的故事（一）——异国亲情

收到录取通知书的时候，大学寄来了一个厚厚的
信封，其中一个小小的信封装了几张薄薄的不起眼的
纸，我好奇地展开一看，原来是一个叫做 host family
（友好家庭）的项目申请表。具体的内容是弗吉尼亚大
学与夏罗茨维尔当地的居民联系，有哪户人家愿意结
交一个国际学生的便将自己的资料交给大学，弗吉尼
亚大学的有关工作人员再与国际学生联系，将有意申
请 host family 的学生与 host family 联系起来，如此热心

搭桥不怕麻烦的大学，我还真是开了眼界呢。

欣欣然将表格填好，寄出。不久，事情渐渐多了起来，我也将这件事情忘记了。

在出发去美国的前半个月，我发现自己遇到了一个小小的麻烦。我买的是15号的机票，总牢记着"凡事不预则不立"的古训，因此比开学的21日提前了足足一个星期，却没想过宿舍并不会提前开放，于是那个星期我就会成为没着没落的流浪汉。

父母急了，他们不放心我一个单身女孩去住旅馆，于是便开始多方联系临时住处。这时我便想起了host family这根救命稻草。Email发了过去，那边很快就发来了热情洋溢的回信，欢迎我在搬进宿舍前到他们家里暂住一个星期。简简单单的两封电邮，拜德一家就这样向我敞开了他们家的大门。

很快，他们家的相片也接踵而至。天啊，相片上三个小男孩金色的头发在阳光下骄傲地闪着耀眼的光泽。他们分别是两岁的艾迪卡、五岁的艾子若和七岁的韦思。二、五、七！我心里感叹着，梦幻般的金色童年已经离我远去了，我将看到的，又是怎样的小天使呢？

银色的大鸟平稳地降落在里士满暮色沉沉的机场，橘红色的晚霞染红了美国东部辽阔的天空。我随着人流走下飞机，走进候机室，好远就看见几排后的椅子上，三个金黄色小脑袋在椅子上好奇地左右晃动。无需任何标记，无需丝毫犹豫，我笑着向三个小东西走去。

韦思毕竟年龄最大，眼尖脚快，炮弹一般地向我冲过来，很亲热地搂住我的腿，有一点羞涩地向我打招呼。紧跟其后的是艾子若，他跑到我面前停下，挠着脑袋不好意思地自我介绍："我叫艾子若。"最后是小小的艾迪卡，他努力地摇动着小小的身体向我走过来，一不小心，左脚绊着右脚就是一个趔趄。他还不会说话，但粉雕玉琢的小脸上一双圆圆蓝蓝的大眼睛好奇又兴奋地看着我。他们的母亲艾米，高高瘦瘦的，穿着简单合体的衣裙，齐肩的长发在脑后松松地挽了一个髻，大方美丽。她正在孩子们的后面展开甜蜜温暖的笑容。孩子们的父亲埃瑞，也是高高瘦瘦的，成熟稳重又不乏轻松诙谐，着装和艾米一样简单大方。

这么温馨的一个画面，让我一下子，就喜欢上了这户人家。

拜德家住在夏罗茨维尔小城的东边，白色的三层小楼别致舒适，门外绿草如茵，小院子里面有艾米亲手种的草莓和各种花卉。前院有一棵两人才能环抱的樱花树，每到春天就落英缤纷。后院也有一棵古树，深绿色的叶子千丝万缕地延展出去，叶子中间露出夏罗茨维尔小城特有的明净天空。古树上，埃瑞给孩子们做了一个大大的秋千，秋千上每天笑声不断，童声稚趣，溢满小院。秋千旁还有一个大笼子，家庭的宠物——两只硕大无朋的班尼兔便盘踞在此，经常嗷嗷待哺地等待着健忘的小主人拿着饲料和莴苣草给它们开饭。据说有一次竟发生了兔子饿急了以头撞铁杆的"惨剧"，兔子的脑袋上撞出了一个大包，可是小主人们还是我行我素。

小楼的一楼是客房和工作室。我暂住的客房宽敞舒适，里面还有浴室、洗手间，应有尽有，比旅馆还要设备齐全。拜德家的好客，再次让我感到心里暖暖的。埃瑞是一个插图设计师，平时在一楼的工作室里忙碌，很少出来。二楼是男孩子们玩耍的地方、客厅以及饭厅，三楼是全家的卧室。艾米是全职的家庭主妇，专门在家里照料教育孩子们。

到了拜德家不到两天，艾米就已经亲切地在洗碗的时候呼唤我，跟我天南地北地闲聊；埃瑞会拽着我跟孩子们一起去骑自行车，去放风筝，去河边的泥地里打滚。三个小鬼更是每天早上都很有耐心地在我的房间里大声喧哗，不把我叫起床，誓不罢休。跟他们一起出去散步，总是埃瑞抱着最小的艾迪卡，艾米牵着最大的也是最喜欢到处乱跑的韦思，而我的手里，一定会挤着艾子若那汗津津的小泥手。这样的一家人，跟一个黑头发的中国女生好像一家人一般亲昵，总会引来路人好奇的目光。

开学的那一天，别的同学都是由家长送到学校。可怜天下父母心的道理，隔了半个地球仍然是一式一样的。众多家长们挥汗如雨，给自己初次离家的孩子忙前忙后。我坐着艾米的车开进学校的时候，看到的就是这么一个热火朝天的场面，想想如果当初读的是北大，爸爸妈妈一定也在乐呵呵地帮我拆包铺床吧，我心里不免有些难过。可是，这种难过转瞬即逝。艾米和三个孩子把我送到了寝室，我的大包小包，被孩子们嘻嘻哈哈地推了进来。接着，艾米帮我铺床，几个孩子笨笨的小手帮我拆包。不一会儿，我的书籍就整整齐齐地摆在了书架上，我的衣服满满地挂进了衣柜，可爱的泰迪熊也摆在了床头。宿舍里夏风徐徐，艾米和孩子们汗湿的头发贴在了额头上，小小的房间外，是埃瑞前几天帮我挑选的新自行车。我的大学生活，就在这一家人的关爱下，揭开了序幕。

一年级的时候，细心的艾米怕我想家，每个星期日都会叫我去家里吃中饭。数不清多少次，我坐着夏罗茨维尔的老式公车，穿过小镇，到镇的另一边，在房前一树粉红樱花的小房子前面下车，连蹦带跳地走进屋子。艾米每次都做我喜欢吃的千层面，还特意为我买了一本亚洲食谱，给我做真正的家常菜。心灵手巧的她第一次做广东的云吞就做得像模像样，不会用筷子的孩子们就干脆用小手在汤碗里捞云吞，捞完了就去锅里继续捞，玩得不亦乐乎。我记得这个家里每个人的生日，加上我自己的，每年拜德家会举办六次生日宴会，每次都请了好多邻居，他们骄傲地把我介绍给他们的朋友。最后，拜德家住的整条街都知道，拜德家有个新成员，是个中国女孩。

十八岁的女孩，生活中总是有很多的男生环绕左右。每次艾米和埃瑞知道我有了新的男友或者又有哪个男生在追我，总会想办法把那个男生也请到家中，认真帮我"把关"。埃瑞最喜欢和这些男生在饭后坐在火炉旁闲聊。有一次，我带了男生到家里，艾米和我在厨房做甜点，我去客厅找甜点的食谱，无意中听到埃瑞跟男生的谈话，听见埃瑞细细地问那个男生的家庭、专业、以后的打算，父亲般的关心，溢于言表。男生和埃瑞聊得很愉快，我正要转身离去，却清清楚楚地听到了埃瑞的一句话："在我心里，俏就是我们家的女儿，你一定要好好对她。"那么自然而然，却又那么坚决的一句话，让我的鼻子一酸。我回到厨房趴在艾米肩上，给了她一个大大的拥抱，弄得她满手面粉，不知所措。

2002年的圣诞节，是我第一个真正的圣诞节。早上被三个小东西的欢呼声吵醒，到了楼下，美丽的圣诞树上，轻轻地摇晃着写着我的名字的鼓鼓的圣诞袜。圣诞树下，给我的礼物堆成了一座小山。回头看去，艾米和埃瑞笑靥如花。

大学的第一个学期，到美国的第一年，就是以这样温暖的方式结束的。我常常想，为什么和这萍水相逢的一家人，亲切得好像认识了一辈子。我不信教，可拜德一家是虔诚的基督教徒，也许，他们真的是上帝派来的天使吧。

拜德家的故事(二)——基督教徒的人生

　　记得在拜德家吃的第一顿饭，我正要大快朵颐，艾米轻声提醒我："我们要开始祈祷了。"自然而然地，全家人坐在桌前，轻轻地牵起手，艾米握住了我的左手，韦思的一只小手也放进了我的另一只手里。我们闭上眼睛，一家之主埃瑞低声祈祷："万能的父亲，我的上帝，感谢您，感谢您赐给我们全新的一天，赐给我们这些食物，赐给我们亲爱的家人和远方的朋友。"其他人悄声说："阿门。"然后睁开眼睛，相视微笑，早饭正式开始。每一顿饭，不管一家人是否到齐，不管是仅有牛奶麦片的早餐，还是牛排加色拉的丰盛晚餐，饭前的祈祷铁打不变。祈祷的人有时候是埃瑞，有时候是艾米，有时候韦思和艾子若也奶声奶气地表达他们对上帝的感激之情。祈祷的内容灵活多变，有客人的时候是对友情的感激，天气好的时候是对风和日丽的欣喜，家人要出门了是一路平安，男孩子们丢了东西也会带着哭腔跟上帝忏悔一番，然后请上帝帮忙把玩具飞机找回来。最让我印象深刻的祈祷词是我跟男朋友吵架了哭哭啼啼地向艾米和埃瑞诉苦的那个晚上："万能的上帝，请保佑俏，下回找个更好的男生。"

星期天，拜德一家经常会等我一起吃早餐。这往往是一个星期中最丰盛的一顿早餐，艾米会做煎蛋、熏肉，还有她的拿手好菜烙卷饼(crepe)。当我们祈祷的时候，埃瑞会低声说："万能的上帝，我们的父亲，今天，我们要到你的家里去。"我就知道，我们又要去教堂做礼拜了。早餐完毕，一家人穿戴整齐，三个小脏鬼也被里外洗得干干净净。SUV 朝着不远处的教堂疾驰而去。

夏罗茨维尔的教堂在粉红锦簇的杜鹃和苍翠斑驳的古树环绕下格外宁静圣洁。拜德一家下了汽车，大老远就开始呼朋唤友，大家热烈地交谈起来。教堂大厅的面积大概有六个普通教室大小，坐满了夏罗茨维尔当地的居民，大部分年龄都在四十岁左右，带着年纪尚幼的孩子。在教堂歌手的带领下，人们开始了欢快的歌唱。五首歌之后，当地的牧师开始传教，人们静静地听着。这个头发花白的牧师语言诙谐，生动有趣，将宗教和当地的时事以及人们的生活琐事联系起来，夹叙夹议，让我不禁感叹这位牧师的讲演可以成为一篇有理有据的满分高考议论文。传教大概持续了两个小时，满座的人们鸦雀无声，我想象中的人们在冗长的传教中昏睡的场面完全没有出现。正规的仪式完成后，人们走出教堂，在旁边的小公园野餐，拜德家的朋友们过来跟他们打招呼，我才发现，原来拜德家最好的朋友们都是他们同一个教堂的。好奇地跟艾米聊起来，她告诉我，拜德家刚刚搬来夏罗茨维尔的时候，教堂里的朋友给了他们很多无私的帮助，所以自然而然地结成了朋友。这位当地的牧师，就是他们很要好的朋友，我后来经常与这位牧师和拜德一家共进午餐。

教堂里结识的朋友，交往的范围并不仅仅是在星期天的教堂。平时这些人家也经常在一起吃饭、郊游、打球。不光如此，每个星期一晚上，学习圣经；星期二晚上，所有家庭的孩子们开个小聚会，讲圣经的故事；星期六的下午，他们会聚在一起，谈论对宗教的感悟。基督教，紧紧地将这些人们联系起来。

可是，拜德家的宗教生活，还远远不止这些。每天，每当艾米和埃瑞看到报纸上报道贫穷国家受苦的人们，两个人总会忧心忡忡，面色沉重地坐上好久。他们认为，这些国家贫穷的根源，就是人们不信仰基督教，上帝的光泽没有恩惠到他们的国土。我本来以为他们两个与这个世界上其他善良的人一样悲天悯人地发发牢骚而已，结果我二年级下学期的时候，拜德家要搬走的消息，如晴天霹雳一样让我措手不及。他们决定卖了那栋美屋，卖掉所有和樱花树、茵茵草坪相关的东西，带着三个男孩，去南美洲传教。

那个夏天是忙碌的。买主来往穿梭，艾米和埃瑞牵着手站在门口，恋恋不舍地看着自己像喜鹊筑巢一样一点一点置办的家具、油画、婴儿床等，被一件件地买走。最后，整个屋子空空如也。把房间的钥匙交给新的房主，艾米和埃瑞，拉着孩子们，去了巴西。

转眼之间，拜德家已经离开夏罗茨维尔一年了。他们在巴西定居，又在英国的威尔士接受传教士的正式培训。我看见他们家的相片，五张笑脸依然那么熟悉，那么灿烂。

不能说我完全赞同他们的生活方式，他们，也属于宗教信徒里面的极端。但实际上，对于这个基督教徒占人口 80% 的国家，宗教对很多人而言，是他们社会生活和家庭生活

谈论上帝和祭五藏庙相得益彰

的核心组成部分。生活圈，朋友圈，都从他们的信仰里面延伸出去。就这一点来说，拜德家并不是一个孤立的例子。夏天又到了，他们家以前那棵樱花树一定又花满枝丫。忽然很想念拜德一家人，希望他们在新的国度，也能受到上帝的恩惠，一路顺风吧。

毕业的时候，经济俱乐部主席的发言是不可缺少的一部分

竞选经济俱乐部主席

　　我进入弗吉尼亚大学以后对经济的兴趣一直十分浓厚，经济系很多教授的言传身教，对我的影响很大。从一年级开始，我就加入了经济俱乐部，每天为俱乐部的大小事宜忙得团团转，又是筹款，又是举办讲座，又是给经济专业的学生提供关于求职和做研究方面的信息，有时候还要找高年级学生为课程跟不上的低年级学生义务补课。对于这些工作，我任劳任怨，毫无怨言。对我来说，看着自己找工作和做研究的经历可以为本系其他学生发光发热，是一件很幸福的事情。

　　二年级期末，经济俱乐部要进行新一届的竞选。参加竞选的都是三年级的学生，清一色的美国人，我多少有点犹豫要不要竞选。毕竟我当时决定要去商学院，经济只是次专业，经济系的学生，多少还是希望自己的主席是百分之百的经济专业学生吧。跟我的导师谈过这个问题后，导师也觉得作为商学院的学生竞选是个劣势，毕竟经济系和商学院是弗吉尼亚大学传统的敌对部门，因为同行，所以竞争激烈，而因为竞争引起的矛盾年年不断。商学院不准经济系的学生选修商学院的金融课，经济系就以牙还牙，不准商学院的学生进入经济系的荣誉项目，部门之间的政治竞争使像我这样的双专业的学生处境多少有点尴尬。

可是，等那些经济俱乐部的竞选名单出来后，我把那些参加经济俱乐部竞选的人的名字一个个看过去，不错，他们都是高年级纯粹的经济系学生，但是，他们对经济俱乐部的理解没有我深刻，经历也没有我多；更重要的是，我会做得比他们出色得多。经济俱乐部的主席，非我莫属。我把自己的名字，加到了竞选的名单中。

美国大学生因为都是自己安排课程，三年级才选专业，所以远远不像中国大学一般有组织。在毕业典礼之前，没有系集会，因此竞选人不能在系会上介绍自己。唯一拉票的机会，就是平时的宣传和竞选时的演说。

我把自己的相片印在大大的传单上，上面写着"投我一票"，下面列着我对竞选成功的承诺：使活动经费增加一倍，加大对经济系学生的就业帮助力度等等。请了不少朋友，在经济系学生频繁出入的地方，例如经济系秘书室、教授办公室外面的公告牌、经济系教室周围等等发放传单。我热心的朋友，还帮我在校园大道上用粉笔到处写上："投马俏一票"。经过一个星期的奋战，我满意地看到我的名字已经铺天盖地在弗吉尼亚大学的校园遍地开花。

　　选举的晚上很快到了。我最犹豫的问题就是要不要隐瞒我是商学院学生的身份。朋友们都说，经济系的学生从来不会出入商学院，没有必要主动暴露自己的劣势。经济俱乐部现在的大多数学生都以为我是纯粹的经济系学生，干脆就顺水推舟，毕竟只是小小的隐瞒，并不算是撒谎。我矛盾了很久，经济俱乐部从1969年第一天成立以来就从来没有其他专业的学生担任主席，这点我很清楚；我也很清楚这一点对很多人来说可能很重要，如果隐瞒真相就相当于对他们的一种欺骗。同时，如果我不主动说出自己在商学院的事实，到时候如果被对手揭穿，我所有的努力可能真的会付之一炬。

　　到我发表竞选演说了，我上台，清清嗓子，看着台下很多我很熟悉的面孔，心里很温暖。我热爱这个俱乐部，热爱这里的每一个会员，这就是我为什么一定要赢。我的第一句话就是："大家好，我是马俏，我是一个商学院和经济系双专业的学生。"平静的人群骚动起来，我看见下面我的朋友们不可置信的眼光，我知道他们心里一定在嘀咕我怎么这么傻，会自投罗网呢。我接着往下说，就像讲故事一样，我给他们讲我近两年里在经济俱乐部的经历，讲我和上一任主席是如何在半夜设计带有经济系系徽的T恤，讲我们如何和做T恤的公司讨价还价才获得优惠价格，讲我们如何顶着烈日在校道上叫卖T恤，讲我们用卖了三百多件T恤的钱为经济系的学生请来了一流的求职专家帮学生们修改简历。过去很多很多的回忆涌上心头，我娓娓道来，带着听众回到那一个个故事中,因为我知道,事实永远比口号有说服力。演讲的最后一段,我告诉听众:"我觉得,虽然经济系和商学院之间的矛盾有很多历史原因,但对一个学校来说,最重要的不是系与系的竞争,而是真正的教育质量。冤家宜解不宜结,经济系和商学院之间的和睦,联手为学生们创造更多的机会,才应该是我们努力的目标。同样的道理,对于经济俱乐部的主席来说,最重要的是他/她对这个俱乐部的热忱和工作的能力,他/她属于哪个系,是不是双专业,对这个职位来说是没有意义的。我跟你们所有人一样,热爱经济这个学科,我有信心做好这个主席。而且我希望成为经济系和商学院之间和解的桥梁。请投我一票!"

半个小时后,投票结果出来了,我几乎以全票当选为弗吉尼亚大学经济俱乐部历史上第一个在商学院的主席,也是第一个非美国人的主席。

古今多少英雄难过大麻关

与大麻近距离接触

三年前，我无论如何也想不到我会写下这么一个题目。从小严格的禁毒教育使我和其他千千万万的中国学生一样，将大麻与奄奄一息、满是针孔、妻离子散、家破人亡的瘾君子们联系在一起。大麻，是万恶之源，是人间恶魔。

现在，我虽然自己从来没有吸过大麻，但是我认得大麻的各种形态，我见过各式各样吸了大麻后原形毕露的人们，更重要的是，我认得大麻独特的香味，那种丝丝缕缕若有若无、却从来不会跟世界上任何另外一种气味混淆的味道。我在美国、法国、秘鲁的时候，没有任何一个星期没有闻过这种独一无二的香味。大麻，在西方的社会生活可以说是无所不在。

大麻，英文大名是 marijuana，俚语俗称 pot 或者 weed。吸了大麻后人出现的精神亢奋、心情愉悦的状态叫做 high，因此在美国绝对不能随便用这个 high 字来形容自己的心情，要不然不就成了瘾君子（pothead）自曝家底了吗？

第一次见识大麻，还是在秘鲁的时候。秘鲁是世界上最古老的大麻生产国之一。延绵不绝的安第山中盛产古柯和大麻叶子，曾有专家统计，如果大麻生产在秘鲁被合法化，秘鲁将在一夜之间成为世界上最富有的国家，远远超过中东国家那几滴石油。虽然秘鲁政府明令禁止，民间的秘密生产还是"野火烧不尽"。秘鲁的大麻价格是美国的三分之一，因此跟我去的美国学生们吸大麻成风，这股风气的领导者是一个来自田纳西的女孩阿莉森。

阿莉森是我在秘鲁的室友。阿莉森个子苗条，深棕色的卷发，皮肤晒成了淡淡的棕色，很漂亮。阿莉森的眼睛大大的，经常闪着快乐的光芒。后来我才发现，阿莉森的眼睛，只在吸过一支大麻 high 的时候才闪着那么快乐的光芒。两个月的项目刚开始的时候，阿莉森每个星期眼睛都会闪几次那种异样的光芒。而项目趋近结束时，每次我见到她，不管是睡眼惺忪的清晨还是洗漱完毕的深夜，她都眨着亮亮的眼睛看着我笑。笑眯眯地，她给我讲了她与大麻的故事。

她从小患有严重的肠胃炎和抑郁症，富有讽刺意味的是，她在告诉我她有抑郁症的时候，脸上仍然带有大麻引起的那种有些诡异的笑容。于是，大麻让她忘记了身体上和精神上的痛苦。她十二岁开始吸大麻，到现在已经有九年的历史了。说这番话的时候，她的手上也没闲着。她从买来的浅绿色的大麻干叶中仔细地选取了十多片，然后将这一小撮叶子均匀地摊在一张普通的白色卷烟纸上。接着她小心翼翼地将卷烟纸卷成一个完美的筒状，最后不忘在筒尾处加上一块黑色的碳状物质帮助燃烧。大功告成后，她麻利地点上火，深吸一口，一个个大大小小的烟圈从她光润的红唇中吐出，于是那股丝丝缕缕的、独一无二的香味便充满了整个房间。

回到美国后，对大麻味道特别敏感的鼻子告诉我，大麻无处不在。在大学生派对，在夏洛茨维尔普通的楼道，在纽约的街头，在华盛顿的酒吧，大麻袅袅的香味，从各个角落不断地传来。美国有可靠的资料统计，全美80%以上的中学生在升大学前曾经尝试过吸大麻，而这些学生中一半以上的人又在大学里偶尔吸食。在大部分的州，携带少量的大麻以及吸食大麻并不是严重的违法事件，只有兜售、生产大麻才算是刑事犯罪。几年前，弗吉尼亚大学有一位医学系的老兄异想天开，决定自己种植大麻，于是在衣橱里藏了一盆家产大麻。结果运气太坏东窗事发，未来白衣天使因为衣橱里的大麻被驱逐出校，舆论大哗。

渐渐地，我对大麻的了解越来越深。吸食大麻的学生，大都遭受过人生的挫折，因为生活的苦闷和身体上不堪忍受的痛苦，用大麻来换取片刻的轻松和安宁。于是，父母离婚的、身体或者智力上有缺陷的学生们吸食大麻的人数比例特别高。大麻并不能造成他们身体上的消瘦或形体畸形，但是，大麻带来的那种安逸的感觉让他们欲罢不能。他们，久久地徘徊在幻想的天堂和苦难的人间中，分不清虚幻和现实。慢慢地，没有大麻他们不能获得真正的快乐，于是派对上，吸一支再呼朋唤友的大有人在。灯红酒绿之前，晃动着一张张麻醉的笑脸。

我认识的一个男生，父母离婚，父亲在他十岁的时候失踪，母亲在他大学三年级的时候不辞而别，留下一个年幼的弟弟。他打三份工，一边供自己读大学一边抚养弟弟。当生活的重担压得他实在喘不过来气的时候，他便燃起一支大麻，享受那片刻奢侈的安逸。

吸大麻的人，不是迷恋大麻，而是迷恋逃避。有谁想过，那些笑脸背后的切肤之痛？手术台上，我们用麻醉药，因此我们感觉不到疼痛。而生活中，当我们被狠狠地伤害，流血不止，又有什么可以止痛？我不赞同吸大麻，但听过许许多多的故事后，我只是深深地同情这些人。当快乐依赖药品，当心灵只能吸进烟圈却不能喘气，那该是一种怎样悲哀的人生？

MCINTIRE SCHOOL OF COMMERCE

五只吊在一条绳子上的蚂蚱。从左到右：伊恩，珍妮，我，玛丽亚，詹姆士。

商学院二三事

五只被绑到一条绳子上的蚂蚱

商学院的课程与其他课程最不一样的地方莫过于商学院的作业都不是由学生们独立完成，而是全部通过小组合作的形式完成。小组合作制度，使我们做作业的方式有了本质的改变。个人英雄本色不复存在，群体的成绩凌驾于个人成绩之上，这对我们每一个从小被耳提面命要独立自主的大学生来说，都是一个真正的挑战。

学生们刚进商学院的时候就被分配到一个由五个人组成的小组。美国的大学以自由著称，学生都已经习惯于掌握自己的时间表，自发组织学习小组，现在忽然有这么一个专制的教授给我们硬性分配小组，令学生们怨声载道，非常不习惯。院方的解释是，我们不可能一辈子都跟自己喜欢的朋友自行组织工作小组，很多时候，跟哪些人共事，我们并没有选择。因此院方指定的小组，是对现实世界的第一个模拟。

于是，三年级开学后的第一天，我跟同班的另外四个同学分到了一组，从此，我们就像五只被绑到一条绳子上的蚂蚱，荣辱与共。很快，这四个活宝就成了我生活中不可缺少的一部分。

一头金发的玛丽亚是班上的天使，脸上永远挂着甜甜的微笑，蔚蓝色的眼睛一片清澈，让人觉得赏心悦目。玛丽亚来自弗吉尼亚州一个家境良好的家庭，学习用功努力，标准的一个人见人爱的甜女孩。玛丽亚所在的姐妹会每个人都是金发碧眼的美女，对所有高脂肪的食物谈虎色变，于是我就悄悄地拉了她，偷偷地去学校旁边的雪糕店大快朵颐。那种清凉甜润的冰激凌带着不计其数的卡路里滑入口中的时候，我们感到了一种带着一点点罪恶感却不可言喻的欢乐。托尔斯泰说，年轻女人之间的友谊是世界上最简单而直接的东西。我跟玛丽亚的友谊，就满满地盛在了一杯杯香草和朱古力的雪糕中。

棕色头发的珍妮则是强女人的典型。珍妮的美，跟玛丽亚的不一样，她是如此的泼辣、耿直和精明。她是那种好像永远不知道疲惫的女生，姐妹会、学生会、商学院学生代表，每天风风火火般忙碌的她喜欢喝烈酒，抽万宝路。多少个晚上，我跟珍妮在商学院的图书馆里学得疲倦了，就到图书馆外一边喝黑咖啡一边谈天说地，她身上淡淡的烟味和香水味相混合，与黑咖啡的香气相得益彰，让我多年难以忘怀。

伊恩是学校冰上曲棍队的队长。个子不高的他有着一头浅黄色的卷发，冰蓝色的眼睛里面永远不带任何色彩，冷冰冰的他总是一副拒人于千里之外的样子。他为人沉默寡言，却也认真踏实，每次开会的时候他总是听的多，讲的少，可是说起话来却常常一字千钧，字字珠玑。

跟伊恩沉默寡言的性格正好相反，詹姆士总是带着一副可爱的小孩子的笑脸，他的话也像个小女生般多得不得了。平时班上的风吹草动，一举一动，无不在詹姆士的掌握之中。我们三个女生在八卦上面竟然对他老人家甘拜下风。下课的时候，经常都是我们三个女生围着詹姆士崇拜地听着他大至国际纷争、小至班上芝麻蒜皮滔滔不绝地讲演；而伊恩通常在旁边一言不发地大吃大喝。运动员的体力消耗大，于是伊恩基本上一有机会就吃上一顿。

"我们将会是贵店最重要的顾客"

我们五个在一起做的第一个作业，是一个有关高级旅馆的项目。四季旅馆(Four Seasons)，是世界上最赫赫有名的五星级旅馆之一。我们的项目是调查这个企业成功的历史和现状，总结他们到目前为止成功的原因，然后分析未来几年高级旅馆业的走势，最后为四季旅馆提供以后的发展建议。

年轻的学生，血气方刚，商学院最在意培养的，就是这种初生牛犊不怕虎的精神。二十岁的学生们，上了两个星期的市场学课程，就有勇气去对当今世界上最成功的旅馆集团评头论足。教授们的理论是，人不怕有错的意见，却最怕没有意见。有意见，证明有了解、有兴趣。只要不停地逼着学生们发表意见，每个人那不愿意献丑的本能会自然地驱动我们去广泛阅读。

为了这个项目，我每天去啃厚厚的房地产学的课本，去图书馆一遍遍地看当年希尔顿酒店万丈高楼平地起的历史，几个星期下来，竟然可以将四季旅馆世界各个分店的各种房型的价钱、服务、地点和特色讲得头头是道。对于旅馆来说，没有什么比地理位置更至关重要了。于是，当时我小小的房间里，挂了一张大大的世界地图，上面用红笔划出了每一个四季旅馆的地点；绿色的标志则是他们的对手半岛旅馆（Peninsula）、君悦酒店（Grand Hyatt）、文华东方（Mandarin Oriental）所在的地点；蓝色标志着我们认为可以大有商机的地点。最后还用数码相机将这地图拍了下来，放进了我们的演讲稿里。伊恩还锦上添花地用 Photoshop 将地图的光线作了处理，将我们想强调的地方含蓄地照亮。

除了地理优势，对高级旅馆来说，第二个举足轻重的因素莫过于服务态度。大多高级旅馆对服务态度的要求都大同小异，可是真正执行这些政策的员工们的态度，将最终决定旅馆服务的质量。我们想调查一个四季旅馆，研究他们对经理层的满意程度。

"不入虎穴，焉得虎子"，于是一个和煦的秋天的早上，我和珍妮开着她那火红的敞篷跑车去华盛顿市那家金碧辉煌的四季大酒店去做实地调查。门口那谦恭和气的酒店经理，对两个黄毛丫头这种不知天高地厚的请求，脸上带着为难的神情说："如果你们就是想采访我，那还好说，可是你们想调查的是我们这家旅店上上下下一百多个员工，会不会对我们的业务产生影响？"珍妮抢先一步，从背包里拿出我们的问卷："我们这个问卷在五分钟之内就可以完成，而且我们一个星期后才来收集这些问卷，贵公司的员工只需将问卷投入我们事先准备好的蓝色小箱子中即可，并不会占用他们的工作时间。"

酒店经理湛蓝的眼睛里闪着商人特有的光芒："我欣赏你们的敢想敢做，可是，四季酒店做的每一件事，都必须跟我们的业绩相关。如果我的上司看见酒店大堂里的这个小箱子而问起，我总不能说这是我决定对你们的个人帮助。"我和珍妮面面相觑，我们当初考虑如何说服四季酒店的经理的时候，只考虑到对我们项目的帮助和为他们尽量地提供方便，却没有从四季酒店的业务方面着手。我想了三十秒钟，从书包里拿出了我的校章，用我最自信的嗓门说："我们是弗吉尼亚大学商学院的学生，我们班上有四十个学生。这四十个学生在一年后的今天就将毕业，从此成为美国经济中收入最高人群的一部分，也就是贵公司的黄金顾客。"经理饶有兴趣地看着我，等着下文。"现在，这四十个人基本对五星级宾馆一无所知，但是一年后，他们就会被世界上所有高级旅店的广告所包围。现在对我们这个作业和演讲举手之劳的帮助，会在无形中成为四季酒店对这四十个人十分廉价而又有效的广告，使我们早早地对四季酒店有良好的印象。难道您还能找到比这更好的顾客培养方式吗？"

经理蓝色的眼睛里已经是一片欣赏："我十分喜欢这样的顾客培养方式。你们把你们的小蓝箱子放下吧，一个星期后回来取。"

就这样，我们得到了第一手弥足珍贵的四季酒店员工的问答样卷。

对四季酒店经理的那一番演说，并不是空穴来风。就我本人来说，这位和气的经理对我的帮助让我对四季酒店总有一种亲切的感觉。后来在投资银行工作，每每出差的时候，不论是在纽约、伦敦、香港还是在上海，我总会特别嘱咐秘书，如果可能的话，我要住四季。毕业后十二个月，我已经被四季酒店升级为钻石会员，成为了名副其实的黄金客户。

慈善组织："越成功的商人，对社会的责任越大"

跟舆论普遍认为的商学院的学生被培养成唯利是图的商人的观念相反，商学院由始至终给我们灌输的是一种"越成功的商人，对社会的责任越大"的观念。商学院的学生有一门必修课，专门针对社会上各种慈善组织，分析他们的运营情况。慈善组织由于不以营利为目的，没有创造利润的动机，因此管理观念普遍落后，运营效率也远不及一般营利性企业。教授对我们谆谆教诲：庸商才会一味地捐钱，聪明的商人应该保证自己的钱发挥最大的效益，因此对非营利组织应该有从感性到量化的认识，要对它们的经营情况、收入支出了如指掌，并且应该运用我们对效率不邂追求的职业本能积极参与对我们捐款的慈善组织的重组，确保他们每一分钱都花在刀刃上。

我们的作业，就是要分析当地一个慈善机构的运营情况。两个星期的时间，我们要呈上一份作业，细细地论述评价我们自己选择的慈善机构的效率和有效性。这份作业最大的难度，其实就在于这些慈善机构的收支资料大多不公开，乳臭未干的学生们，对他们组织的贡献最大不过当当志愿者，所以他们对学生们的态度总是爱搭不理，这使得索要数据成了一个难题。

我们选中的组织，是夏洛茨维尔当地的一个儿童组织。这个组织的宗旨是帮助贫困家庭带孩子。美国的小学下午三点就放学，很多收入低的家庭夫妻双方都五六点钟才下班，小孩子们放学之后的那三个小时无依无靠没有着落。这个组织便为这样的家庭提供免费的托儿服务。

我们第一次去的时候，小小的操场上大概有二十多个黑人和南美洲裔的小孩子正玩得不亦乐乎，操场上秋千滑梯倒也无所不有。看管小孩子的管理人却对我们的请求一口回绝："不行，我们内部的数据决不公开。"我们再三地解释这并非公开，只是我们做功课的材料，这位固执的管理员无论如何就是不肯，冷冰冰地下了逐客令。

走出这个小操场，我们的心一点点地沉了下去。离交作业还有一个星期，如果这个负责人不肯给我们任何数据，现在重找一个组织未免有点太晚了。伊恩照例要参加冰上曲棍球队的练习，玛丽亚和我反正闲来无事，便一起去了曲棍球场，看着一个个运动员英姿飒爽地在冰上来往回旋，球棍在空中挥出一条条美丽的弧线，从来没有去过曲棍球比赛的我不禁叹息，这种快速又精彩的比赛，小孩子们一定最喜欢看吧？玛丽亚突然一拍大腿：有了，有了！她兴奋地尖叫，惹得运动员们纷纷侧目，我好不容易按下她："疯丫头！""俏，我们应该邀请那些孩子们来看一场球赛！"我大彻大悟："只要孩子们喜欢，那个负责人也就没有不喜欢我们的道理。而且他一定不会放心孩子们单独来球赛，一定会跟来，而我们就可以趁机对他进行采访了！"一高兴，我不禁也跳起来："玛丽亚宝贝，你真是天才！"这回轮到伊恩在场上大喊："俏，玛丽亚，你们两个再大吵大叫我就得大义灭亲了！"玛丽亚和我相视大笑，抓起书包跑掉了。我们还要抓紧时间去安排呢。

接下来的故事便顺理成章了。伊恩去向学校的曲棍球队要来了十多张门票，我和"老奸巨猾"的玛丽亚重新回到儿童组织的小操场，先是给孩子们讲了我们要邀请他们去一场真正的大学曲棍球比赛的消息，那个冷冰冰的负责人看着孩子们那欢呼雀跃的期盼的小脸，只好勉为其难答应带他们去。星期五傍晚，伊恩在冰上聚精会神地比赛，詹姆士和玛丽亚帮忙看着十多个在座位上扭来扭去没有一分钟安静的小孩子们，我和珍妮就一左一右地坐在那个负责人身边跟他套近乎，趁机采访。大概是曲棍球比赛那种热火朝天的快乐气氛感染了他，他脸上的线条松弛了，跟我们的话也多了，细细地跟我们讲述了这种组织的难处：经费不够，孩子多管理员少，设施也不够齐全。我们告诉了他，我们做的作业，目的在于通过对这个组织细致的分析研究，试图对管理和宣传都提出改进的建议。虽然我们涉世未深，但所谓"兼听则明"，让我们为他写出一份免费的咨询报告有益无害。

比赛接近结束的时候，他终于同意。

忙碌了一星期后，我们通过对各方面的分析得出了结论：这个组织的管理极其高效经济，但是市场力度不够，有效的管理制度并没有转化成大量的捐款。我们还为它设计了新的海报、传单和标语，并尝试着在夏洛茨维尔市中心的几个点派发我们新设计的传单，效果非常好。

那次作业，我们得了最高分。教授给了我们一个大大的惊喜。在课堂上，他宣布这次作业最高分的组选定的慈善组织将获得商学院捐赠的三千美金。那个冰山一样的负责人，知道了这则消息后，脸上如沐春风。

尾记

我们五个人中，玛丽亚和珍妮成为了广告界的精英，我和詹姆士加盟了投资银行，伊恩接手了他家里的咨询企业。忙碌的工作之余，我常常想起这几个好朋友，也常常想起，我们愉快的合作，曾经让那么多美好的事情发生。

我的美利坚本科岁月

世事通达皆学问，人情历练即文章
——记商务表达写作课

　　毕业前夕，有人突发奇想地问，如果将在商学院的两年从我的人生中抹去，只留下一门课的影响，会是哪门课。我几乎是不假思索地说，商务表达写作课。

　　商学院两年的课程，可以说是我一生中受到的最好的教育。在全美排名前三名的弗吉尼亚大学部的商学院，让我见识到了多名美国最优秀的商学教育家的翩翩风采。金融课的模型制作，在今后的投资银行工作中大放异彩；市场学的推销原理，让我们对市面上的品牌和广告理解得头头是道；企业战略课，教会我们观察企业宏观发展路线，懂得纲举目张，运筹帷幄。可是，这些课的内容，都可以通过自学完成，唯独商务表达写作课，如果没有汉密尔顿教授的精心栽培，我们可能一生都无法领略到商务礼仪、表达和写作的要领。

握手是第一张名片

第一次上表达写作课，汉密尔顿教授的闪亮登场就让我们眼前一亮。在其他教授熙熙攘攘的黑色西装中，汉密尔顿教授紫色的套装让人耳目一新。她明亮的眼睛在教室里扫视一圈，感觉上她跟每个人都已经有那么一秒钟虽然短暂却难忘的目光接触，亲切的问候就这样在她开口前已经渗入了每个人的心里。

"大家好，谁能说出我们这一门课的名字？"

"写作课。"

前座的男生不假思索地回答。汉密尔顿教授爽朗地笑了起来，"错了，这是表达课。我们每个人，特别是在商界，每时每刻都在表达自己。这种表达，从你看别人的第一眼开始，从第一次握手开始。这位穿红衣服的女生，"她指着前座穿着红色吊带的我，"说说握手的几个要素。"

我歪着脑袋想起自己以前被那么多的市长校长接见时握手的情景，微笑着说："有力，目光直接接触。"

汉密尔顿教授颔首赞同。我忽地想起有一次跟一位手汗过多的领导握手时感到尴尬和不适，大声补充道："还有别忘了擦手心里的汗。"同学们大笑，汉密尔顿爽朗地大笑拍手："那就请你上来做个示范。"我呵呵地笑着，大大方方地走上去，卫兵一般站得笔直，向教授伸出手去。教授的手柔软滑腻，稳稳地握住我的手之后，手指并拢，给了短暂却有力的一握，那恰到好处的一握，轻一分便显得轻浮无力，重一分则会将我的手握痛，仿佛教授用她的手，给了我一个优雅的拥抱。教授柔中带刚的个性，职业女性高贵又平和的气质，竟然就在这个握手中那么自然地流露出来。这成了我一生中握得最好的一次手。

教授告诉我们，有力的握手加上直接却不带侵略性的目光对视，可以有效地引起对方的注意，同时表达了我们对别人的尊重和重视。大多的公司经理每天握的手不下百个，有力的握手加上得体的问候是良好的第一印象的基础。

那一天，教授耐心地跟全班学生一一握手，微笑着纠正大家握手的错误，又让大家互相握手练习。十五分钟的训练，全班二十多个学生都学会了握手。那个时候我们还茫然无知，教授已经为我们打造了一张无形的名片。今后的日子里，不计其数的握手中，有多少个上司、客户、同事、朋友跟我握过手后都会赞叹一声："轻重适中，握得好。"那个时候我总会像汉密尔顿教授一样，落落大方地直接看着对方的眼睛，真挚地微笑着向别人道谢。

不合格的作业和发表的文章

每个星期，汉密尔顿教授都会给我们上两次为时五个小时的表达写作课，课的内容从大大小小的商务论题写作、辩论到商务演讲。每篇文章，都被她在边角用娟秀的小字细细修改。

大概是因为那第一次握手课的小小插曲吧，汉密尔顿教授对我特别关注，经常赞赏有加。对我的写作也经常慷慨给分。汉密尔顿教授对商业英语写作严格有加，她常常说，商业英语不同于文学，必须根据人的思维的逻辑性总起分述，提纲挈领。所有结构散漫的文章必定被她毫不留情地杀于马下。我有一次不幸地撞到了枪口上。依然记得那是一个平常的小组作业，我们需要写一篇关于当地一个工厂因为业务不景气而被迫裁员的报告。全班同学来到工厂实地考察，听到厂方代表激情澎湃却又冷酷无比的演说，看见了工人们脸上那种茫然而无助的神情，这种情景对我们这些"不当家不知柴米贵"的大学生们是一种很大的震撼。那天回来后，情绪和灵感结合，喷泻而出，不知不觉地竟洋洋洒洒写了几大页，详详细细地用文学的语言描述了当时的情景。这种做法，事后看来，当然是完全不符合作业要求的胡闹，可是当时，就是由于这么一种不吐不快的任性而将作业交了上去。

第二天上课的时候，我的作业被教授用幻灯片打了出来，上面密密麻麻写的全是批语。教授的开场白是："我终于找到了商业写作的标准反面教材。"整整半个小时，全班同学有目共睹了我可怜的作品如何被教授逐字逐句地修改，优美的文学用语全部摇身变成了严谨整齐的中性商务英语，我极其痛心地看着自己的文章遭到如此无情的鞭挞，心情糟糕透了。

最后，教授说："这样的作业，违背了我布置作业的初衷，应该给予不合格。"我的头低了下去，心想我亲爱的教授您适可而止吧，再这样下去我就更无地自容了。教授显然没听到我的心声，继续讲下去："可是，这是我很久以来见过的最真挚感人的故事，作为文学爱好者，我实在没有办法判这篇文章不及格。作为商务报告，文章应该没有个人情感色彩，但是我们的心不应该是铁石心肠。就为了这份悲天悯人的心地，我还是决定给这份作业一个'良'"。

过了两天，学校的报纸上登出了我的文章，下面一行小小的批注："商学院汉密尔顿教授推荐。"

你主导听众，你是主角，你很重要

除了写作，汉密尔顿教授最看重的莫过于公众演讲了。每次课堂上的辩论和演讲，她都会带来一个小小的录像机将我们的演讲一一录下，在班上重新播放，将每一个细节都不厌其烦地评论比较。有时间的话，她还会将我们个别地叫去，在她宽敞整洁的办公室里反复地播放我们演讲时候的录像，对我们的词汇、音调、音量、站姿都一一评价。我的声音天生调高，汉密尔顿教授告诉我略低的嗓门使女人更有魅力，并特意借给我关于如何调低音质的书。我演讲的时候站姿放松，她便给我放希拉里、芭芭拉·布什在万千群众面前站得笔直慷慨激昂演说的录像，亲自教我站姿、手的位置、身体重心……

最后的演讲如期而至。这是整所商学院学生们一年中最紧张的日子。我们整个小组的人，彻夜无眠。我作为主讲，台词最多，因此也最为耗时。我同宿舍的女生，看见的是一个头发披散眼睛红肿的女生，整晚在走廊里不知疲倦地来回踱步，口中念念有词，对来往的姐妹视而不见。她们纷纷摇头叹息，说商学院的学生们都走火入魔、无药可救。我哑然失笑，其实这还真和练功差不多，只不过我的心中反反复复叨念的是汉密尔顿教授那演讲的口诀："总起分述，三十秒之内打动人心，声音响亮，勇敢的直接目光接触。"

第二天，当我们组的五个患难与共的兄弟姐妹站在讲台上的时候，整齐的清一色黑色西装，女生红色衬衫，男生红色领带，照亮了众人的眼睛。我的目光和教室后座的汉密尔顿教授的目光交集，她湛蓝的眼睛里充满了笑意，优雅的手抬起来，不为人注意地向下水平压了一下，然后直直地竖起来。我心领神会，教授的意思是声音压低，身体挺直。我上前一步，张开双臂示意大家安静，用我最自信的声音开始了我们的演讲。同学们的眼中流露出惊讶的神色，因为这讲台上，四个高大金发碧眼的美国人谦恭地站在后面，身材娇小的东方女孩站得笔直，站在前面毫无惧色，满面笑容地将组内成员一一介绍。

那一天，我永远不会忘记。美国最大的能源公司的高级总裁在我们面前正襟危坐，神情严肃。我们披星戴月几易其稿的心血结晶，正被这个行业内的精英，也是最吹毛求疵的经理们细细评价。而我，竟然完全没有紧张，耳边响起的只有汉密尔顿教授动人的声音：你主导听众，你是主角，你很重要。

当我讲到公司旗下一大部分的居民楼现在无人问津应该转为办公室的时候，公司的一位总裁竟然粗鲁地打断了我的演讲："居民楼的住客数目是我们公司的商业秘密，从来没有向你们提供，有什么依据说这些居民楼无人问津？"现场的空气顿时凝结，我不慌不忙地回答："我们连续一个星期在深夜路过贵公司旗下地产，居民楼前的停车场从来都是空荡荡的。虽然具体的数目不清楚，但绝对不是人满为患的兴旺局面。"提问的总裁竟然一时语塞，其他总裁的眼中却流露出赞许的目光。

演讲结束的那一刻，标志着这难忘的商学院的第一年终于告一段落。我们亲爱的教授，给我们每个人写了一段话。打开我的小纸条，我们院长刚劲的笔迹跃入眼帘："You brought so many surprises to our lives. You broke all the stereotypes of Asian girls. Thank you."（你给了我们很多的惊喜。你打破了所有对亚洲女学生们陈腔滥调的偏见。谢谢你。）

一生的财富

在脑海中永远有这么一个画面：那个春天，我们的眼睛不知不觉总会在上课的时候瞟到窗外去，粉红的樱花在明媚的阳光下充满了万千的诱惑。善解人意的汉密尔顿教授就会把我们带到商学院外的草丛中，师生们以天地为席，侃侃而谈。五个小时的课程就这样不留痕迹地在鸟语花香中流过。很久很久以后，那个春暖花开的季节里，汉密尔顿教授笔直的身影，优雅的微笑，还是那么历历在目。每次我站在人群中，拿着讲演稿的时候，耳边总会响起动人的声音：你主导听众，你是主角，你很重要。

过五关斩六将，我们才在这里绽放出灿烂的笑容（在雷曼兄弟纽约办公室）

应聘华尔街

记得我大一的时候第一次去纽约，在时代广场熙熙攘攘的人群中，在第五大街灿烂的夜色中，我觉得纽约美得不可思议。也是从那一刻起，毕业后去纽约的想法，悄悄地扎根在了我的脑海里。

两年后的我，已经在一本本厚厚的金融词典里畅游了近三年，作为一个沉迷于金融市场的学生来说，又有什么，比纽约更加迷人？

于是，当我挑灯夜战地修改我的履历表和简历的时候，我在心中一遍遍地刻下了三个字：华尔街。

话，还要从华尔街的来历说起。为什么这一条普普通通的布满灰尘的小街，会闻名世界？华尔街是纽约金融市场的代名词，而这个市场，毫不夸张地说，是整个世界跳动的心脏。美国是世界金融中心，而华尔街，就是皇冠上最大的珍珠，是金融太阳系里的太阳。华尔街为美国经济的工业化提供了融资的渠道，将证券投资引入了千家万户。而华尔街之所以如此举足轻重，主要的原因是投资银行的存在。

世界上的银行分为两种，一种是我们老百姓喜闻乐见的消费者银行。消费者银行为我们办理储蓄、外汇、信用卡。消费者银行通常门庭若市，人来人往，男女老少喜气洋洋地出来进去，这就是我们所有人都熟悉的消费者银行。而另外一种银行的门前，门可罗雀，来来去去的都是一些西装革履、神情严肃的生意人。他们寡言少语，行踪神秘。这种银行叫做投资银行。投资银行的主要客户是企业。大银行的客户可以是世界顶尖的企业，例如百事可乐、雀巢咖啡，他们的交易额以上亿美金为单位。小银行的客户便是中小型的，多为刚刚起步的企业。我把投资银行的业务分类归纳成两种，并以我近十年读武侠小说的资历——予以命名。一种业务叫做"趁火打劫，妙手回春"。世界市场上多有濒临破产的企业，企业主苦于年年亏空，基本的原则是给钱就卖。投资银行乘虚而入，以低廉的价格买下这些企业。接着，它们将这些企业拆开，分别卖给有不同需要的公司。这些买主往往有更丰富的管理经验和市场需求，因此乐意以较高的价格买下这些残兵败将。投资银行从中赚取价格差额和手续费。有经验的银行做这类生意往往运筹帷幄，经常人在纽约却将远在俄罗斯的企业转手倒卖。另外一种是"呐喊助威，哄抬物价"。大大小小的公司需要大规模融资上市，投资银行便上下奔走，为其定价。然后全国摇旗呐喊，这叫做"路上表演"(Road Show)。最后上市公司的股份以高价卖出，投资银行再次从中收取手续费。

而对于一个学金融的学生，投资银行的工作，可以让我在股价涨涨跌跌的最前线第一时间见证市场的起伏。这就像对一个战地记者来说，第一时间见证伊拉克战争一样充满了致命的吸引力。三年级的我，跃跃欲试，迫不及待。用战地玫瑰间丘路薇的话来说，我已出发。

三军未动，粮草先行

像世界上所有其他的事一样，面试准备最重要的一点就是有备则无患。面试，跟读书不一样。读书讲究"闭耳不闻天下事，一心只读圣贤书"；面试却像开车一样，需要眼观六路，耳听八方。读书人往往是一身青衣，蓬头垢面；而面试者却是佛靠金装，人靠衣装。接下来，我就从内到外讲讲面试的准备。这些准备，应该是对应聘美国所有的公司，甚至是中国国内的外企都适用的。

面试的知识准备，要根据面试的形式来定。面试无非有两种，一种是专业面试(technical interview)，一种是行为面试(behavior interview)。专业面试的内容和大学学习的专业有关，面试官会按照申请人所列出的课表提几个专业问题，学数学的会被问到概率，学金融的会被问到股市，学经济的会被问到货币汇率等等。专业面试的问题不会太深奥，一般都是些粗浅问题，考查申请人是否张口就来，对答如流。而行为面试则是看一个人的性格、爱好、敬业精神、甚至是价值观和公司的要求是否相符。实际上，这些品格虚无缥缈，在短短的三十分钟内根本就考查不出来，于是最关键的问题变成了能否让面试官在三十分钟之内喜欢上你。言谈举止得体大方，仪态端庄放松，都是让面试官喜欢上你的捷径。

面试以前，应该花一些时间了解申请的公司和职位。要上公司的网站将公司的创业历史、业务范围、业务地域、顾客群体、产品优势、员工数目都调查清楚。这些知识在脑海里面积累多了，面试的时候就会有意无意地流露出来，成为申请人对这家公司有浓厚兴趣的最好证明。面试的时候，一定要准备好回答两个问题，一个是为什么选择这个行业（这个职位），另外一个是为什么对这家公司情有独钟。比如我参加德意志银行（Deutsche Bank）面试的时候，他们问我为什么对这家总部不在美国的银行感兴趣，我之前作了功课，了解到这家银行前几年在美国大肆招兵买马，收购了不少大型的投资银行，于是我回答说这家银行几年来的积极活动证明了它的生意蒸蒸日上以及在美国大展拳脚的野心，加盟这家银行，就是加盟一家银行界的新星，一个新的挑战者。一回答完，就看见面试官们交换满意的眼色。

面试的服装也大有说头。男男女女都要穿西装是不用说的了。西装的颜色跟申请的工作要相配。如果申请银行、会计，或者政府职位这种保守类型的工作，黑色是最安全的颜色。如果申请的是广告、市场、顾问这些看重创新风格的工作，可以适当地选择浅色西装，米黄、浅灰、深蓝都是可以接受的颜色。面试的时候女生应该穿西裙套装。商学院的礼仪教授经常谆谆教导我们，"裙装永远比裤装好"。裙装显得女人既有职业的干练，又有女性温柔婉转的特质，而裤装往往显得太死板和太粗犷。男生领带的颜色也是有说头的。红色一般是最自信的颜色。申请工作最讲求自信大方，因此应优先选择颜色鲜艳的领带。

我所有重要面试的穿着都是一样的，黑色的、剪裁合体的职业裙装，裙子的长度正好触膝，肉色丝袜，同色的黑色尖头高跟鞋。女士的高跟鞋其实也很讲究。尖头的鞋子显得女性高傲，有一种巾帼不让须眉的豪气；圆头的鞋子则显出女性温婉，有一种不愠不火的圆滑。因此，申请广告业、市场业、推销业、公关等等行业，圆头的鞋子比较适宜；可是投资银行、金融这一类男性化的职业，尖头的鞋子更容易将一种自信大方，甚至略微泼辣的形象与银行类的职业特点完美结合起来。黑色的职业装里面，我会穿一件红色的衬衫，微敞领口，领口里面，是妈妈帮我精心挑选的一条白色的纯珍珠项链。比起金和银，我更偏爱珍珠。大学女生的气质，毕竟还没有贵妇那种金银的高贵之气。珍珠精致整洁的颜色，跟亚洲女生的肤色相得益彰。

我的面试经历：没有硝烟的战争

面试的第一关，就是在网上递交简历。华尔街招聘的范围其实很窄，仅在美国常春藤大学和其余几所顶尖的学校招聘，弗吉尼亚大学就很幸运地在这个狭窄的招聘范围之内。这些学校和华尔街都有专门的联系网站，每个学生都在这个网上有自己的账户，通过这个账户向全国各种企业发送自己的简历和自荐信（cover letter）。递送简历的过程很简单，学生们只要将简历和自荐信上传到自己的账户，然后找到合意的公司，点一个"申请"按钮，简历就会被传送到该公司的网站。

这个看似简单的过程实际上是面试最关键的一步。华尔街的公司每天收到的简历数以千计，公司人力有限，最后面式的人不会超过申请人数的30%。也就是说，如何让自己的简历技压群雄，在第一轮筛选中胜出是成功的第一步。

商学院为学生们专门设立了求职办公室（career services），早在每家公司的申请截止日期两个月以前就开始为我们呐喊助威，每天一封电邮，苦口婆心地劝我们早早地写好自己的简历。求职办公室还设立了简历专家门诊，为学生们免费修改简历。薄薄的一页简历，在求职办公室和学生手上一遍遍地来回穿梭，让多少人挑灯夜战，至死方休。那一段日子，每天不管清晨深夜，都看见商学院的学生们在电脑室不厌其烦地修改简历，字斟句酌，竟然让我想起了当年曹雪芹那种"历经十载，三易其稿"的精神。

后来，我跟不少华尔街银行的人事部人员聊天的时候得知，我们用心血浇灌出来的简历，别人平均只用30秒钟的时间匆匆一瞥，就决定是弃如敝屣还是荣登面试宝殿。简历的学问，全在于如何在 30 秒之内打动人心。

递交了简历之后，我们这些学生就好像是虔诚的教徒，每日一边祈祷一边打开自己的邮箱和账户，如果简历被荣幸地选中，那么就直接进入了下一关——"一家女儿百家求"的校园面试。

校园面试，顾名思义就是公司来学校进行的第一轮面试。华尔街各大银行面试的时间都在四年级第一学期的第三个星期左右，于是，简历写得好的学生往往在三天之内有十多个面试，我认识最厉害的一位老兄竟然在两天之内挤进了二十多个面试。这些面试一般为时半个小时，而且都是行为面试为主，谈话节奏轻松，话题亦天南地北，考查的多是交际能力而并非专业知识。我的简历上写着我曾经在国内《新东方英语》、《神州学人》等杂志上发表文章，这短短的一条竟然引起了几乎所有银行的注意，他们都兴致勃勃地问我写了些什么，为什么写，有什么影响。我知道他们问这些问题是假，暗暗地考查我与人交谈的能力和语言组织能力是真。于是我有条不紊地一一作答。

第一轮面试的结果大多在二十四小时内即见分晓。手机在面试的当天傍晚就开始响个不停。如果通过了第一轮的筛选，公司一般会邀请学生们到夏洛茨维尔最好的餐厅共进晚餐。这一顿饭是华尔街炫耀财力的大好机会，牛排海鲜，红酒威士忌，西装革履，给人一种如在电影中的不真实感。源源不绝的美酒佳肴中，平时的穷学生们不禁发出"华尔街，华尔街，果然名不虚传"的感叹。出席这个饭局的，一般都是公司的五六个面试官和十个左右进入第二轮面试的学生。面试官们跟学生们称兄道弟，甚至喝得面红耳赤，但学生们无不暗暗捏汗，不知道周围有多少明察秋毫的眼睛正在看似无意却有意地对自己的一言一行细细考查，这不是名副其实的鸿门宴吗？这种考虑决不是空穴来风，我本人就见过面试官给学生们大肆劝酒，结果有的学生喝得酩酊大醉，竟然在众人面前大吐特吐。一天后，他的名字被悄悄地从进入第二轮的名单中删去。公司的理论是，以后与客户应酬，少不了被劝酒，不会躲酒战略，最后一定会因酒误事。

华尔街，不讲情面

进入了第二轮面试的学生将会飞往纽约的公司总部进行为期两天的实地面试。华尔街的财大气粗再次表现得淋漓尽致。公司给每个学生都买了从学校到纽约的往返机票，定了纽约中心的高级旅馆，每天晚上设宴接待。纽约最著名的美味佳肴，琳琅满目；百老汇的夜景，夜夜笙歌。华尔街，卖力地将纽约最灿烂最灯红酒绿的一面展现给初出茅庐的学生们。

可是，第二天早晨，莱克星顿的枪声就会再次响起。早上八点，学生们西装革履地来到总公司。每个人一般有四到五个为时大约四十五分钟的面试，每个面试有两到三个面试官，轮番轰炸。因为这是最后一轮的面试，问题的难度和深度都会明显加深，与第一轮的和蔼可亲的谈话不可同日而语。我在第二轮遇到的问题就无奇不有，从预测美国经济未来五年的走向，到审查一个公司的财政报表；从计算外国债券的收益，到评价小公司的管理状况，问题多得让人眼花缭乱，应接不暇。最有意思的是，竟然有不少面试官都青睐千奇百怪的智力测验。我就遇到这样的智力测验：有九个看上去完全一样的球，一个球比其他的球重，你有一杆秤，只许秤两次，你如何将那个不一样的球识别出来？我当时心里暗暗发笑，我小的时候喜欢啃书，家里有几本这样的智力测验书几乎都被我啃透了，这样的题目对我来说简直是小菜一碟。顺利地解了题，只见几个面试官的脸上都显出了惊讶和欣喜的表情。

其实，大多数时候，学生们都被海量的问题轰炸得头昏脑涨。我最难忘的一个面试莫过于在花旗银行世界市场部的面试。整个部门一共有八个小组，每个小组进行两轮面试，每轮面试有两个该小组的代表，为时半个小时，对你感兴趣的小组还要延长面试时间。早上八点，我衣冠整齐地出现在花旗银行在纽约南部的总行。路过宏伟的旋转门，瞥见了光滑如镜的门中自己的影子，三寸高跟鞋上，是一个精神抖擞的白领丽人。下午六点半，十个半小时后，我人困马乏地拖着脚离开花旗。纽约秋天的傍晚，灰蒙蒙的天上飘下了雨丝，身上的职业装淋湿了，高跟鞋在凹凸不平的街上一步一滑。路过大大小小的商店，在橱窗上看见自己的影子，那幅狼狈的样子，让自己的心情也忍不住一点点灰暗下去。

等待的过程是漫长而又艰难的。在某种意义上说，等待比真正的拼搏还要煎熬人心，因为等待让人觉得如此的焦躁和无能为力。不管你如何抓耳挠腮，暴跳如雷，那部小小的银色手机，还是静静地躺在那里，毫无声息。

回到学校后，毫不留情面的教授还是"心狠手辣"地布置作业。面试的时候全国飞，其中飞的最多的地方就是纽约，一个星期平均要飞两次，好几个星期下来，常年飞过太平洋而面不改色的我都得了恐飞症，仿佛一上飞机，那种紧张不安的情绪就紧紧地扭住了胃，让我欲呕不能。连续在图书馆补了几天作业，疲惫不堪。很平常的一个早上，我恹恹地从图书馆走出来正想回家补补觉，多日沉寂的电话忽然想起。看看号码，212的区号，心一下子悬了起来，接了电话。

电话那边的声音很是甜美，一片喜庆，"是俏吗？我们是摩根公司的。恭喜你，我们决定录用你。"

看看天，一片蔚蓝。可是，我听见了远远的北方，那个叫纽约的地方，华尔街为我轰然打开大门的声音。

一家女儿百家求

就好像是一支被哄抬的股票，我的市价忽然大涨。录取的电话纷至沓来，不到两天，我的桌子上摆满了各个公司的录用函以及他们各式各样诱人的条件。正所谓"人生苦尽甘来"，这个面试过程中最精彩的一幕，正在我的面前徐徐展开。

收到了录取通知后，尽管我当时还懵懂地毫无所知，这场没有硝烟却暗流汹涌的战争中我已经完全地变守为攻，双方的力量角色彻底交换。一文不名的、大学还没有毕业的孩子，一飞冲天地变成了华尔街青睐的社会精英。华尔街，以其两个星期前将我们杀于马下一样的兢兢业业和浑身解数，不遗余力地要将我们招入麾下。

摩根公司的杀手锏是财大气粗。每个收到了录取通知的学生，都收到了一张一个星期之后在纽约最贵也是最大名鼎鼎的俱乐部的派对邀请。公司签账，我收到了一张飞往这个国家最神奇也是最昂贵的城市的飞机票。人刚到，崭新的深黑轿车已经在机场恭迎，将我带到早就安排好的宾馆。深秋季节的纽约已是寒风瑟瑟，可是五星级的宾馆里却仍是一片春意盎然。油绿色的热带植物在门前摇曳，深蓝色制服的服务生在门前微微鞠躬，行李马上被戴着洁白手套的行李生收去，早我一步放在了房间里的行李架上。收拾好后来到举行派对的俱乐部，原来其他的学生早已来到，全国各地最优秀的金融系的大学生济济一堂，女生们不约而同地身穿高雅名贵的黑色晚装，男生们也都心有默契似的清一色的燕尾领结。大家开始闲聊，每个人举手投足中流露出来的野心勃勃和目空一切是我从来没有见过的。来往穿梭的侍应生高高捧着托盘，上面一个个晶莹透明的高脚杯里荡漾着名贵的红酒白酒，散发着淡淡却持久的香气。我们频频举杯，颔首微笑。我四周环视，映入眼帘的都是美丽的人群，昂贵的衣料，和那好像永远都不会用完的美金在源源不断地流动，那个时候被酒精灌得半醉的大脑突然醒悟，正所谓"天下没有免费的午餐"，我即将进入的是一个多么特殊的行业。这个念头一闪即过，红酒白酒汩汩流动的声音中，这注定是一个如此愉快的夜晚。

高盛的武器是成功的诱惑。收到了高盛的录取通知书的学生们都会收到公司高层银行家们亲自打来的电话。投资银行家做到了高层之后其实就是一个推销员，推销公司的顶尖业务，推销本部门的敬业精神，推销此时的良机难待，每年全世界多少公司老总们在这些银行家的巧舌如簧下晕晕乎乎地签了约，于是各行各业风云突变，股市动荡，熊牛交替，江山易手，都不过是三寸之舌之功劳。在这些最顶尖的说客锋利无比的唇枪舌剑下，我们这些初出茅庐的学生们简直就是不战自败，除了缴械投降再无选择。三个小时后，每一个学生都已经深信不疑自己前途无量繁花似锦，别人是人才，可我们是天才。我们是推动历史发展的那双手，没有我们美国股市竟然运作了这么多年简直就是奇迹，有了我们美国经济一定腾飞世界人民脱贫指日可待。我们不跟高盛签约简直就是对世界人民不负责，正所谓大丈夫应该知道何时匍匐前进，可更要知道何时挺身而出，加盟高盛就是挺身而出履行我们的天赋职责的时候。

还有的公司大打人情战术。有的说，如果我跟他们签约，他们会为我买机票，飞上纽约，在纽约住一个星期五星级酒店，每晚设宴，作为公司对新员工的庆典。有的说，如果我在一个星期内签约，会加5000美金的签约奖。有的说，如果我签约，会把我介绍给公司的高层领导，我可以去任何我喜欢的小组工作。我迟迟不决到底加盟哪家公司的时候就收到了各家公司寄来的玫瑰、大盒的巧克力，甚至女生们看见就挪不动脚的毛公仔。当时这些形形色色的"贿赂"从纽约接踵而至，我的小房间实在放不下了就跟同楼的女生们有福同享了，弄得我们整栋宿舍楼每天喜气洋洋好像圣诞老人每晚光临一般，甚是热闹。看着我那个时候的生活，知道的说我是被多家公司竞相争取，不知道的还以为我是被哪个痴心的男子苦苦追求呢。

我成了华尔街2006届的一员

心情大好之余，我不禁还有一点点遗憾。那个我最钟爱的公司，一直迟迟没有回信。雷曼公司，有我最合心的小组。这个美国数一数二的投资银行，有一个很特别的房地产投资小组，让我倾心已久。说起对房地产的兴趣，还要从小时候说起。从小到大，除了升官发财嫁人养孩以外，我最大的愿望，莫过于千山万水地去走一走。去过的地方算一算也不少，对土地的痴迷也与日俱增。人，要安家方能立业；商，要立基方能兴隆；国，要疆土方能发展。每到一个地方，不管是在巴黎圣母院的脚下，还是在秘鲁的沙滩，我总会自然地度量脚下的土地到底价值多少。四年级的时候，迷上了李嘉诚的传记，一遍遍地熟读了他老人家当年奋力夺取地铁遮打站，开发黄埔花园等大型屋村的事迹，领悟到做生意不能不懂房地产。雷曼公司有专门的银行内房地产小组，实在是我最理想的小组。我迟迟不答复其他银行，其实是因为没等到雷曼的 offer，实在不甘心。

终于，忍不住了，我拨通了雷曼的电话。接电话的，正好是雷曼人事部总部的负责人，我跟她简要地说明了情况，她跟我解释说因为雷曼在全国招人的日期不同，因此还有很多申请人没有面试，她说她可以翻翻我的档案材料来看。十秒钟以后，她又接通了电话："俏吗？我刚才翻过了材料，所有面试官都给了你满分，如果我现在给你录取通知，你会接受吗？"华尔街的银行们给录取通知后都会给学生们至少一个月的考虑时间，如此突兀的一个问题，我竟然有些迟疑。再转念一想，自己等了这么多天，不就是为了这一个答复吗？于是，肯定地说："是的。"电话里面的声音转为柔和，"恭喜你，你成为了雷曼银行一名新员工。"

就这样，我正式成为了华尔街 2006 届的一员。

完成这篇小文的时候，我已经在雷曼工作了半年。一百八十天中，我没有一天后悔自己当初的决定。但是想起自己当时的幼稚，还是不禁哑然失笑。我们远远没有自己想象中那般重要，股市的涨涨跌跌，金融市场的风起云涌，并不是我们这些小土豆们可以左右的。但是，在投资银行中，毕竟还是可以亲眼目击很多大事的发生，还是可以接触到很多第一手的资料，还是可以见证很多头版新闻的始终。每天的生活，苦中有乐，对金融这个行业的热爱，还是让我每天晚上美梦连连。我，就好像被人家几句话说得晕晕乎乎地娶了回家，但却因为跟自己爱的人每天形影不离还是心甘情愿，并且乐不思蜀。

恋爱中的女人，都是愚蠢和快乐的。

大④

买书卖书记

我最喜欢弗吉尼亚大学的一个地方就是大学书店。小小书店的门口种了几棵樱花树，到了春天粉红灿烂的樱花将那座小房子装饰得像童话里千娇百媚的小城堡。书店的底层也兼卖咖啡，于是每次走进书店，咖啡香气和书香相映成趣，常年不散。

记得一年级的时候，刚下飞机不久的我顶着烈日，挥汗如雨地才找到这家掩盖在樱花下的大学书店。当时还不会用信用卡，于是在手心将爸爸妈妈辛苦赚来的几张薄薄的美金攥得几乎出了水。另一只手里是抄得满满的各种课程需要的书籍名称，经济、德文、数学、写作、历史……手上提着重重的书篮子，在书店里各个区来回穿梭。每一本书都极其厚重，无论从体积还是质量上来看都更像石头而不是书。终于，崭新的课本装满了书篮子，心中却战战兢兢地没有满载而归的成就感。每一本书的价格都在一百美金到一百五十美金之间，小心翼翼地数了又数，付了十张一百美金的大票才走出书店。当时人民币汇率还没有下调，十分坚挺，于是在美国当学生的第一天，我就花了人民币近一万元买书，相当于国内一个工人一年的工资了。每次闻着书中油墨的清香味道，都很有罪恶感。

一年级暑假的时候回家，我骄傲地将批注得密密麻麻的书本不远万里地驮回家，将这些书本放在我书架上最醒目的地方，时刻提醒自己教育机会来之不易，一定要努力珍惜。

二年级的时候，经前辈们的教导，懂得了书本有新旧之分。书店里醒目的地方卖的都是新书，而布满灰尘的地方往往有与新书一般无二、价格却便宜近四分之一的二手书。于是我跟我的朋友像鸵鸟一样埋头在旧书区挖掘了好久，篮子里装满了贴着鲜黄色标签的"二手书"。算了算，竟然省了三百多美金，省下的钱就是赚来的钱。这三百多美金，成为我的"第一桶金"。

二年级的时候对经济的兴趣愈发浓厚，受到经济学的启发，正所谓"天下的事情有卖主必然有买主"，书店既然卖二手书，必然就有收购二手书的渠道。原来，每个学期结束之前，书店都会以相当于新书价值五分之一的价格回收旧书。于是学期结束的时候，我将满坑满谷的旧书送回书店，竟然攒回了不少张薄薄的钞票。摸着鼓了不少的钱包，久违了的成就感，一圈圈地涌了上来。

三年级的时候，发现这个世界上有个神奇的网站

amazon.com。普天之下所有的旧书在 amazon.com 上应有尽有。全世界英语国家的学生都在网上将不用的教材以极低的价格卖出去。一本原价一百五十美金的书，amazon.com 上也就卖四十到五十美金。这才恍然大悟发现学校书店的书，无论是新书还是旧书，都贵得太离谱了。从此以后我所有的教材都在这个网站上订购，信用卡付钱。一个星期之后，来自美国各个州的教材包裹陆陆续续地摆在了我家门口。这个时候我每个学期买书的费用已经降到了三百美金。于是我 A 照拿，山珍海味照吃，感慨着人生的美好。

四年级的时候，我注册成为了 amazon.com 的卖主之一，开始了远程卖书。

我立了一个 80%的原则，即以买进价钱 80%的价格将书卖掉。于是三年级的旧书从我的房间翩翩飞到世界各个角落，而美金也从世界各个角落飞进了我的账户。最远的一本书竟然寄去了法国，让我在数钱之余不禁感叹全球经济一体化的美好。想起以前廉价卖给书店的旧书和白白丢失的利润，痛心疾首。

四年级回家，看到书架上还放着那些一年级的经济书，连忙将灰尘拂掉，放入旅行箱，再次千里迢迢地驮回了美国。回美国后不到一个星期，这些旧书就全部被换成了现金。经济学的基本原则，我已熟记在心，并如此地活学活用，我的经济课本，也是时候回归社会再发余热啦。

现在去书店，我就只是为了那杯滴滴香醇的咖啡而去的。在阳光下懒洋洋地品尝卡布奇诺咖啡的时候，常常会看见一年级的新生攥着美金在新书专柜前满头大汗，就好像是看到了昨日的自己，感慨万千。昨天那个稚嫩的小女生，就是在这几年里，以连我自己都想象不到的速度，成长，成熟。

春天快到了，我，也快毕业了吧。

我的
美利坚
本科岁月

与经济系的
雷诺斯教授

我的教授们

　　古人道，师者，传道授业解惑也。小学、中学的时候，老师对我们的帮助是真正的指点迷津，传道，授业，解惑，一丝不苟。到了大学，发现这里的老师们各有性格，师道尊严一点没有，跟同学们插科打诨，老小孩一般。学生们对老师也经常直呼其名。对这里教授真正的理解，一直到快毕业的时候甚至到毕业之后，才醍醐灌顶，对教授们的感激，也丝丝环环地涌上了心头，挥之不去。

　　文理学院的每一堂课，无论是五百人的大课还是十个人的小课，我的老师们几乎都穿短裤，大大咧咧地拿着一瓶可乐，在讲台上指点江山。大多数老师上课用口语，高兴的时候还给我们大显身手烤一小箱曲奇饼。老师们上完课就走，从来没有每周的答疑，学生的宿舍从来没有任何教授老师的大驾光临，想找老师问问题，还要事先预约，然后千里迢迢地跑到教授的办公室。一年级的时候，因为不习惯这种松散的师生关系，我整整一年几乎从来没有在教室之外见过任何的教授。二年级的时候，慢慢地习惯了这种相处方式，发现原来只要脚勤点，教授们并不是可望而不可即的。我是经济系和商学院的双专业学生，于是每个星期必有几天，在经济系教授的藤椅上，在商学院教授的波斯地毯上，一个个教授跟我促膝长谈，谈当今的时事，谈商界的趣闻，谈我未来的计划，每个教授，都是那么的慷慨。有一次，和一个老教授聊着聊着忘记了时间，四个小时过去了，天都黑了，师生对望，不禁哑然失笑。

虽然跟各位教授聊天都很投机，在大学里面还是常常会感觉到师生之间的接触远远没有中国大学多。每个教授都有一两个研究生做助手，我们的作业考试都是由研究生来批改，教授们每天的主要工作就是在办公室里做研究，对学生的情况并不了解。学生们是拿A，还是不及格，教授们并不是很关心。学习的负担，完全在学生自己。学生的生活状况，更是跟教授几乎没有任何的关系。病了有校医，情绪不稳定了有校内专门的心理医生。教授，倒是无事一身轻。跟我习惯的那种从生活到学业无微不至的老师相比，这样的教授，未免多少会有些生疏。

一直到三年级的时候，有一次纽约一个很著名的投资银行到我们学校招聘，我跟其中一个经理聊得很投机。聊起了我们的教授，这位经理竖起大拇指，说你们的教授为了学生们真是鞠躬尽瘁，那种精神真是可喜可贺啊。我有点不明白，说我们的教授每天在办公室里埋头做研究，其实跟学生的接触并不多啊。那位经理笑着说，那你们可就真的只知其一不知其二了。教授们的研究成果，其实学生们是最大的受益者。教授写出论文，名震商界。他们大多用这种泰山北斗般的名声为华尔街的银行免费做咨询。为了报答这些教授们的慷慨，华尔街每年都会来弗吉尼亚，将弗大的学生们招入麾下。

从来都不明白，为什么并不是常春藤的弗吉尼亚大学，每年为华尔街输送的人才不管是数目还是质量都是美国第一。直到那一刻，我才明白：原来我们商学院的教授，每个人，每个月，都会不辞劳苦地飞往纽约，为华尔街很多的银行做讲座，做咨询，唯一的目的，就是为上百个学生推荐就业的机会。初出校门的我们，每次遇到难题，也会习惯性地打那个熟悉的电话。商学院的教授们，经常收到毕业十年甚至二十年的学生打来的电话，不管是成了老总，还是成为了百万富翁，学生依然是当年那个学生，老师依然是当年的那个老师，仿佛那二十年的光景不过是弹指一挥间，师生们仍然在老师办公室的波斯地毯上，促膝长谈，谈企业的兴衰，谈投资的成败。于是我们成为了华尔街最耀眼的明星，弗吉尼亚商学院学生的美名，传遍美国商界。这是因为，我们的教授，为我们竭尽全力铺好了畅通无阻的通天大路。

经济系的教授们，平时在办公室里埋头苦干做研究，神龙见首不见尾，学生们经常抱怨教授们可畏不可亲。可是我永远忘不了，三月份，当我们系的学生为申请博士焦头烂额的时候，经济系每一个教授，从白发苍苍的系主任，到刚聘请的讲师，都拿起电话，拨通了他们所知道的每一个博士生导师，极力推荐我们的学生。其他的大学教授为学生们用打印机打出一封封千篇一律的推荐函，可是我们的教授，在电话机旁，一遍遍地拨打着他们的前导师、前同学、几乎是美国经济界每一个熟人的电话。电话机将小小的夏洛茨维尔城市中这些教授们的一片苦心源源不断地输送到美国的每一个角落。于是，我们的学生进了斯坦福，进了芝加哥，进了耶鲁，进了普林斯顿。教授们欣慰地为他们庆贺一番后，又静静地退回到自己的办公室。

这就是我们的教授。对学生看似平平淡淡、不搭不理，不讲究传统的架子，不讲究锦幅和荣誉，可是关键的时候，他们鼎力相助，竭尽全力将学生们推进他们力所能及的最高的平台。他们的研究，他们的德高望重，成为了学生们最大的财富和靠山。作为一个弗吉尼亚大学的学生，一辈子都觉得那么的荣幸，因为我们知道，就算我们不会每个圣诞节给教授们寄贺卡，就算我们很久很久都没有教授们的消息，可是，不管我们走到哪里，这一辈子，在我们需要帮助的时候，那个叫做夏洛茨维尔的地方，永远有我们强大的同盟军。

每个女生内心
深处灰姑娘的
梦想，在这个
浪漫的日子悄
悄实现了

我爱舞会

二月二十四号，一年一度的商学院舞会将会如期
而至。消息一传开，整个商学院上上下下一片沸腾，
人人脸上都洋溢着充满期待的笑容。想想来了这里
后，大大小小的舞会也去了不少，于是写下此文，以
作纪念。

大学里面的舞会大概分两种，一种是半正式的舞
会，这种舞会女生要穿连衣裙，稍作打扮即可；男生一
般穿西装，但不用系领带。半正式的舞会音乐多以轻松
为主，舞步要求不高，一般会扭腰甩臀的就没有问题。
正式的舞会，女生通常要穿落地长裙，闪光的高跟鞋，
优雅地盘起头发；男生则要穿三件套西装，系上领结，
笔挺地手持玫瑰来接女生。舞会上音乐大多既有情趣又
高雅，古典、探戈、甚至踢踏都隆重登场。大多正式舞

会都有专门乐队和 DJ 现场演奏，而且舞厅都配有酒吧，一曲终了，人们举杯相庆，气氛热烈。

我第一次去舞会的时候，险些出了大丑，让我的朋友们至今还津津乐道。记得那是一个星期二的晚上，我刚从北部旅行回来，下了火车，上了汽车，人还是七荤八素地找不到北。电话响了，是我的朋友肯。这个小子是个标准的体育迷，我们两个经常结伴去看学校的篮球赛和足球赛。肯在电话啰啰嗦嗦地说了一大堆，我旁边的火车呼啸而过以致我根本听不清楚，迷迷糊糊地听他说了个 ball，就自以为是地认为一定是 basketball（当时正好是美国大学篮球赛决赛季），然后他又说星期六，我就不等他说完一口答应了："好，星期六，你来接我，别迟到啊！"肯爽快地答应了，我撂了电话，昏昏睡去，也没多想。到了星期六下午，我穿着 T 恤、短裤在床上看小说正看得热闹，肯打了电话来紧紧张张地提醒我别忘了提前准备。我顺口答应了，心里想去看篮球带着我的大嗓门去就行了有什么好准备的。室友走了进来问我晚上干什么，我说去看篮球。谁知道室友也是个体育迷，听后愣了一下，说我们学校不是刚被淘汰吗？哪有什么篮球赛？我大惑不解，刚要给肯打电话，他就在网上跟我絮絮叨叨地说话，说他跟他的朋友说我答应跟他去 Resto Ball，他的朋友还不相信呢。我愣了半天，回头问室友什么是 Resto Ball，她脸色大变，说Resto Ball 是我们学校最古老也是最有名的一个正式舞会，入场费很贵，接到邀请的女生们都要准备好久。难怪肯问我的时候吞吞吐吐，一定以为我会拒绝他，结果我就这么稀里糊涂地一口答应了。室友大惊小怪，看了看表，还有一个小时，而我还顶着乱蓬蓬的头发，嚼着口香糖，早上跑了步，身上汗渍未干，整个人要多不淑女就有多不淑女。我当时因为还小，没有裙子，没有鞋子，化妆品也参差不齐。

就好像一个风调雨顺的小国家，突然进入战备状态。我这身高一米七五的室友一把把我抓起来，扔进洗澡间。等我慌慌张张地裹着浴巾跑出来，发现整个楼层近十个女生已经到齐了。每个人都神色紧张，如临大敌。每个人都带来了她们心爱的舞裙。于是接下来的十分钟里面，我试了大大小小近二十条裙子，有露背的黑色长裙，有裙摆处是弧线型的白色绸裙，有洋娃娃般可爱的粉色折叠裙，最后大家投票决定了一条柔软的贴身红色吊带舞裙。然后这些女生们又作鸟兽散，五分钟后又像旋风般带来了各式各样的鞋子，当一对银色缀花的高跟凉鞋套在我的脚上时，女生们大声欢呼："That's IT！"行装准备好了，这些女生又把我摁倒，两个人开始帮我化妆，说不上名字的瓶瓶罐罐一个一个地被拧开，一层又一层的化妆品狂轰滥炸。我的室友手拿着吹风机，凶悍地不理会我的哀求，将我的头发吹干，然后细细地卷起来，最后，将所有的头发都盘了上去，只要一小撮头发自然地垂下来。而在我不知不觉的时候，我的邻居将我的脚趾甲都涂上了亮亮的粉红色，与银色的鞋子相配，十分协调。

六点整，当肯拿着玫瑰站在我的门前时，我裙裾摇曳地走出来，整洁美丽，就好像刚才那一场战斗从来没有发生过。那个夜晚，灯光流转，酒香洋溢，大家看见的是一个快乐美丽的女生骄傲地转着圈子，脸上带着由衷的微笑。在耳环碰撞的清脆声音中，在"酒不醉人人自醉"的氛围中，每个女孩心中灰姑娘穿上水晶鞋的梦，在这个温馨的夜晚悄悄实现了。午夜两点，我回到家里，看着室友熟睡的样子，心里很温暖。

现在，每个我身边的人都知道，我喜欢舞会。每个朋友都知道，我有很多美丽的裙子，很多美丽的鞋子。我的化妆品满坑满谷，我的首饰泛滥成灾。许多认识或者不认识的女生都会问我，今天晚上去舞会，她应该穿什么。许多认识或者不认识的女生都会怯怯地敲开我的门，而我会爽快地打开我的衣柜我的首饰盒。我爱舞会，因为我爱这所大学的男生女生，爱夏洛茨维尔这个小小的地方，因为那么多美丽的梦想，在这里实现，那么多美好的回忆，会温暖我整个人生。我爱舞会，因为我爱青春魅力的张扬。我爱舞会，因为我知道那一个个灿烂的笑脸背后，有着多么令我们自豪的友情。

红酒玫瑰，这样的诱惑让女生如何拒绝？

窈窕淑女，君子好逑

在国外读书一个最大的好处就是有幸遍览各国帅哥。美国号称文化大熔炉，熙熙攘攘的人群一眼看过去，就好像是各国的帅哥大阅兵，令我眼花缭乱，口水横流。时间长了，发现这些帅哥们不光是徒有其表，追起女生来也是八仙过海，各显神通。来看看各国君子是如何将窈窕淑女尽括囊中的。

美国男生在自己的国家，占有天时、地利、人和的种种优势，自然在女生面前得心应手，游刃有余。美国男生的绅士风度是出了名的。和美国男生出去，女生可以养尊处优，好好享受一下身为女生的优势。男生总是小心翼翼地问好时间，然后在约会的时候，把自己的车洗得雪亮，喜气洋洋地来把女生接走。有条件的，甚至不惜借朋友的保时捷或者法拉利，然后就像动物园的

177

雄孔雀借了一条五彩斑斓的尾巴一样得意洋洋地把女生像新嫁娘一样接走。约会时,女生姗姗来迟,男生耐心等待,任劳任怨。记得有一次天下大雨,我迟到了,下楼一看,西装革履的男生就打着一个大黑伞一动不动地站在雨里。我挺愧疚的,走过去温情款款地要道歉,那男生却一步向前,打开车门,躬身将我送入车内。那种情景,让我想起小学时候学的课文《哨兵》,那男生就好像是白杨树一样诚实正直的哨兵,而我就像那个站着说话不腰疼的领导。

男生带女生出去吃饭,一定去比较贵的餐馆,而且男生一定坚持付账。如果女生要付账,那就是一种委婉的拒绝,会弄得宾主不欢而散。约会结束,男生一丝不苟地将女生送回家门口,自己先下车,然后再次躬身为女生打开车门,将女生引出车。然后会一直步行将女生送到家门前,看着女生安全进门,男生才会为一个愉快的夜晚表示感谢,然后转身离去。每次约会,看着一个个的美国男生完美地将这套动作完成,心中总是像看完一场体操比赛一样赞叹不已。看来英国人的绅士风度,已经被这个移民国家全盘接受。

若是比绅士,欧洲男生反而被比了下去。但是,欧洲人极富有创造力的浪漫气质,却堪称世界男生的典范。出去约会,先送一支红玫瑰。吃饭时,欧洲人对酒是最有研究的。红酒配牛排,白酒配海鲜,上菜前再来一杯苹果马丁尼。祝酒词也往往在欧洲男生磁性的嗓音下特别悦耳。天下又有什么样的女生可以抵制如此"葡萄美酒夜光杯"的诱惑?我在巴黎的时候,一天晚上,有人说要送给我一件礼物，于是我们跳下地铁，通过一条狭隘的小路，在黑洞洞的楼梯里爬了很久。正当我步履维艰牢骚满腹的时候，眼前忽然豁然开朗。我们正站在一个高高的建筑物顶端，鸟瞰巴黎。再定睛一看，天啊，我竟然真真切切地站在了凯旋门的顶端！游人总是以为凯旋门只不过是一座"可远观而不可亵玩"的建筑，可是只有真正的欧洲人才知道，任何人都可以爬上凯旋门的顶端，居高临下地欣赏巴黎。放眼四周，埃菲尔铁塔正在黑夜中璀璨发光，卢浮宫在灯光下尽显世界艺术宝殿沉静的光辉。正当我目不暇接的时候，身上早已披上了一件外套，深沉的嗓音在耳边响起："别着凉了。"如此浪漫的巴黎和如此浪漫的男生，真令我乐不思蜀。回美国时恋恋不舍，对欧洲女生的艳福羡慕不已。

南美洲的男生，则凭着他们快乐的天性征服女生。每个南美洲的男生都是跳舞的天才。华尔兹、探戈、三步，无不手到拈来。与他们的约会，大多在酒吧和俱乐部里。看着他们互相称兄道弟，开怀畅饮，咧嘴大笑，真的让人不知不觉地被他们的快乐所渲染，心情轻松得像浮起来的泡泡。酒足饭饱，他们夸张地一鞠躬，将女生带进舞池。一边唱着拍子，一边体贴地带着女生走着舞步。昏暗的灯光，优雅的舞步，浓郁的酒香，使他们摇身一变，成了白马王子，翩翩地将我带进梦境一般的音乐天堂。

于是，这些翩翩君子们机智幽默的追求，使我的大学生活永不寂寞，五光十色，多姿多彩。

那个温和阳光一样的男生，一定是从离太阳很近的地方来的

我的
美利坚
本科岁月

美国甜心

　　每个人的生命里，都应该有那么一段洁白无瑕的爱情。那种感觉是那么纯净醇厚，那么温情款款，在恋情结束多年之后想起来还会令人颔首微笑。那些人，那些事，那樱花的粉红，那夏日树叶特有的清香，那干干净净的蓝天，就如爱情的本身，一尘不染。

太阳一般的男生

　　大学生活的卷轴在我面前一点点地展开，光色流荡，所有的一切，都散发着清新的香气。开学的第一天，正和同室的女生杰西卡一起在宽敞的学校餐厅里一边吃早餐，一边兴奋不安地期待着即将开始的大学生活，两个男生一前一后地走了过来。前面的我认识，上海复旦附中毕业的高材生，迪雾；后面的是一个高个子棕色头发的男生，明亮的双眸里一团和善，正向我展开灿烂的笑容。我不禁还以微笑，却惊奇地发现，我的心，因为这个真诚的微笑洒满了阳光。迪雾将他介绍给我们认识，他叫法兰克，来自田纳西州，是迪雾的室友。随便聊了几句，却发现他真是很阳光灿烂的男生，和他聊天，心里总是有一种暖洋洋的感觉，他，真的很阳光。心里一个念头转瞬即逝，如果跟这样的男生在一起，心里大概会每天充满那种温暖的幸福吧。

可是，法兰克和太阳，很快就在大一新生忙碌的生活中浸泡得没有了颜色。毕竟，这本来就是一个阳光的城市。留学生活，因为我流利的英语，开朗的性格，变得异乎的平常顺利。

长长的浅蓝牛仔裙在风中摇摆飞扬，一如我心中放飞的快乐；同样浅蓝的凉鞋轻快地踏在夏日油油的青草上，一如我轻松摇曳的心情。夏日透过头上青翠欲滴的树叶在地上投下一个个斑影，圆圆的一点一点，布满了林荫的小道，仿佛是太阳一张一张的笑脸。带着一脸的灿烂，我走进飘着浓郁咖啡香气的图书馆。埃德曼图书馆有宽大舒适的沙发，我最喜欢独自度过一个下午的方式莫过于一杯冰咖啡在手，窝在那柔软的沙发里抱上一本书，一直看到那火红的夕阳从对面的落地窗外一跃一跃地落下去。来到我最钟爱的那个蓝色沙发前，却发现有人捷足先登鸠占鹊巢。那个男生的侧面很沉静，低头看书的神情那么专注温柔，竟然让人微微感动。他手里拿着的是一本柏拉图的书，柏拉图是我最喜欢的哲学家之一。那个瞬间，我竟然想，柏拉图千年前向往的那个理想境界，那个没有战乱的和平年代，大概就是这样一幅画面吧，年轻英俊的男生，在这个美丽的午后，带着那样一种专注的神情品读人类智慧的结晶。

男生抬起头，看见我笑了笑，我终于想起来了，这个阳光般灿烂的男生——法兰克。我在他对面坐下，他站起来开始收拾东西并示意我过去坐他的位置："我还有志愿者活动，得先走了。"那时我还从来没有听过更没有参加过美国大学的学生志愿者活动，便主动要跟去，他欣然答应。

这个志愿者活动就是教夏洛茨维尔当地的南美洲移民的小孩子英语，法兰克高中的西班牙语学得娴熟，于是每个星期都会抽出两三个小时来到夏洛茨维尔专门为移民服务的小学，教这些完全不懂英语的小孩子学英语。我对西班牙语一窍不通，无法与小孩子们交流，可是这些聪明的小孩子很快就用肢体语言跟我聊了起来，一边比比划划地将他们的作业推到我的面前让我帮他们核对，一边手舞足蹈地为我讲他们刚听到学会的故事。手忙脚乱的同时，转过头去看法兰克，他还是那么一副专注的神情，给一个脏兮兮的小女孩看作业，还不时纠正她的英文发音。女孩子满是泥巴的小手在他天蓝色的薄毛衣上留下了一个个泥印他也毫不在意。

这个从内到外都令人感到那么温暖的男生，善良得仿佛是从离太阳很近的地方来的。

英语是世界上最浪漫的语言

　　法兰克开始频繁地给我打电话。当时同宿舍的十个活宝都还没有男朋友，于是每天在公共居室里喝咖啡讲着女生们没完没了的心事，热闹非凡。每次有我的电话，总会有一个女生夸张地大叫："俏——男生电话！"我便甜甜地笑着，光着脚跑过去接。法兰克带我出去吃饭，一定穿戴整齐，提早十分钟过来接我。而我那可爱的女生舍友们，就会一边对我的衣着评头论足，一边老气横秋地"命令"他午夜要把"我们家俏"毫发无损地交回给梦翠楼 140 号。

　　就这样，跟他出去了许多次后，有一次两个人在柳树下拉着手吃雪糕，他手上拿的是一本 Dylan Thomas 的诗集，低低地给我一句句念：

"The force that through the green fuse drives the flower

　　Drivers my green age; that blasts the roots of trees

　　Is my destroyer

　　And I am dumb to tell the crooked rose

　　My youth is bent by the same wintry fever."

　　这不是一首情爱之诗，却是一首那么美的诗，他低沉的嗓音和那美丽的语言，让我在那句子中间听到了玫瑰的绽放、时间年轮的碾过、绿色麦浪的舞蹈和那风过后的水面无痕。可能对每个人来说，最美的语言永远是初恋的语言吧，从那一天开始，一直到现在，我都固执地认为，英语是世界上最浪漫的语言。

外国"媳妇"也见"公婆"

经过期中考试的煎熬,感恩节姗姗来迟。几天来,法兰克总是欲言又止,终于有一天,看着我心情大好地将浅粉色的指甲油慢条斯理地涂在小小的脚趾甲上,他吞吞吐吐地说:"俏,我感恩节是要回家的。"感恩节是美国第二大节日,其重要性超过中秋、元旦,他感恩节回家,我毫无大惊小怪,头也没抬,继续护理我的宝贝指甲。他又蘑菇了好半天,终于把下半句话说完:"我想邀请你跟我一起回家。"我的手一震,指甲漆飞溅,圆滑的指甲顿时变得龇牙咧嘴惨不忍睹。"可是我们才在一起不到一个月……"他急急忙忙地解释:"请不要有压力,我只是想带你去看看我长大的城市,没有别的意思。"我看着这个高大的男生竟然为了这件事羞得脸红脖子粗的,忍俊不禁:"你妈妈做的火鸡真的好吃?"他点头如捣米,一脸"骗你是小狗"的表情,我只好一边叹息着点头同意,一边试图修复我那原本巧夺天工的指甲了。

法兰克红色的本田车在美国南部的高速上一路风驰电掣了足足八个小时后,才在深夜轻巧无声地驶进田纳西州的首府纳什维尔市。当他在那浅红色屋顶的三层楼房前停下来的时候,已经是午夜了。我在车上睡得七荤八素,被法兰克拖下车的时候还是迷迷糊糊。蹑手蹑脚地走进宽敞的大厅,漆黑一片的屋子里只有里面餐厅还有一盏孤灯,一个金色头发的中年女子在桌前端着杯浓咖啡低头翻阅着一本杂志。她看见我们进来,脸上的倦意一扫而光,容光焕发地站起来把法兰克拥

我的美利坚本科岁月

入怀。这种情景,法兰克还用介绍这是他的妈妈吗?天下父母一般心,都是儿行千里母担忧,儿子在路上,慈爱的妈妈不肯入睡,黄卷青灯独坐等着儿子回家。如果是我的家,妈妈也一定会这样,等着盼着,无法入睡吧。我的眼睛,竟然就这样一湿。法兰克妈妈抱完了他,回身也把我拥入怀:"感恩节快乐,欢迎来到我们家。"我没有给她一个礼节性的拥抱,而是给了她一个紧紧的、家人一般的拥抱。

法兰克是他家三个孩子中最小的,他的姐姐早在几年前出嫁,我今天晚上,就住在她以前的闺房里。虽然美国人的开放世界闻名,但是一般的美国家庭其实还是正正经经的保守人家,特别是在南部的中产阶级,由于基督教的清教徒占了大多数,受宗教影响深刻,儿子带了女朋友回家,绝对是要分房住。这天晚上,我就在法兰克妈妈铺的干净柔软的大床上一觉睡到天亮。

第二天醒来的时候,床边的小表已经指着下午一点钟了。我心中暗悔,想想我这么多年好歹也受祖先耳提面命,"三日入厨下,洗手做羹汤",我可倒好,不但羹汤没做,大姑小姑没问好,竟然在人家上演一番"草堂春睡足,窗外日迟迟"。一边想,一边往楼下跑,结果袜子在光滑的楼梯上一打滑,我便跌坐在了楼梯上,以屁股为滑板完成了最后几节楼梯的漫漫长征,最后以完美的四脚八叉姿势落地,一阵子的哭爹喊娘。"你没事吧?"一个中年男人的脸在我扭曲的五官上方出现,法兰克的父亲,纳什维尔市赫赫有名的精神科医生,就在这个很不巧的时刻出现了。

我捂着头好不容易挣扎着坐起来，面前出现了法兰克、法妈妈和法爸爸那放大的忍俊不禁的笑脸，我心里哀鸣，我那中国女子温良贤淑的优雅形象啊，我那东方美人瓷娃娃的名声啊，都被我这一跤跌到爪哇国去了。想着田纳西州冬暖夏凉也是一方宝地，我就地挖个洞钻进去再也不要出来了也算一件美事。

　　法爸爸和法兰克笑着把我扶起来，法妈妈急忙从烤箱里拿出给我留好热着的午餐，满满两大盘子的烤肉、鸡蛋和色拉，我好了伤疤忘了疼，大快朵颐。法兰克去洗澡，法妈妈和法爸爸在餐桌前跟我闲聊，我也就一边大吃一边陪他们聊中国，聊香港，聊天下时事，聊弗吉尼亚大学千篇一律的食堂伙食，倒也其乐融融。二十分钟不到，我把两大盘子的食物消灭得干干净净，还意犹未尽地吃起了水果。法兰克洗完澡出来，去烤箱看了一圈，又到桌子上看了一轮，终于忍不住问："妈，我的午餐呢？"法妈妈愣了一下，看看两个干干净净的盘子，扑哧一笑："看来俏是真的饿了。"我刚刚拾起来的面子顿时重新摔得七裂八瓣，原来两盘子的食物是给我跟法兰克两个人的，法兰克有情有义，等我起来一起吃午饭，我这个饕餮之徒却将两个人的午餐都吃了还在那里不知悔改地大嚼水果。我只好摆上我最甜最诣媚的笑脸："我真的不是故意的，是法妈妈做的东西太好吃了。"法妈妈听了竟然一脸感动："真的？大家都说中国的东西最好吃，我做的食物中国女孩一定吃不惯呢。"我哪肯放过这个大好时机，把法妈妈的厨艺说的是天上少有地上无双。这倒也是真心话，法妈妈做的食物色香味一流，本小女子走南闯北，天下美食也吃了不少，能胜过她老人家的也就只有我自己的妈妈大人了。

吃了午餐，法妈妈不经意地问起："俏，是基督教徒吧?有没有兴趣跟我一起去教堂?"我到了美国以后，问我这个问题的人很多，但大多是大学的朋友，无神论者在大学生中比比皆是，不以为奇。可是在思想保守传统的田纳西州，无神论者仍然被看做一种亵渎和侮辱，宿舍里的女生们早早就告诫我，如果在南部的各个州被问起，就说我自己是基督教徒，反正他们爱听，我又不会少块肉。可是我跟我的友好家庭接触多了以后，深深觉得基督教徒们是那么善良虔诚，他们最重要的一个信条就是不能撒谎，正如圣经中所说，"Never lie, steal, cheat, or drink."这种对信仰的认真和严肃不容侵犯。终于，我还是老老实实地说："我不是基督教徒，但我对宗教很感兴趣，很愿意陪您去教堂。"

诚实永远是最好的对策。法妈妈丝毫没有因为我不是基督教徒而生气，依然高高兴兴地在我身上套上了法兰克姐姐粉色的礼服，把打扮一新的我带到教堂里，介绍给她的朋友们。感恩节前的教堂仪式十分盛大，人们欢乐的圣歌唱了一首又一首，想我小时候可是合唱团的主唱，学这几首歌简直是小菜一碟。不一会儿就捧着圣经唱得有模有样，法妈妈看着我眼睛里的笑意就更浓了。

最后，那个感恩节过得是那么宾主尽欢。金灿灿的外焦里嫩的火鸡，香软芬芳的火鸡填料，腻滑松软的番薯，入口即化的玉米糕，再加上法妈妈餐前的低声祷告，法爸爸的诙谐谈吐，我和法兰克的高谈阔论，那种家的温馨感觉扑面而来，让我的眼眶一直微微地湿润着。

那种感觉是如此的好，我心里暗暗地想，我一定要跟法妈妈学做最好的火鸡。很多很多年以后，如果我有个儿子，他把那羞答答的花一样的女朋友带回家的时候，我一定也要做一顿火鸡。

分手亦是朋友

来也匆匆，去也匆匆。曾经以为有些甜蜜可以持续到天荒地老，曾经以为有些温馨会地久天长，可是，尽管我们竭尽全力，挽留再挽留，十八岁的爱情，在那个最纷扰烦乱的年代，还是被雨打风吹去。于是有这么一个时刻，所有的事情，突然戛然而止。天地停住了脚步，日月屏住了呼吸，然后，我们静静地看着对方，交叉的十指猛然放开，轻轻地说："那，就这样吧。"

我知道，当快乐来临的时候，要好好去把握；我也知道，当别离不可避免地敲门时，要学会豁达。可是，年轻的我，还是忍不住跑到了最亲爱的友好家庭，在艾米和埃瑞怀中大哭。艾米做了我爱吃的菜，坐在满是樱花的院子里跟我长谈到深夜。哭完了谈妥了，擤擤鼻涕，明天的太阳还是会升起来。明天，鄙人又是一条好汉了。

法兰克那和气慈爱的爸爸妈妈，知道我们分手了，竟然给我邮来了我喜欢的糖果和毛公仔。寄来的卡片上面写着："你是我们见过最可爱真诚的女孩子，你会非常成功，我们会永远为你祈祷和祝福。"

法兰克和我的友情，却没有因为我们恋情的结束而终止。两个人在校园擦身而过的时候，还是会彬彬有礼地将我们身边新的男朋友和女朋友介绍给对方。跟现任男女朋友闹别扭了，另外一个人也会特别哥们儿地陪着喝半夜的酒。毕业后，法兰克如愿以偿地成为了哈佛文学院的博士生。那个聪慧温柔的男生，和他那温暖的家庭，给我的大学生活，添上了玫瑰色的一页。

我的
美利坚本科岁月

世界是我们的舞台
——毕业了，何去何从

正所谓"天下没有不散的筵席"，大学四年快乐的光景转瞬即逝。美国大学生，何去何从？

记得有教育家说过，美国大学和世界很多其他国家大学不一样的地方在于，对其他国家的大学生来说，大学是一个过程，一个通向更高学府的必经之途，因此他们把大半时间都放在了继续升学考试上。而对于美国大学的大学生来说，大学的本身就是目的地。繁重的大学课程令学生们分身乏术，精力都放在了课程学习上，再加上大学生就业市场仍是蒸蒸日上前景大好，尽管很多大学有着享誉全球的研究生院，免试一说仍是前所未闻，学生们大学毕业直接升学的也只是凤毛麟角。

读大学的时候，曾经因为跟教授开研究会而到清

190

华、北大做问卷调查。当时是一个炎热的暑假，北大的自修室却是座无虚席，走进一看，GRE 和 GMAT 的书遍地开花。难怪这些标准化考试中国学生是永远的赢家，弗吉尼亚的图书馆尽管日夜灯火通明，学生们也是为了明天的功课废寝忘食，GRE 的书却十分罕见。

这种现象其实是美国的就业市场结构的产物。美国公司聘用人才，十分信奉职业培训。大学是培养人的素质的风水宝地，却不是职业培训的厮杀教场。与其在研究生院花费五年的光阴，不如在公司经过五年的培训而独当一面。更何况大学生与博士生的聘用市价相差迥异，如果没有特殊需要，公司们不会大材小用地雇用博士。因此所有博士生们，都是有志终身从事教授职业的人士。

没有了升学的动机和压力的大学生们，又生活在一个如此自由和宽容的社会里，人生的选择五花八门，令人眼花缭乱。

我一年级的好友杰西卡和阿什利，大学四年为那千回百转的法语意乱情迷，为那凯旋门卢浮宫的传说魂牵梦萦，毕业前对着山姆大叔提供的各种大好就业机会愁眉不展，总觉得今生不能在法国生活便好比亚当缺了根肋条，于是毅然报名去法国教中学生英语，一毕业便坐着银色的 777 大鸟飞去了巴黎边上的小镇。无独有偶，我另外的三四个朋友因为对非洲向往不已，决定长途跋涉去南非当志愿英语老师。这些朋友去国外教书，都是通过一些非盈利性机构，我的这些朋友们只追求经历而不图报酬，而年轻的大学毕业生们毕竟囊中羞涩，于是这种机构虽然不给他们报酬，但是为他们提供住宿和膳食，为他们解决了后顾之忧，让他们专心教书，为世界儿童的教育添砖加瓦。刚出校门的大学生有了一个到国外开眼界长见识的机会，同时也给各国边远小镇上的学校解决了师资缺乏问题，可谓一箭双雕。后来在纽约的时候，我不时收到杰西卡和阿什利的照片和信，照片上的女孩子们笑靥如花，套头毛衣，格子呢裙，齐膝长靴，穿着打扮竟俨然如巴黎女郎。对好友的思念，水一般地弥漫开去，但也在同时，为她们追求自己生活的勇气和胆量骄傲不已。

　　而另外一位好友克里沃，那颗悲天悯人的心更是如菩萨转世。她是位忧国忧民的典型代表，申请了美国政府专门为大四学生提供的著名的为期一年的 Full Bright 研究基金，远赴南美洲的玻利维亚研究当地的饮水和膳食卫生，并积极参与当地的政治生活。玻利维亚是一个如此动荡不已的国家，我们每天都为克里沃忧

心忡忡。有那么一天清早，我习惯性地打开CNN，"玻利维亚政坛再次动荡"的标题跃入眼帘，新闻的大片配图上，一群群肤色黝黑的当地居民摇动旌旗、振臂高呼，而那面写着"玻利维亚自由万岁"的旗帜下，竟然出现了一个皮肤白皙的女生坚毅的面容。我看着那熟悉的在风中飘扬的棕色的头发，那眼镜后面的与我那么多个晚上促膝长谈时凝望的明亮的眼睛，不禁惊呼起来。在这个世界最危险的地方，克里沃的美丽越发惊心动魄，她是我认识的最坚强、最勇敢的女子，从前如此，现在亦然。

跟文理学院的学生相比，商学院的学生们职业本能般地热衷于商场。弗吉尼亚大学的大学部商学院全美赫赫有名，学生就业自然不在话下。商学院有专门的求职办公室热心地一年365天为学生们介绍工作、修改简历、练习面试，忙得不亦乐乎。每年，90%以上的商学院学生们从小小的南方城市夏洛茨维尔，飞向纽约的华尔街，飞向西雅图的波音，飞向伦敦的证券交易所，飞向东京的房地产公司。在美国上大学之后，我感触最深的就是，美国大学生毕业后，全世界都会有我们的舞台。

热衷于中文和中国文化的克里斯廷，毕业后在中国背包旅游半年。在旅游途中因一个巧合被《华尔街时报》中国版的总编辑慧眼识中，成为《华尔街时报》驻北京的财经记者。中国金融界有大事发生的时候，报道上总会有我那个熟悉的名字。

经济课上的佩尼，二年级就因为荣登《花花公子》封面而引起全校轩然大波，前两天寄来了相片，已经搬去了意大利，成为 Prada 正式的签约模特。

麦克子承父业，远赴中东走进了美国驻沙特阿拉伯大使馆，在那个硝烟如此浓重之处继续展现他的招牌笑容。

而我，华尔街的日子从纽约到香港，日子在忙碌的工作中流水一般地过去。可是，每当好友从远方寄来那份问候，得知他们如此成功，如此勇敢，总会令我那么自豪。是的，弗大的好日子一去不复返了，可是弗大将整个世界，送给我们做了舞台。

好戏永远在后头。

与父母和
肖恩在毕
业典礼上

拥别弗大

我们知道，天下没有不散的筵席。我们知道，世间
种种热闹和精彩，总有一天会曲终人散。是的，这些我
们都知道。

可是，在这四年中，你牵着我们的手，将稚嫩的少
男少女在艰苦的磨炼后推向各行业的尖端；你鼓励我们
飞扬的梦想，一如既往；你的呵护你的关爱，从无休止。
在人生最灿烂的四年时光中，你是我们的家。当离别真
的来临，又让我们如何跟你告别，我们亲爱的弗大？

毕业典礼上最好的礼物

美国大学的毕业典礼是大学生四年中最为隆重的
仪式，接过那沉甸甸的证书的一刻，家人朋友们的相机
飞闪，掌声震天是必不可少的。特别是离家千里的我，

四年的时光转瞬即逝，可爸爸妈妈还从来没有来过这个时时刻刻挂在我嘴上的小镇。善解人意的爸爸妈妈，早早就开始买机票、办签证。爸爸妈妈能来参加毕业典礼，是我最好的礼物。

爸爸妈妈在国内买机票办签证，我在国外也是牵肠挂肚。学校的邀请函早早地千里迢迢地飞到了爸爸妈妈的手里，我的成绩单和学生证明也一封不少地邮了回去。可是我还是担心老爸老妈，他们虽然英文读了不少，可毕竟还是"哑巴英语"教育制度下的受害者，写作能力比听说能力强，我担心爸爸妈妈在签证的时候被签证官刁难，也担心他们在美国过关的时候被边检的官员查问，于是未雨绸缪，用英文写了一封致外交和边检官员的信，如下文：

Dear Sir /Madam,

The couple that are standing in front of you are my parents. They do not speak English, so please allow me to speak on their behalf.

My name is Qiao Ma and I am in my senior year in the University of Virginia. Four years ago, I was fortunate enough to receive a merit-based, full-scholarship to study in this beautiful university. In the past four years, I obtained a double-major in Finance and Economics, and made a lot of life-time friends. I am the President of the Economics Club and I will make a speech on behalf of all 480 students in the Economics Department at our graduation ceremony on May 27th.

My parents have never been to my beloved university, and I think this might be the best and last chance to introduce them to the beautiful campus. Without them, I could not have done what I did, so I want very much to share this special day with them.

Both of my parents are Chinese citizens with jobs that they love. After graduation, we will travel along the east coast for a week, after which they will return to China and I will start my job at the investment banking division at Lehman Brothers in New York.

If you have any questions, please don't hesitate to give me a call at 001-434-406-5677. This is my cellphone and I will keep it open at all times.

Many thanks and please have a pleasant day.

Yours truly,

Qiao Ma

翻译成中文大意如下:

尊敬的先生/女士:

现在站在您面前的一对夫妇是我的爸爸妈妈,他们的英文说不好,希望您允许我为他们代言。

我叫马俏,是弗吉尼亚大学四年级的学生。四年前,我获得了弗吉尼亚大学为优秀学生设立的全额奖学金而来到了这所美丽的大学。在过去的四年里,我取得了金融和经济的双学位,并结识了很多善良有志的美国人，度过了一生难忘的时光。我是弗大经济俱乐部的主席，在弗吉尼亚大学五月二十七日的毕业典礼上，我将代表经济系四百八十名学生在仪式上发言。

我的爸爸妈妈从来没有来过这所我深爱的大学。我想，这大概是我将我的大学介绍给爸爸妈妈最好的、也是最后的机会。没有他们，就没有我的今天，我由衷地希望，当我从演讲台上走下来的时候，能走进爸爸妈妈的怀抱。

我爸爸妈妈都是中国普通的公民，他们有自己热爱的工作，在毕业典礼结束后，我将带他们在美国游玩一个星期。然后，他们会回到中国，而我会搬到纽约，开始我在雷曼兄弟投资银行的工作。

如果您有任何问题，请随时拨打我的手机，001-434-406-5677。这部手机会 24 小时开机。

祝您度过愉快的一天！

马俏

大概因为诚实永远是最好的战术吧，据后来爸爸妈妈说，在签证和过美国海关的时候，他们将这封信呈给各位官员时，他们无一不是笑容满面，大开绿灯。我的手机，也从来没有响过。众人畏惧如虎的美国签证和海关，就这样被爸爸妈妈轻易解决了。

拍着手，我们最后一次隆重登场

五月二十七日，小小的城镇夏洛茨维尔市万人空巷，人山人海。美国人酷爱 SUV，于是，五花八门的

SUV浩浩荡荡地拉着一家又一家欢乐的家庭，挤进了夏洛茨维尔鲜花簇拥的狭窄的街道。路上，一个个学生拉着家人的手，指着路边一座座亲切熟悉的建筑物，不厌其烦地说着这里那么多的故事。就算家人可能永远无法理解这些故事的真正内涵，无法知道我们青春必经的那份挣扎、苦涩和欢乐，又有什么关系呢？或许我们要的，不过是喃喃地向自己再一次述说我们的那些故事，再一次记住这里的风景不败，青春不老。

学校早已经给每个毕业生发了毕业服和学位帽。毕业服虽然统一为黑色，但是袖子处却大有讲究。学士的袖子长而尖，硕士的袖子方方正正，袖子底部有一个优雅的弧形，而博士的袖子则是圆形，上面有三道天鹅绒的长杠。学位帽则是按照学院来分，每个学院都有独特的帽穗颜色：文理学院的是亚里士多德最钟爱的黑色，商学院的是太阳的金色，医学院的是生命的绿色，法学院的是象征公正的紫色，工程学院的是大地的深黄色，而教育学院的则是象征智慧的蓝色。在一片毕业服黑色的海洋中，这些绚烂的颜色愈发鲜明，一如我们那张扬的笑脸和势不可挡的锐气。

毕业服下另有一番风景。男生不顾大热天，套上了最好的西装，打上了最好的领带。女生更是在烈日下穿上了最华丽的晚装。这最特别的一天，我们要将它定格在这无数的照相机中，定格在我们最美丽的那一刻。

就在我换上了最喜欢的舞会裙子，在三寸细跟的银色高跟鞋上兴高采烈一步三摇地向学校中心的大草坪走过去的时候，一个高大的身影仿佛从天而降一般堵在面前，熟悉英俊的笑脸，银灰色的西装，宽大的手臂正向我热情地张开，跟多年以前一模一样。我尖叫一声，不顾淑女形象地抱过去，一如那个十六岁的夏天，一下子跳进那个熟悉的怀抱，挂在他的脖子上还是不肯相信这是真的。六年前的英文小老师肖恩，那个二十天狂练英文口语的教练，那个第一个将美国介绍给我的人，那个现在已经是南卡罗来纳州检察官的成功男子，就这么如假包换地站在我的面前。2000 年的八月，肖恩曾那么郑重地对当时还留着一头短发晒得黝黑如男生的我说，如果我来美国上大学，他会在开学的时候和毕业的时候来看我。他没有忘记，在百忙之中，开了六个小时的车，大概天还没亮的时候就出发了吧，在这个最重要的日子，给了我一个那么真实那么珍贵的拥抱。记得当时肖恩跟我说过，到弗吉尼亚读大学，我一定会有一个快乐的大学经历。现在，肖恩，你看见我脸上甜甜的笑容中无上的感激了吗？

我拉着肖恩的手两个人叙旧的话说不完，音乐响起了，学生们跟家人朋友们必须分开了。家人朋友们聚集在学校主楼前的大草坪的后部，中间留出了一条铺好了厚厚的红地毯的走道，走道的另一端，大草坪的前部，早已放好了一排排按照学院分区码得整整齐齐的座椅。而学生们，则聚集在主楼后的杰弗逊像旁边，与家人们一楼相隔。主楼的两边，竖起了彩色的大屏幕，熙熙攘攘的人群不时有谁的笑脸被大屏幕捕捉，接着便是一阵惊喜的尖叫。

忽然，音乐停止了。吵闹的人群终于安静下来，草坪旁的乐团声鼓齐鸣，主楼底层突然豁然大开，一群群的学生整齐地穿着毕业服，拉着手，跑着笑着，对家人摆着手，骄傲地进入了大草坪。顿时，大草坪上欢声雷动，无数台照相机闪光不停，家长们大声欢呼鼓掌，震耳欲聋。终于，"商学院进场"的声音响起，当我拉着好友的手，跑进大草坪的时候，我看见的是如此盛大的一个场面：平时青草葱葱的大草坪因为学校这几天的特别照料而格外翠绿、精神抖擞，绿色的海洋中是不计其数的鲜花、气球和一张张喜庆的笑脸。人山人海中，我没看见爸爸妈妈和肖恩，可是又有什么关系呢？这么多的亲朋好友，在我走过草坪的时候不是一样发出山一样的欢呼？这里的每个人，不都是所有弗大学生的家人吗？

短短几十米的路程，我们却仿佛走了好几个世纪。在这个大草坪上度过的那么多的好日子，一幕幕在眼前电影一般地闪过：夏天树下小憩玩飞盘，秋天照顾并追逐松鼠，冬天在这里滑雪橇，春天在满地的樱花上静静地看书。而现在，人山人海，花团锦簇，可是，我竟然暗暗地希望这些都在面前消失，就让我们，在这片草地平时的宁静中，再一次享受她的安逸平和鸟语花香吧。

可是，我们的坐椅在面前赫然出现，我们最后一次在大草坪上的漫步，就这样结束了。

"你们是捍卫商业公正和繁荣的卫士"

整整齐齐地，北斗泰山一般的教授们列队进场。每个教授都穿着他们彩色绚丽的博士袍,与大学生和硕士生单调的学位袍大相迥异。每个教授身上的博士袍代表着的是他们当年取得博士学位的大学的颜色。哈佛、耶鲁、哥伦比亚的颜色与满场飞扬的弗大的蓝色和橙色相互呼应倒也协调,好比美国各大名校一次熙熙攘攘的盛会。

教授们入座后,我们的校长约翰·卡斯廷教授,一位本科硕士博士都在弗大度过的地地道道的弗大人,站起来致辞。简短的欢迎致辞后,老校长庄严地发令:"法学院的学生们请起立。"所有法学院的学生肃然起立,清一色的紫色帽穗在风中飘荡。"我现在代表弗吉尼亚大学,授予你们法学硕士学位。你们今后的任务,是捍卫美国社会的公正。我希望你们严格立法执法,维护法律和人权的尊严。"四周寂静,法学院的学生们神情严肃,默然坐下。"商学院的学生们起立。"我和我们两百多名金色帽穗的同学,站得笔直。"你们是捍卫商业公正和繁荣的卫士。我希望你们促进美国和世界经济金融的健康发展。"

在弗大四年,校长没有训过一次话,没有院系之分的制度,更是使我们从来没有一次"系会"或者"班会"。不爱开会不爱训话的弗大师长们,只留给了我们这样一句话:"你们是捍卫商业公正和繁荣的卫士"。好简单的一句话,好重的一副担子。

"为了亲爱的老弗大!"

作为经济系的主席,我会作为学生代表在毕业典礼上发言。这大概是我在弗大规模最大的一次演讲。那个挥汗如雨的日子，那个攥得过紧近乎出水的稿子，我大概永远不会忘记。直到今天，那个演讲，依然在脑海中清晰如昨日：

Good morning and welcome to UVa and to our graduation. First off all, let's stop for a moment and please give a big applause to yourselves. This past four years have been a tremendous experience for all of us, and nothing would have been possible without the support and love from our families. You being here is the best graduation present we can possibly imagine, so thank you for coming.

Four years ago, we came to college, with a passion for supply and demand curves, just kidding, but it is fair to say that we came to this pretty little town to answer a question that we all had to ask, that is, what we want to do for our lives. Four years later, it is also fair to say that most of us still don't have a clue what we want to do for the next ten years, but we do know that finding a job on Wall Street is not that hard, as Prof. Burton generously taught us, working for the IMF could be fun, as we learned at Prof. van Wincoop's class, opportunities are abundant in east Asia, so said Prof. Reynolds, and even statistics is actually not that boring, as passionately demonstrated by Prof. Pepper. Most importantly, our faculties not only introduced to us our countless career and life options, they also instilled tremendous passion for Economics, for efficiency and for social equity. As Steve Jobs, Apple Computer's founder said at Stanford graduation, "You've got to find what you love in order to be successful". I think college leads us a big step closer to find what we love, and for this reason and many other reasons, we are grateful.

As we soldier on with lots of beautiful memories and spirits, I would also like to remind everyone not to forget to give back to our beloved department. I am zero doubt that all of you will be superb successful, and please don't forget to donate back to our department and keep maintaining this wonderful place for the students that come after us. Being the president of the Economics Club last year and the treasurer the year before, I thoroughly understand how funds can translate into wonderful events for our majors and how it is quintessential for successful undergraduate programs.

I would also like to thank a very special member of the Economics department, Ms. Margaret Sugerman. She has been part of our UVa community for nearly thirty years. For more than ten years, she has served as Undergraduate Secretary. We will never forget how she kindly receives us when we come to her with our major declaration form, with clueless look on our face when we are looking for a advisor, or with all sorts of big or small questions. She has been a den-mother and a stern task-master to many of us. Mrs. Sugerman couldn't be here today. But we wanted to find a way to tell her that we're grateful for all she has done for us, and that we'll never forget her. So we put together this BIG CARD, and I'm going to ask each of you to sign it before you come up on stage.

Last but not least, congratulations to everyone again. We made it! Thank you very much.

中文大意如下*：

各位早上好：

首先，我要欢迎所有来参加毕业典礼的家人和朋友。我知道，很多家人不辞万里远道而来，我想代表所有的学生，告诉这些我们永远的支持者，你们的到来，是我们可以想象得到的最好的毕业礼物。

四年前，我们来到这所美丽的大学，带着我们人生中最重要的问题：我们，应该怎样度过我们的人生？四年后，对我们大部分人来说，这个问题，依然有待回答；可是，我们亲爱的教授们，告诉了我们一个最重要的道理，那就是：教育改变人生，学习改变思想。我们在这四年学到的东西，无论怎样都是有限的，可是对学习的热忱，和自我教育的能力，对我们终身的益处无可限量。古语有说，"授人以鱼，不如授人以渔"，弗吉尼亚大学，教会了我们终身学习的能力。为此，我们对大学永远心存感激。

---

*中英文略有出入——编者注

在这四年里，大学也教给了我们很多学术以外的东西。学校的荣誉体系，在这一千多个日日夜夜里，每时每刻都将诚实可信的原则永远地铸进我们的思想；教授们的勤奋工作，将踏实的工作态度亲自演示。而作为经济系的学生，对社会经济公正的深深向往，对高效率的不懈追求，和对穷苦人们的责任感也被如此强烈地灌注入我们现在拿着的这一纸毕业证书中。正如乔布斯，苹果电脑之父在斯坦福大学的毕业典礼上说的一样，没有热情的人生永远与成功无缘。在大学时代，教授们在我们心中燃起的对经济、对工作、对诚信的热爱，将温暖我们今后的人生。

当我们带着美好的回忆离开这所我们深深眷恋的大学的时候，请不要忘记成功之时，喝水不忘打井人，为我们的大学慷慨解囊。作为经济俱乐部的主席，我可以向你保证，所有捐款都变成了各种各样对学生们大有裨益的活动。你的捐款，会使更多优秀的孩子们，在我们离去之后，像我们今天一样，骄傲地站在这里，对大学满怀眷恋，对未来更是憧憬无限。

最后，我谨向大家表示热烈的祝贺，这四年在如此多的教授的"无情剥削"下，所有今天站在这里的人都是我们一个战壕的战友，枪林弹雨中，我们没有倒下。请拥抱你身边的同学，为了所有在图书馆通宵达旦的夜晚，为了所有早上六点的咖啡，为了教授喋喋不休中塞过来的一粒糖，为了大学中所有的酸甜苦辣，为了每一个好日子，让我们最后一次手挽手，肩并肩，唱起弗吉尼亚大学的校歌：

这首歌叫哇呼哇，来自那以前的好日子

我们唱了一遍又一遍

它使我们精神振奋，热血沸腾

当我们听到它响彻云霄

我们都来自古老的弗吉尼亚

那里处处明亮欢快

让我们携手共喊

为了亲爱的老弗大

"我毕业了！"

因为颁发证书与演讲同时进行，善解人意的教授们担心我没有时间领证书，特意把我的名字安排到了最后。当我最后一个走过讲坛，从校长手里拿过毕业证书的那一刻，我们全都毕业了！所有的学生和家长们发出了震耳欲聋的欢呼，学士帽纷纷扔上了天，欢乐的掌声差点震下了天上的白云。

是的，我毕业了！

后记

特意写下这一章，是真心地想告诉读者们，毕业典礼，如果条件允许，家人一定要参加。在圣诞节、感恩节和农历中秋节，在外漂泊的学子们，已经经历了太多的思乡之苦。接过证书时，那张笑脸，只有在爸爸妈妈高高举起的相机前，才会真的灿烂。

每逢佳节

这些小宝贝，一定是上天赐给我的礼物

身在异乡非异客
——我在美国的第一个圣诞节

如果说因为春节，中国人格外感到"爆竹声中一岁除，春风送暖入屠苏"，繁盛热闹的春节伴随着春天闪亮登场，那么在这美国南部的天空下，因为有了圣诞节，冬天变得不再寒冷，浓浓的温情使人们忘记了冬日的凛冽严寒。

冬天的第一场雪在期终考试之前姗姗来到，考试的日子总是漫长而难熬的，因此觉得分外寒冷。好不容易一道道鬼门关终于被抛在身后，多勤奋好学的莘莘学子也按捺不住放假回家的喜悦，而我，又成为了少数几个幸运儿之一来到了我的友好家庭过一个真正的圣诞节。欢呼着，我张开双臂迎来了赴美的第一个，也是一辈子第一个真正的圣诞节。

圣诞礼物：送人玫瑰，手留余香

圣诞与新年一个很大的不同之处，在于过新年时小孩子只坐收压岁钱，大人们却也简单，只要在红包里放钱就成，而圣诞节则复杂得多。

圣诞节是送礼物的节日，平日的挚交好友自然要花费心机细细挑选，一面之交有时也要尽力应付。以前在中国，送礼物的时候仅限于好友的生日，一年过不了几次，而现在，突然手上多了一个写满了人名的礼品单子，我不免有些不知所措。令我所骄傲的是，我这个人大聪明没有，小聪明多少还从祖上那里偷了一点，十月份的时候竟不知为何有远见起来，求了爸爸妈妈寄了不下一打中国字画卷轴来。于是十二月刚到，别人还在为礼品"消得人憔悴"时，家里的航空包裹不远万里来支援。我乐不可支，窃喜这回日子总会好过些吧。

事实证明，那些字画卷轴确实起到了某种轰动效果。在放假前，我精心挑选了几幅最特别的送给了几个最好的朋友，他们的圣诞节习惯了 made in USA（美国制造）的东西，突然收到了一个散发着淡淡的水墨清香的中国字画，自然喜上眉梢，赞不绝口。我正得意地一一解释字画的内容，娓娓道来那古代哲人的睿智，那源远流长的文化，那一勾一描粲然生辉的艺术，突然克里斯廷惊喜地喊叫着打断了我的长篇大论。这家伙指着手上的字画激动地手舞足蹈，大叫妙不可言，我把头伸过去一看，她正摇头晃脑地说这中国艺术真是名不虚传，大有与中国艺术相见恨晚之意。我定睛一看，不对呀，她好像将手上的字画——拿反了！我强忍住笑，说对呀，这字画真的不错，但是你把它正过来看效果更好。大家哄堂大笑，克里斯廷自己更是捧腹不已，说这不能怪我，怪俏没教我。我说好好好，怪我怪我，知错就改未为晚矣。正所谓"敲山震虎"，其他人也纷纷惊醒，连忙跑来问我哪一边是对的。安迪委屈地说："总不能让我把这卷轴倒着挂上个几十年，到老了才惊觉贻笑大方啊。"我不禁又是一阵捧腹。

谁知好景不长，到了圣诞的前一个星期我才惊觉原来还有一些礼物尚无着落，卷轴却早已告罄。听当地人说圣诞前所有的商场都会大减价，怀有一丝的侥幸，我一直等到了圣诞的前两天。礼物倒是不难买，所谓千里送鹅毛，礼轻情义重。何况聪明的商家早已经算计好什么样的人需要什么，因此我总算是很顺利地买好了礼物。走出了商店的大门，突然想起来没买包装纸，匆匆忙忙折回去，谁知原来包装纸竟然如此之贵且难挑。由于礼物要送给同学的家长，因此不敢买太过于张扬奔放的，也不适合买过于幼稚可爱的，倒是颇费了一番周折。最后才挑了一卷金色底上面带有银色天使的，既轻松美观又雍容典雅。一看价钱，光是这一卷纸就要七块多美金。好在我从不在人情礼往这些方面省钱，对我来说，这些朋友和他们的家人对我的帮助和爱护，远远不是钱可以买到的，只要是适合他们的，在力所能及的范围我都会毫不犹豫地买下。于是，五分钟后，我抱着一大卷金色包装纸满载而归了。

接下来的一整个晚上都在包装礼物和书写卡片中度过。在中国时，每次在精品屋买礼物，店里会提供包装纸和包装服务，在美国就完全没听过这项服务。每个人都要像我一样，仔细选好包装纸，回来后自己动手。我费了九牛二虎之力才把礼物包好，正准备写地址时突然想起还没有撕下价格标签，这一下真是自己跟自己过不去，气得七窍生烟。在美国，价格标签绝对是礼物的大忌，因为人们笃信朋友亲人所送的礼物是无价的，礼品里的爱没有办法用金钱来衡量，因此价格标签是对这种爱的亵渎，谁忘了撕下来就是对收礼者的不尊重。我虽然是初来乍到，这一点常识还是有的。为了不至于让吃力不讨好的悲惨局面发生，我只好忍痛将礼品又一件件打开，把那该死的小标签逐一撕下。整个晚上就这样被折磨得痛不欲生。

然而更加悲惨的事还在后面。圣诞的前两天终于买齐了礼物去邮局寄。中国人过年，似乎从初一到十五都可以送礼发压岁钱，这帮美国人却没有我们礼仪之邦如此灵活变通，圣诞的礼物是一定要圣诞前送到的，于是想在圣诞之前捡便宜的我就遇到了如何将礼物及时送出的问题。可怜我聪明一世，糊涂一时，光想在圣诞前买东西便宜，却完全没有想到送礼物的邮费问题。十二月二十三日那天到了邮局一打听，方惊觉原来现在我的唯一选择就是寄特快专递，光邮费就要二十美金。天啊，我不禁哭笑不得，天下还有比我更捡了芝麻，丢了西瓜的吗？可是当时已经箭在弦上，不得不发，只有乖乖地交学费买教训了。

回家的路上，不禁越想越愤愤不平，到了美国的第一个圣诞节，就为了这小小的礼物问题，几天来我竟然被折腾得焦头烂额，狼狈不堪。为什么我这么笨，受这份罪。作为一个来自异乡的人，为什么我一定要遵守这里的清规戒律？这厢还没气完，那厢却遇到了一个平时不是很熟的泰国朋友，她正怡然自得地散步呢。看着我气急败坏的样子，她关心地问："俏，怎么啦？"我忿忿然将自己的悲惨经历一一告诉了她，她表示了十分的同情。我转念一想，不对呀，她也是国际学生，也应该是今年才来的，怎么就没像我这样狼狈呢？便问她："你的礼物早就送出去了吗？"她轻轻松松晃晃头："其实呀，我没有什么朋友，自然也就不用操那份心了。"看着她那轻松的样子，我却一点也不羡慕，反而觉得她很可怜。这才惊觉，如果我真的省了这份心，可能感觉更多的是悲哀而不是庆幸了。

在这一年中最重要的节日里，有太多的人要我去关心，有太多的爱要我去回报。那一份份的礼物中凝结的是深深的情意，那一张张卡片上承载的是酽酽的祝福。想到这里，所有的不满和委屈都化成了感恩和欣喜，无论怎么样，花了多少钱，我都应该心存感激，感激这个世界上有这么多的人值得我去关爱。圣诞节之所以温馨，不就是因为我们的心，被春风一般的爱所滋润，而我们的爱，又在温暖着我们所爱的人的心吗？而这，才是送圣诞节礼物的真谛呀。

此时此刻，成千上万份礼物和卡片在空中、在船上、在车里被一双双手紧张地传递着，如果那里有你寄出的或者有给你的，你都应该绽开微笑。想到这里，我的脸上不禁也绽开了一个甜蜜的微笑。

平安夜：铃儿响叮当

今晚是平安夜。

拜德家的大儿子，今年七岁的韦思，今晚要在教堂的儿童合唱团唱赞美歌。于是吃完简单的火腿面包晚餐后，一家人忙乱地楼上楼下到处乱跑，每个人都收拾得十分整齐。小孩子们全都穿上了节日红绿白相间的盛装，艾米穿了晚装，埃瑞也穿了西装打了领带。我也不敢怠慢，深知对于这虔诚的基督教徒来说，去参加教堂的平安夜仪式是一年中的盛事，于是换上了干净的深红色毛衣，褐色的窄脚粗绒长裤，还浅浅地化了妆。

小小的教堂门口已经是车辆云集，人们穿着节日的盛装，欢快地呼朋唤友，十分热闹。走进教堂，象征着生命与和平的绿色花环，挂满了整个礼堂。讲坛旁则围绕着红得仿佛要燃烧的花盘，体现着人们的欢乐和祝福。

整个平安夜的仪式是先由经过挑选的几个不同年龄阶段却一样虔诚的教徒朗读圣经里的段落。朗读者从仅九岁梳着双辫的小女孩到颤颤巍巍的白发老人，象征着人间每一个人都在沐浴着上帝的恩泽，并深怀感激。

每一段简短的朗读过后，整个教堂都会深情合唱作为回应。合唱的曲目是圣诞节的传统曲目，最著名也是最传统的有 "Oh, Little Town of Bethlehem"(哦，小城镇伯利恒)。据圣经记载，伯利恒是耶稣诞生的地方。圣母玛丽亚在伯利恒的羊棚中诞下了圣婴。几个牧羊人正在饥寒交迫之中，上帝的天使突然带着灵光出现，告诉他们救世主已经来到了人间。于是，牧羊人赶到了伯利恒，在羊圈中下拜，对着圣婴顶礼膜拜。基督教徒认为，耶稣是救世主，他到来人间的目的就是将人世间所有的罪恶背在自己身上，然后用自己纯洁无瑕的生命换来整个人类的幸福。救世主的解释就是因为有了耶稣的牺牲，人类不再因为自身的贪欲、掠夺和残忍受到上帝的惩罚；因为耶稣，人类得到了宽恕。因此，人们要世世代代为耶稣的诞生日高歌，自然也少不了一曲欢乐明快的"Joy to the World"（世界的欢乐）：

Joy to the world,

the Lord is come!

Let earth receive her King;

Let every heart prepare Him room,

And Heaven and nature sing,

And Heaven and nature sing,

And Heaven, and Heaven, and nature sing.

Joy to the earth, the Savior reigns!

Let men their songs employ;

While fields and floods, rocks, hills and plains.

这是世界的欢乐

上帝来到人间

让地球接受他的主宰

让他占有每一个心灵

这是世界的欢乐

救世主接管世界

让每一个人高唱

在高山平原中

在洪水岩石旁

让美好的歌声久久回荡……

朗读完最后一段后，教堂的灯光突然熄掉，讲台上一个装饰华丽的烛台中插着的一支硕大的蜡烛不知何时被点燃，朗读者们每人手持一支小蜡烛，在大蜡烛中点燃，慢慢地走下讲坛，走到教堂的各个角落。点点的烛光在一片黑暗中散发着温暖的光晕，据说这象征的是耶稣给世界带来的智慧之光，就这样照亮了人类愚昧的黑夜。一阵缥缈美妙的钢琴声仿佛是从天边传来，在耳边轻轻响起，接着稚嫩的童声整齐地唱起了妇孺皆知的"Silent Night"（平安夜）：

Silent night, holy night

All is calm, all is bright

Round yon Virgin Mother and Child

Holy Infant so tender and mild

Sleep in heavenly peace

平安夜

神圣的夜

一切是那样的平静

一切都如此的光芒四射

环抱着那圣洁的母亲和婴儿

哦那神圣的婴儿

那样的温柔

在天堂般的平静中熟睡……

在那清澈得听不到一点杂音的天籁之声中，人们脸上带着互相祝福的微笑静静地离开教堂。

回家的车上，我不禁陷入沉思。和中国的很多节日相比，圣诞节的宗教色彩显得十分浓厚。圣诞，本是基督教徒为庆祝耶稣的诞生而设立，是一个教徒的节日，随着时间的流逝，很多并不是基督教徒的人们也加入了庆祝圣诞的行列，再加上商业化的渲染，圣诞节已经更多地演变成了一个民族式的节日，也成了人情往来社交的日子。但是仍有很多很多的人们，依然坚守着圣诞的初衷，沿袭着千年的传统，从原本的意义来诠释、庆祝圣诞节。教堂在平安夜的特别仪式，实际上是在提醒人们：感激耶稣的到来才是圣诞的根本含义。

从教堂回到家，艾米和埃瑞手忙脚乱地将三个小鬼赶上了床，然后起居室里响起了一阵窸窸窣窣的声音。我从楼上跑下去，看见艾米和埃瑞正在包装圣诞礼物，忙得不可开交。埃瑞给三个小孩的礼物是三辆色彩斑斓的脚踏车。生怕摔倒了宝贝儿子，明明是新车，他仍不放心，全面检查了一番才小心翼翼将车子放到了圣诞树下。看看那棵树，下面已经堆满了礼物。我抿着嘴偷偷地笑，今夜，有个来自中国的圣诞老人也要光临。

平生第一次，在平安夜的凌晨两点十八分，确定别人都睡熟以后，我偷偷从楼上蹓到楼下，在一片黑暗中将精心准备好的礼物搬了出来，大的偷偷藏在那棵美丽的挂满了节日装饰物的圣诞树底下，小的悄悄塞进了分别写有人名的袜子里，然后静静地站在写有我名字的袜子前目不转睛地看着那小小的五彩袜子，

鼓鼓的袜子边缘露出一点金色的包装纸。我很是一番挣扎才将提前打开袜子的念头抑制住。十八岁第一双圣诞袜子，装着的分明就是这一个四个月前才认识的美国家庭对我沉甸甸的爱呀。许多的往事浮上了心头，艾米在里士满机场接我时那美丽的微笑，埃瑞炎炎的夏日里为我不辞劳苦开车买自行车的身影，每个星期日的丰盛晚餐，三个小天使每天晚上在我的脸颊上留下的吻和甜甜的晚安……太多太多，重重叠叠。平安夜的黑暗中，我对着一双袜子泪水涟涟，心里是一片甜蜜的感动。

耶稣诞生之日：圣诞节

圣诞一大早，嬉戏打闹声便声声入耳，接着凉凉的小手放上了我的额头："俏，起床啦，圣诞快乐！"我连忙胡乱穿好衣服冲到楼下，给了艾米和埃瑞一个大大的拥抱："圣诞快乐！"

圣诞节的规矩是每个人在火炉旁有一个袜子，而圣诞树下则堆满了礼物，上面分别有标签写明了是给谁的。每个人一起床就可以拿下袜子，袜子里面的所有东西都可以拆开，用的用掉，吃的吃掉，可是一个袜子充其量不过手掌一般大，真正的重头戏是树下那堆积成山的礼物。那些礼物却是早饭之前不能动的，因此人人翘首以待的是早饭之后的狂欢。

我先到火炉旁取下了袜子，美丽的红底白边缀有绿色圣诞树的袜子鼓鼓的，迫不及待打开一看，里面先是有一个大大的挂圣诞树专用的星星，黑色的绒布上面密密匝着一圈圈金色的珠线，镶嵌着五光十色的圣诞珠，我不禁赞叹不已。艾米温柔的嗓音在耳边响起："俏，总有一天你的家里会有你自己的圣诞树，到时候你就有一点东西挂在上面了。"一阵柔柔的感动涌上心头，是呀，在我有圣诞树的时候，我一定要将这颗星星挂在树的正上方，圣诞珠金色的光芒总会提醒我，在我刚到这块土地时，给我这颗星星的人是如何照亮了我的生活，给予我如此多的温暖。

星星下面还有艾米给我挑的各种各样的东西，一大排芬芳四溢的香皂，一瓶沐浴露，还有好多的巧克力和坚果。孩子们的袜子里多是小玩具和零食，那帮小鬼已经坐在地上吃得满嘴冒油了。

厨房里艾米带着一贯的祥和的微笑忙碌着，锅里厚厚的腊肉正嗞嗞地冒着香气，新鲜的炒鸡蛋也正在煎锅里翻滚。我连忙过去帮着摆桌子，放餐具。简单又美味的早饭后是圣诞传统的甜点，一种叫做甜卷的糕点，一大块圣诞树状的乳白色的糕点在盘子里切开，每一块竟还是一个小小的三角形的树，上面用褐色坚果涂成别致的螺旋状弧形，香气四溢，真是色香味俱佳。热气腾腾地吃上一口，喝一口热茶，竟有点回到广东那热闹传统的茶楼，品味那岭南名茶点心的感觉。

早饭将近结束时，埃瑞拿出圣经，虔诚又充满感情地朗读着圣子来到人世的那一段。接着，全家一起真诚地感谢上帝，让圣洁无瑕的耶稣在圣诞这一天来到世上拯救人类的灵魂。然后，他和艾米环视已经蠢蠢欲动的孩子们，突然大叫一声："礼物时间到！"孩子们欢叫着炮弹一般冲向圣诞树，顿时拆礼物的哗哗声，惊喜的欢呼尖叫，充斥了整个房间，而那本是普普通通的客厅，也突然间焕发出欢乐的光彩。

我送给了艾米和埃瑞一只麒麟，那是我的父母在肇庆特意挑选送给他们的，古铜色的木麒麟，象征着吉祥如意，那古老的东方风俗与客厅里西式圣诞装饰相映成趣，十分别致有趣。艾米和埃瑞送给了我一个晶莹精致的糖果瓶，我们不禁会意大笑。因为前几天我无意中给他们说起与室友的糖果风波：我那室友将我放在冰箱里的所有糖果尽扫一空。"这回，"艾米大笑着说，"把你的糖果放进去，在外面写上：俏之糖果，非请勿动。"我不禁也莞尔一笑。

晚饭提前开始了。圣诞的晚餐，每家每户都有不同的花样，有的同感恩节一样准备火鸡加火腿，奶酪加面包。而拜德家则别出心裁做了海鲜汤。早在一个星期前，艾米就已经为这件事忙得不亦乐乎了，又是特意去亚洲市场买来新鲜的螃蟹，又是不辞劳苦弄来一包包的金枪鱼、龙虾、蛤蜊，还有许多我叫不上名字甚至她也不明所以的海货，洗净切好，放进冰箱，就等着"养兵千日，用兵一时"了。晚饭先由色拉和面包开始，青翠欲滴的青菜拌上清冽酸甜的油醋，果然是开胃佳品；而新鲜出炉的面包涂抹上法国的鹅肝酱以及自做的麻辣番茄酱，更是沁人心脾；高脚杯中的红酒在烛光下流转着迷人的光彩，轻抿一口，香冽不已。环视四周，是那么熟悉亲切的一张张笑脸，良辰美景，宴酣之乐，果真可谓是酒不醉人人自醉。色拉的盘子端下去后，主角终于出场。艾米将一大锅热气腾腾的海鲜汤端上了桌，打开厚厚的玻璃锅盖，里面鲜红的螃蟹，橙色的龙虾，绿色的碎芹菜，嫩黄的土豆，乳白色的三文鱼，灰黑色的蛤蜊正散发着令人垂涎欲滴的浓郁的香气。掰开一只螃蟹，一股螃蟹特有的香气扑鼻而来，想不到这千百年后半个地球外的弗吉尼亚海滩上产的螃蟹竟如那曹老先生笔下的"螯封嫩玉双双满，壳凸红脂块块香"一般。螃蟹红酒，我真的是醉了。

圣诞夜已深，艾米和埃瑞点起炉火，在柴火噼里啪啦的燃烧声中，我们一边津津有味地品尝法国风味的朱古力圆木蛋糕，一边玩起拆字游戏。外面是静静的夜，可以看见远处那一簇簇的灯火，温暖的光晕笼罩下，家家户户都在一片片的欢声笑语中，携着亲人朋友的手，走进新的一年。

虽然每个春节都在离家万里的地方度过，可是那个地方的那些人，给了我太多的爱

我的 美利坚本科岁月

我在美国过大年

　　又是一年春来早。善解人意的春雨中，我在美国的第一个春节姗姗来到。没有了大街小巷的繁花似锦，没有了响彻云霄的震天爆竹，没有了漫天的烟花和那随着烟花纷纷而落的说不尽的吉祥，没有了人们脸上那遮掩不住的春天一般的喜庆温暖，今年的春节，真是只能在"每逢佳节倍思亲"的惆怅中度过吗？

　　过年的前几天，接到了妈妈爸爸寄来的一个大号包裹，打开一看，不禁喜上眉梢，里面从对联到横批，从唐装到灯笼，凡所应有，无所不有。一个计划，在脑海中一刹那间便酝酿好了。好吧，既然这是我第一个在美国的春节，那么我就将中国的春节介绍给我所有的朋友吧，让他们跟我一起分享这"第一个春节"的快乐。

说干就干。叫来了几个好朋友，又把同宿舍的女孩子都叫来，求他们帮我贴春联。他们一听，兴奋得手舞足蹈。其实，贴春联只不过是举手之劳，一人一凳，一瓶胶水，足矣。之所以叫他们来，让他们帮忙是假，让他们感受一下什么是贴春联才是真。中国的几个好朋友自然是为了上联和下联争执不休，公说公有理，婆说婆有理，互不相让，竞争得面红耳赤，其他的美国朋友在一旁隔山观虎斗，倒是有趣。最后安迪终于忍不住了，"啊呀，左边右边粘上去就好啦，没有关系的，这里面又没有内行懂，粘错了也没有人笑话你们这些小丫头。"我吓唬他："这春联呀，是一门艺术，粘错了今年的愿就全白许了，没有一个会实现的。"他吓了一跳："中国的神还真挺严厉的，啧啧。幸亏我不归他管。"我坏事做到底："谁说的，只要是看到对联的人都算，不管中外。"他作神色凝重状："那可真得小心点。"依万娜是我们之中最为迷信的一个，无论佛教基督统统都信，信奉的神大概不下二十个，和他们一一搞好关系还真不容易，这回又听到一个中国的"对联之神"，满脸虔诚可怜巴巴地看着我："俏，我许了好多好多的愿呀，我这一年就靠你了，上联下联可千万别粘错了。"我终于忍不住大笑起来，安迪和依万娜猛然惊醒，气得拿起胶水抹了我一脸，我自然不甘示弱，大打反击战。欢声笑语充满了小小的居室，墙上大红的对联和金色的"福"字映得满堂熠熠生辉，过年的气氛，就这样来到了我的宿舍。

　　晚上，我把对联的发音和意思仔细写好，又上网找到了一些英文版的中国春节的介绍，一并打印出来，正准备往墙上贴呢，阿什利，我最喜爱的一个舍友，问了一个很关键的问题："俏，这上面到底是什么东西呀？"我正忙着往墙上贴呢，顺口逗她："上联是速寻佳婿，下联是早生贵子。"平时和阿什利打打闹闹，我总是贫嘴，她也不甘示弱，自然没那么容易受骗，先是和我打闹了一番，然后这个鬼丫头眉头一皱，计上心来。到各个屋子宣扬俏要结婚嫁人论，可怜我聪明一世，糊涂一时，被她抓住了马脚，百口莫辩，再和别人解释那对联上实际只写了"万事如意满堂春，阖家欢乐"也无用了，人人脸上都似笑非笑。可恶，可恶，所谓个人名节事小，民族名誉事大，万一那帮愚蠢的小脑袋里真的装进了中国文化不过是将结婚生子之类的事在过节时贴在门上的怪理论，可如何是好，我又怎么对得起列祖列宗。想到此，我不禁一声长叹，郁闷。

我可是有责任感的人，深知丢了祖先的脸，就要亡羊补牢，为时未晚。下定决心，痛改前非，一定要把这口气争回来，于是下定决心要包饺子。问题是，鄙人从小到大，不近烟火，在家时到厨房的唯一目的就是偷吃，这种包饺子的"粗重活"还真就从没"染指"过。凌晨一点，急电家里求助，果然是生我者父母，知我者亦是父母，爸爸妈妈很快就将包饺子的要领用最先进的技术——电子邮件火速传来，看完后融融的暖意充满了全身，平淡的语句里充满了妈妈爸爸的无限关爱。

邮件在手，百无禁忌。我拿着清单，求了朋友开车带我到中国店按图索骥地买齐了东西，兴致勃勃地准备起了轰轰烈烈的包饺子运动。一年级的宿舍是没有厨房的，好在认识很多研究生朋友，大年初一的一大早，我们便呼朋唤友到了厨房，带上在东方市场买好的调料饺子皮，和在当地的市场凑齐的新鲜蔬菜肉馅。这下就是"万事俱备，只欠东风"了。

我那几个古灵精怪的美国朋友，虽然从未见过饺子什么样，却是无师自通，看着我们包了几个后，邯郸学步竟也包得有板有眼，像模像样。克里斯廷看着自己可爱的胖胖饺子，自豪地大叫："包饺子也不过如此，我可学会了！"我却抓紧机会："其实，吃饺子容易，包饺子也不难。真正难的是理解饺子背后的东西。"于是，我从那古老又神秘的社庙，说到那个叫做"年"的怪兽，从三个孝子的饺子传说，徐徐讲到饺子里面的铜钱传统。讲得兴起，又充满深情地回忆起在父母膝下那一个个温馨的春节。年年岁岁，充满了爸爸妈妈的疼爱，朝朝夕夕，渗透了父母的深情。不知讲了多久，抬头一看，听众的眼睛里满是对灶灯神火的向往，可是，更多的是深深的感动。好友朱清轻轻地抱住我："今年，有我们在你的身边。"

白白胖胖的饺子终于争先恐后地跳下了锅，在沸腾的水花中不停翻滚跳跃。大家边煮边吃，一片温暖的蒸汽中我们相视而笑。

新年的时候，想对灶神说些什么呢？只想感谢他，感谢他的厚赐，人生，有深爱的父母，有亲爱的好友，让这异国土地上的中国年，并不孤独和寂寞。自从来到这里，有那么多的朋友不辞辛劳，循循善诱，为我介绍美利坚的文化。而今天，我是如此的幸运，有这样的机会将一个生动的、立体的中国也介绍给这些可爱的朋友。四海一家，这个春节充满了融融的暖意，或许，真是因为春天已经到来了吧。

我的
美利坚本科岁月

到美国后的
第一次旅行

难忘感恩节

感恩节，作为美国人一年生活中第二大节日，其地位仅次于圣诞节。从没有庆祝过感恩节的我，在赴美的第三个月，过了一个快活难忘的感恩节。

离感恩节还有一个月，同学们便已经开始纷纷议论如何回家潇洒走一回，尽情疯一把。作为一个大一的新生，感恩节是第一个可以回家的长假。在这个日子，可以与家人团聚，与老友重聚，可以将这半年来受到的教授的"非人虐待"一吐为快。感恩节，是一个将平日的压抑苦恼抛之脑后，无拘无束谈天说地的轻松时刻，是一个不用再忍受食堂难以下咽的食物，惬意享用妈妈手艺的温馨时刻，自然意义非凡。而对于国际学生来说，正所谓"每逢佳节倍思亲"，感恩节，更是一个思家之情尽情泛滥的日子，看到别人一家团聚热闹，国际学生的心里难免唏嘘不已。我是国际学生中少数的几个幸运儿之一，有一个很亲近的友好家庭，早早便已说好要请我去他们家过所有的节日，自然可以缓解我不少思家的离情别绪。

感恩节的前两周，阿什利邀请我去她家过感恩节。她家在田纳西州的纳什维尔市，距离夏洛茨维尔有十个小时之遥，本不想受那车马劳顿之苦，无奈盛情难却，而且纳什维尔市作为田纳西州的首府，其风景和文化皆是遐迩闻名，早已如雷贯耳，便兴致勃勃地和阿什利一齐加入了感恩节回家的队伍。

星期二的校园内气氛是快活和喜庆的，路上见面的问候皆变成了"嘿，回家过感恩节么？"颇有点中国的"回家过大年么？"的意味，真可谓"异曲同工"。不少仁慈的教授都把星期二的课给取消了，明知道学生"身在曹营心在汉"，留住他的人留不住他的心，何苦呢，不如知趣乐得逍遥罢了。仍有坚守岗位的教授，往往发现偌大的教室只剩下不到一半的人，空空荡荡的，想起往日的熙熙攘攘，不禁悲从中来，上课之前先来一段人生感悟。有的甚至怒从心中起，恶从胆边生，干脆发一张点卯表，谁到谁没到一目了然，并宣布以此表来作为学期末到勤记录的评定依据。可怜那些一失足成千古恨的，虽然平时兢兢业业朝九晚五，只因这一次缺课而晚节不保，白白丢掉了宝贵的到勤分数。我的德文课更可为天下第一绝，干脆把口语考试安排在这一天，其用意自然是司马昭之心，路人皆知，无非是想逼学生学到最后一刻罢了。烈火见真金，感恩节的到勤情况，往往可以看出哪些是真正以学为天的忠实弟子。

星期二下午三点半，阿什利和我搭上了另外一个学生的车子出发了。学校的规定是一年级的学生不可以开车，此君铤而走险把车开到学校来寄放在一个朋友的家里，但平时因担惊受怕并没有真的开过，这回过节回家终于派上了用场，甚是得意。美国以"汽车轮子上的国家"而举世闻名，自然是名不虚传。一辆车，几个年轻人，几盘CD，便可不辞劳顿翻山越岭，开上十几个小时仍是兴致不减乐在其中。十多个小时的车程，多少还是令我有些望而生畏，特别是在美国，夜间行车车内是不可以开灯的，四个人在车内黑暗中坐上七八个小时，怎么打发时间呢？

车子平稳地开出了夏洛茨维尔，朝着弗吉尼亚州的南部疾驶而去。美国南部那如画的风光尽现眼前。如果说北部是一部现代的印象派作品，南部就是一幅典型的家庭油画，和煦的阳光下山峰优雅地延伸着温柔的线条，如火一般的灿烂落叶漫天飞舞将层林、山丘，甚至将世界尽情染成了柔和的金色，温暖中透着清凉，热烈中渗着萧索，仿佛散发着馨香，又在轻轻咏叹。阿什利跟我相视而笑，秋天的清冷在窗外蔓延，车内，是一个春风荡漾的世界。

詹姆逊是车主，也就是铤而走险的那位。他是一个可爱的光头，听说是为了一个俱乐部忍痛割爱三千青丝的，其疯狂亦可见一斑。此君车艺娴熟，车子在他的手上好似一匹驯服的骏马，安静平稳地疾驰而去。美国的青少年从小在车上长大，一般人到了十六岁便考驾照买车，因此虽然詹姆逊只有十九岁，却已经有了三年的驾龄，开起车来得心应手，轻车熟路。一路上大家说说笑笑，不时又沉默地欣赏窗外一闪而过的美景。时间，很快便如流水一般的过去了，不知不觉夜色已经降临。

詹姆逊将车子停在一个加油站里，阿什利抢先一步跳下车，付了油钱。搭车的另外一个人库克很自然地说："谢了，我们分摊油费，下次我付。"这种搭顺风车的，分摊油费可以说表示对车主的感激，自觉减低车主的花销。大家都是学生，手头并不宽裕，分摊车费是一个非常公平合理的方法。我跳下车，贪婪地呼吸着夜晚宁静清爽的空气，这才注意到在加油站的旁边，灯火通明，静静地伫立着几个小型的快餐店。原来美国的高速公路四通八达，可是高速公路旁寥寥无人烟，对于那些乐此不疲开上个十多个小时的人来说，非常不方便。聪明的商家见缝插针，利用加油站旁小小的地方开上几个快餐店，让人们在加油时可以顺手买上一份简单又实惠的快餐，可谓一个两全之策。我们在一家很流行的名叫"地铁"的快餐店每人买了一份快餐，詹姆逊坐下来猛吃，其他人却不慌不忙，等詹姆逊吃完了，我们将每个人没吃完的包好，上车继续大快朵颐。阿什利在黑暗中把薯片嚼得噼里啪啦，活像一只超大号的老鼠。

夜，已经深了，我有点疲乏，渐渐沉入梦乡。耳边，是詹姆逊的宝贝 CD，U2 深沉的嗓音不绝于耳，这是一个多么惬意的秋夜啊。

凌晨，阿什利把我捅醒，告诉我这就是纳什维尔了。窗外依然是低矮的房屋，毫无一个大都市的气派，我不禁有些吃惊,不过还是自我解释成在黑夜中看不清的缘故,违心地说:"很不错呀。"阿什利在一旁骄傲得像只公鸡:"对呀,这是世界上最好的地方。"詹姆逊哈哈大笑:"对呀,绝无仅有。"我努力睁大眼睛,很遗憾地发现除了光秃秃的马路以外什么都没有,想想罗丹的话,"生活中不是缺少美,而是缺少发现",不禁自惭形秽,谁知这两个可恶的家伙竟然戏谑说:"看呀,世界上只有这里才有的斑马线,独一无二的信箱,啧啧,一家一个,独特吧?"我不禁忍俊不禁,虽然说城市好比人,每个都有其独一无二的光彩,但是这种独特之处还是需要每个人自己用心去领会的,并不是说一走进城就什么都一目了然,粗粗看上去每个城市还真就差不多。而对于阿什利和詹姆逊来说,纳什维尔当然绝无仅有,因为毕竟到家了呀。

汽车拐进了一个宽敞的庭院,四层小楼的每一个窗子里都散发着淡黄色温馨的光晕,白色的大门微敞,阿什利的父母正站在门前翘首以待。看见我们到了,他们的脸上绽放出温柔的笑脸,上来给我们两个一人一个拥抱,"孩子们,到家了。"

阿什利的父母都是极其和蔼有礼的中年人,父亲葛瑞事业有成,是远近小有名气的主治医师,曾经应邀到南美的厄瓜多尔大学作演讲报告。母亲葛瑞太太基本上是父亲的秘书,帮他整理日常的信件,处理各种琐碎事务。葛瑞太太对我嘘寒问暖,照顾有加。她是一个非常慈祥细心的女人,只因为看见我吃早饭时很喜欢吃一种糕点,便特意又买了许多回来,这些,她不声不响做了，我都看在眼里，感动在心上。

白天没事了，我们就出去兜风。纳什维尔毕竟是一个大城市，与夏洛茨维尔很是不同，车子驶过一片片小巧玲珑的住宅区后便来到了市中心。鳞次栉比的高楼，斑斓的霓虹灯，气宇不凡的商业大楼，乍看还以为回到了广州。

阿什利曾经在南美洲与拉丁美洲度过三个暑假，西班牙语讲得比英语还要快，这不，在车上她突然若有所思，拨了一个号码，突然间音量提高了八度，叽里呱啦地用西班牙语说了个没完没了。好容易说完了，她兴奋地对我说："我们去我的古巴朋友家吧！"我还从来没有去过一个真正的南美洲或拉丁美洲的家庭，自然积极响应，十分兴奋。

汽车转了几个弯，穿过层层的密林，一排排的房屋便整齐出现在眼前了。我突然开始紧张，我应该怎么去问候他们呢？小心翼翼问过阿什利，她竟然坏坏地笑着说："先在屁股上狠狠打一下，越狠越好。"两人大笑。

车子在一座公寓式的小楼外停下，这座小楼是政府专门为古巴的难民而建的，倒也整齐悦目。阿什利和我在底楼的第一个门上轻叩了几下，门旋风一般地开了，一个高大魁梧的大约五十多岁的大伯打开门，大叫着一把将阿什利搂进怀。阿什利在他宽厚的肩膀中埋得不见了踪影。他很快看见了我，又是一阵兴奋的大叫，把我搂进怀，在我的脸上使劲亲了一口。古巴人的亲吻，一般只是用嘴在对方面颊上作亲吻状，嘴里发出很大的亲吻的声音，而嘴唇并不真的与对方面部接触，倒也别致有趣。话说这位大伯，把我们狠狠地"亲"了一轮后，连忙一手一个把我们拉进屋。

一进门是一个小小的客厅，大约十平方米见方，厅里面收拾得很是整齐，和一个普通中国家庭差不多，一个十二寸的彩色电视，一圈半旧乳白色的沙发，上面悬挂着古巴特有的装饰圆盘，一个浅黄色的圆形茶几上放着全家福的相片。电视里正放着西班牙十六世纪的老片，骑士们正打得热闹。大伯的女儿，一个温婉秀丽的少女从帘子后走了出来。她会说一点英语，有点害羞，跟我们打过招呼后递给我们一人一袋果汁，随即就回到帘子后面。

大伯和阿什利用西班牙语热烈地交谈起来，我便好像被送到了另一个星球，成了聋子哑巴，也正好趁机细细打量周围。我认真地端详了一下这位古巴大伯。他的头发已经全白，面色紫褐，深深的皱纹中仿佛藏了许多的故事。他的目光矍铄，神采奕奕，从他说话时响亮的嗓音，饱满的精神，我猜他的年龄大约在五十五岁左右。他不时击掌大笑，那欢乐的、极富有感染力的笑声使一个字也没听懂的我竟也忍俊不禁了。他不愿意把我排斥在对话外，虽然没办法和我用语言交流，他仍对着我比比划划，指给我看他们的全家福，又是不停地让阿什利把他们的对话翻译给我听，从这一个小小的细节中我就可以体察出他的善良和细心。他也在仔细端详我，那慈祥的目光竟让我想起过世已久的祖父和外祖父，鼻子不禁一酸。

我们在他家里坐了大概半个小时就告辞了，临走时大伯自然又是好一阵亲吻，我不但不觉得奇怪别扭，反而觉得很亲切。说来也怪，短短半个小时，这位语言不通的古巴大伯便留给了我很好很深的印象。

回家的路上，阿什利却告诉了我这个家族非同一般的故事。原来这位大伯是古巴一位颇有影响的政治领袖，因为反对政府而被判入狱三十年。出狱后他向美国政府申请政治避难，政坛上的风风雨雨、明枪暗箭已经令他疲倦，他只希望可以在美国与家人尽享天年，可以让儿子女儿过上安稳幸福的生活。我想起大伯那明澈的孩子一般的笑靥，怎么也不能相信这是一个曾在牢里呆了三十年的人，过去的沧桑与惨痛的历史竟然完全没有在他身上留下一点的痕迹，这是怎样一个坚强又豁达的人。"还有，"阿什利一边转动方向盘一边说，"俏，你猜他多少岁了？""六十？"我故意说大了一点。她得意地摇摇头，"快八十了。"

那个晚上，我如愿以偿，吃到了金灿灿的火鸡，可是那个特别的家庭，却总在我的眼前晃动。感恩节，其实是一个特别美国式的节日。平日里忙忙碌碌的人们，在这个日子里，一家人坐下来静静地回味那个古老的有关欧洲移民的故事，有关那个寒冷的冬天和印第安人无私的帮助，有关那么多代人前仆后继的美国梦。

感恩节，这位大伯感激的也许就是上一代的波折多舛成为历史，自己的子女在这个自由的国度找到了位置，在阳光下绽放出与自己年龄相衬的、与同龄人一样的微笑吧？祝他的美国梦，早日实现。

每个浪漫的
情人节，都
是因为有浪
漫的情人

情人节

二月十四日又如期而至。今天路过包裹领取室，看见里面是真正的人声鼎沸。男生女生都面露喜色，翘首以待自己的包裹。平时慈祥和蔼的黑人老太正气急败坏地在小山一般的邮件中乱翻乱摸，不时有一个邮件不听话地从上面掉下来，人们便大惊小怪，生怕是自己的宝贝掉在地上摔碎了。平时老太吃饭休息的小屋现在则堆满了一盘盘一瓶瓶的花，好个春光灿烂。有经济头脑的各个社团组织也毫不示弱，借校道兜售起沾了朱古力酱的士多啤梨、单枝的红玫瑰、心型饮料，琳琅满目。

情人节，实际上是一个特别古老的节日。它的前身是一个异教徒的节日，叫 the Feast of Lubercus。公元三世纪，古罗马狼群泛滥成灾，牲畜不宁。Lubercus 是异教徒的一个神，保佑人畜平安。于是，在冬去春来的二月，都要以这个神的名义举办盛宴。盛宴上，女人们的名字会被放在一个瓶中。男人们轮流抽签，抽到哪个名字就会保护那个女人一年。后来基督教取代异教，把这个节日改名为 St. Valentine's Day，但这个传统却被保留了下来。

其实，情人节并不只是给情人们准备的。女生们经常亲手做成各种各样的朱古力送给其他女生朋友。每一年的情人节，同楼的女生朋友们都会将包装得特别漂亮的糖果放在我的门前，使我这个五谷不分、对烹饪一窍不通的人十分惭愧。没有男朋友的女生们还经常举办小型的 Wine and Cheese 聚会，几瓶红酒白酒，一大沓 Cheese 和饼干，与平时的亲密女友一起吃吃喝喝，倒也惬意。

对男女朋友来说，情人节就像打仗一样，让人心力交瘁。"战前"两个星期，就要不辞辛劳地订餐厅，因为好的餐厅，特别是在夏洛茨维尔这个小地方，一般情人节前一个星期就全部订满了。还要像特务一样探测对方心思，揣度什么样的礼物会让他／她欣喜若狂，最好一个星期都兴奋得睡不着觉。情人节那天，男生女生西装革履盛装出游，到一家浪漫的餐厅吃饭，出去看电影，听音乐会，然后手拉手在街上走一圈也就完了。

我一年级的时候，特别清高，总觉得情人节不过是一种商业化的行为，是商家大力吹捧为了赚钱的，所以对情人节兴趣寡寡，虽然经常收到礼物，但并不太往心里去，也没有欣喜得跳起来过。不知道我这个人什么

毛病，但我就是不喜欢朱古力，我不管它如何老少咸宜
风靡全球，我就是不喜欢那种黏糊糊甜腻腻的东西。可
是不管我的抗议，我的房间里还是堆满了法国朋友从
巴黎带来的牛奶朱古力，德国朋友从慕尼黑买来的正
宗黑朱古力，甚至世界上最著名的瑞士朱古力我也有
满坑满谷。每次给朱古力的人都一脸期待，看着我等着
我热泪盈眶，我不好意思也只好苦笑着来个眼泪汪汪。
本小姐就是不喜欢朱古力啊，怎么就是没人记得住? 在
这种对朱古力的深恶痛绝之下，情人节总过得像坐牢
一样。而且我不喜欢插在瓶中，没有生命力的花。我太
懒不喜欢做干花，每次玫瑰收到了插在瓶中，又忘了换
水，于是不到三天我就得把一大把残花败柳扔到垃圾
堆去，很有罪恶感。于是每年我都对想送我礼物的男生
说，我不要朱古力，不要花，不要毛公仔(teddy bear 实
在已经泛滥成灾)，送我书吧，我喜欢书，多多益善。

　　于是，以往的情人节，我收到过厚厚的 Emily

Dickenson 的诗集，Isabel Allende 的小说，甚至像 Odyssey 这样的经典。浪漫的晚饭总是早早结束，我一头扎进新书的清香油墨中去了。

今年也不例外，早早宣布了我要书不要其他的东西，准备好迎接新书的时候，却接到一个陌生电话，要我在楼下等。下了楼，竟然是夏洛茨维尔当地农场的一个女孩，给我送来了一盆花，插在特殊的绿色泥土里，是一盘红红白白的康乃馨。一张小小的纸条，写着："知道你不喜欢没有生命的花，所以送你一盆有生命的。"这盆花，衬托得我的房间好漂亮。而总是自命不凡的我，忽然发现自己对着这盆花傻傻地笑个没完，心情好得不得了。想一想，大概这个世界上真的没有哪个女生能免俗吧，于是我在美国第四个情人节，终于不可避免地中了 Valentine 的毒。

今天晚上的浪漫晚餐，穿什么呢？

行成于思

看不见顶的
高楼上，飞
扬的是梦想

我爱纽约

我总是相信，世界上的每一个城市都像每一个人
一样，独一无二。走的地方多了，更是感觉到每座城
市、每个地方的酸甜苦辣，就像那百味人生。但是只有
一个地方，就算你闭着眼睛走在街头，仍然可以闻到那
种独一无二的味道、那种氛围、那种绝无仅有的节奏和
世间少有的文化。这个城市的名字，无人不知，无人不
晓，这个城市，叫做纽约。

到纽约的时候是一个二月份晴朗的夜晚，肯尼迪

240

机场的上方，我俯视这个世界上最大的城市，一片耀眼的万家灯火，在黑暗的夜晚分外灿烂，纽约不夜城，果然不同凡响。到曼哈顿的时候已经是深夜，二月冷冽的寒风遮不住万紫千红的霓虹灯和熙熙攘攘的人群散发出来的融融暖意。

从小到大，我走过的城市也不算少，但是从来没有见过像纽约这样宏伟得不真实的城市。在街上走，一座座的摩天大厦高得让我看不见顶端。通常，摩天大厦给我一种现代文明过于繁盛的压抑感，可是，纽约的大厦却是真正的美轮美奂。每一座大厦的设计都独一无二，渗透着纽约那么多令世人耳熟能详的故事。那个在老电影里面经常看到的黑白的纽约，从来没有褪去，两次工业革命的影子，重重叠叠。现代文明和历史沉淀相交错，中央公园里参天的古树，华尔街遍布灰尘的金牛，帝国大厦的王者之气，让人觉得，纽约的每一个角落，都写满了历史。

一个星期后，当我坐船过海瞻仰了自由女神像，气喘吁吁爬上了帝国大厦的顶端，瞻仰了联合国总部，浏览了举世闻名的纽约博物馆后，坐在这个气势不凡的城市的一角，喝着咖啡，心中由这个城市引发的震惊还久久不能平复。在纽约，最大的感触莫过于，这是一所名副其实的"最高级"的城市。在纽约生存的第一法则，就是一定要带着个"最"字：最高的楼，最繁华的街景，最琳琅满目的人群，最古老的住宅，最著名的博物馆，最价值不菲的油画，最步履匆匆的人群，最大程度的民族融合；甚至在负面上，也是最声名狼藉的黑帮，最举世震惊的悲剧。颇有不能流芳千古，就要遗臭万年之势。可是流芳千古也好，遗臭万年也好，纽约人好像无论做什么，都要做到极致。

走在纽约的街上，心中对纽约的喜爱不可言喻。就算是美国这样的文化大熔炉，在美国其他城市也绝对不会看到这种程度的融合。所有我可以想象出来的来自不同国家和民族的人们，在纽约这个城市如此舒适和自然地生活着。我在纽约的短短几天，就先后有幸看到了一个委内瑞拉的民族游行，一个墨西哥的庆典节日，还有一个韩国的节日。不光是文化的融合令人瞩目，这个城市那种庞大的阵势，使人们对每一种极端都见多不怪。派克大街上的百万富翁也不觉得自己是那么了不起，穿着西装革履卖力骑着自行车；哈雷区的流浪汉也没觉得自己多落魄，悠然自得地打着电话点外卖，我就亲耳听过一个流浪汉要求将外卖送到"中央公园西侧从门口数起第三条长椅"，纽约人的那种自信满满的性格，溢于言表。

有一次，我在纽约街上看见了一个小小的热狗摊。纽约的热狗世界闻名，我买了一个便狼吞虎咽。卖热狗的是一个矮矮的墨西哥中年人，典型的热情好客的南美洲人，他带着浓浓的口音，中气十足的大嗓门把热狗摊子震得微微作响，"小姑娘你是从哪里来的？"我说是中国，然后问他是从哪里来的，他拍拍胸脯说："我是地道的纽约人！"我有点惊讶，他浓重的口音表示他到美国的时间不会超过五年，应该是说西班牙语长大的墨西哥人啊。聪明的摊主看穿了我的心思，哈哈大笑：

"小姑娘,果然是外地的,在纽约住超过三年的人,就是地地道道的纽约人啊。"我恍然大悟,不禁哑然失笑。

离热狗摊子不远的地方,是一个篮球场大小的空地,几辆残破不已的汽车杂七杂八地停在空地上。在寸土寸金的纽约,这样的空地倒是前所未闻。我好奇地走过去一看,车子旁竖着一个小小的不起眼的牌子,上面写着:"世界贸易大厦旧址"。心,一下子就沉了下去。这几辆车子,就是"9·11"事发的那天,停在世贸大厦前的那几辆车子。车子的主人早已经不知去向,当年耸入云霄的双子楼也在世界上烟消云散,只有这几辆车子,提醒着人们,那场悲剧竟然在如此一个不可思议的城市发生过。空地的旁边,是一片鲜花的海洋,世界各地的人们,哀悼着事故中罹难的人们,哀悼着这座城市曾经受过的伤害。离空地不远的地方,是一幅大大的蓝图,是纽约的建筑师们重建双子楼的一个完整计划。每个纽约人都知道,纽约的词典里没有屈服和放弃的字样;每个纽约人都不会怀疑,纽约有能力在废墟上继续创造奇迹。

这就是那个传说中自由女神火炬下的城市,这就是无数人梦中向往的城市。在这个城市里,在那川流不息的人群中,蕴藏着最瑰丽的梦想、最真实的人生,最深刻和最丰富的情感,还有那最庞大又最细腻的故事,"藏龙卧虎"已经远远不能描述这种程度的精英荟萃和文化相融。只能说,每一个人,都像一片小小的鳞片,拼在一起,构成了这条巨大无比的黑龙,傲视群雄,在世人的瞩目中,冲破青云,呼啸而去。

那一个晚上，我在四十八号大街和派克大街的交汇处，仰视雷曼、摩根、UBS等国际银行的大楼在黑暗中灿灿生辉。深夜的纽约，宁静却又焕发着生机，毕竟，不夜城的美名，早就在几个世纪以前不胫而走。就是在那一刻，我知道，这就是我想生活的城市，毕业后，我要去纽约。

我的
美利坚本科岁月

你的歌声，穿过时空

永远的猫王艾维斯

　　有些人已经逝去多年，他们的躯体在这个风起云涌的世界留下的最后一颗尘埃已经被时间的手轻轻拂去，可是他们的名字，仍然从人们的眼睛里唤出晶莹的泪花，在他们的心里翻起最汹涌的澎湃，然后所有的一切，凝成了一声声响彻云霄的呐喊。猫王艾维斯，就是这样的一个人。

　　孟菲斯市是美国上个世纪六十年代摇滚乐王艾维斯的家乡。每个到这个城市的游客都会被城里的居民拉着津津乐道地讲起艾维斯成名的传奇故事。大半个世纪前的一个不起眼的星期五，一个叫做艾维斯的再普通不过的年轻人，来到小城孟菲斯市中心一个唱片工作室里。他的妈妈两天后要过生日了，艾维斯突发奇想要给他妈妈录制一盘他自己作曲作词的一首歌作为生日礼物。谁知"无巧不成书"，几个唱片制作人正在这间工作室里开会，据说当时艾维斯开始唱的时候，整个工作室安静了下来，那几个唱片制作人虽然已经听过了无数个歌手的演唱，但是仍不能自己地被艾维斯醇厚纯净的嗓音、充沛浓厚的情感所震撼。从那一天起，孟菲斯便不再平静。艾维斯以叛逆的形象出现在一个渴望革新的社会，就好像可以燎原的星星之火，将熊熊的烈火烧遍了整个国家。从那一天起，孟菲斯，就已经被深深地烙上了艾维斯的印记，这个城市的一切，直到现在仿佛还在随着六十年代的旋律慢慢地、优雅地摇晃着裙摆，在猫王深情的歌声中翩翩起舞，转着令人炫目的优美的圈子，似乎完全没有觉察到，镇外的世界，时间的年轮已经碾去了大半个世纪。

孟菲斯市的上上下下，不知为什么，散发着六七十年代的怀旧气息，那个已经远去的年代流徙的激情、呐喊、颓废、矛盾、无助和疯狂似乎从来没有也永远不会从这座城市逝去。白天的孟菲斯宁静、传统而美丽；夜晚的孟菲斯嘶哑、昏醉而浪漫。这让孟菲斯的游客们也在艾维斯的怀抱中昏昏睡去，沉醉到地老天荒。

我到孟菲斯的时候是一个普通的夏日，城市的街头人们步履匆匆，除了大街小巷布满了艾维斯黑白的海报外，一如美国其他的城市。市中心的汩汩喷泉在南部落日和傍晚的天空下清澈亮丽无比，将酷暑的炎热和烦躁层层滤去。街头不时出现三三两两的吉他手，抱着古铜色的吉他低低吟唱着一首首老歌，常常有路人停下匆匆的脚步，驻足倾听；更多的时候，街上的人索性跟着他们的旋律和节拍放声歌唱，于是此起彼伏的歌声在城市内阵阵回旋："我不能呼吸 / 我思路清晰 / 我只是不明白 / 为什么你 / 让我一次次深陷爱河……"路边有各种各样的烟馆，孟菲斯的烟全国闻名，烟雾缭绕中传来猫王颓废又磁性的声音："我只想这样 / 把时间抛开……"

华灯初上的夜晚，整座城市忽然活泼起来，酒吧的霓虹灯照亮了黑暗的天空，乡村音乐轻快的曲调和美酒的醇香弥漫在空气中，说不出的迷人和惬意。酒吧间里舞蹈的踢踏声和人们欢腾的歌声，将城市变成了一座不夜城。随着夜色的加深，歌声逐渐变得时而高亢，时而迷离，街上行人半醉半醒，哼唱着含含糊糊的小调，嘶哑的嗓门混合了酒精更加味道十足，加上疯狂的舞步，活脱脱的一个个艾维斯在舞台上淋漓尽致地发挥，向着传统和守旧做最后的抗争。

我啜着清冽的啤酒，坐在街头和当地人谈天说地，不时有半醉的行人蹒跚地鞠着躬，将一支支从酒吧里买来的玫瑰递到我的手上，倒也别致有趣。大嗓门的酒吧老板抑扬顿挫地给我讲着几年前艾维斯诞辰庆祝活动的盛大场面。当时世界各地的人们潮水一般地涌向曼菲斯，操着数不清的口音、数不清的语言，在街头举着艾维斯画像和标语。人潮人海中，来自亚洲、欧洲、非洲、拉丁美洲、太平洋群岛的人们穿着艾维斯的服饰，跳着他的舞步。许许多多的人们，讲不好一句完整的英语，却可以将艾维斯的歌，一首首地吟唱。成千上万的人们，在没有任何组织的情况下，把艾维斯所有的歌，用最大的热忱，来来回回地足足唱了一天两夜。那种场面，绝无仅有，惊天动地。

　　艾维斯不仅仅是艾维斯。他蕴含了、代表了、诠释了太多太多的美国文化，太多太多莫名的情感和无奈，太多太多对以往好日子的怀念和对历史说不清道不明的一种复杂感情。没有人不知道艾维斯，没有人真正懂得艾维斯，更没有人会遗忘艾维斯，因为孟菲斯延续着他的歌声，他的生命。噢，永远的歌王艾维斯。

太多的爱，
洒在这块
土地上

秘鲁之行：
那个永远不会磨灭的南美之梦

在美国读大学，就不能不注意到在美国的拉丁美裔是真正的人丁兴旺。据统计，在美国的拉丁美裔的人口已经超过了美国黑人，成为名副其实的第一大"少数民族"。从大一开始，我便对拉丁美洲的文化兴趣浓厚，看多了关于骁勇善战的印加勇士的种种传说，对南美洲的那片土地开始魂牵梦萦。大二的暑假，我终于如愿以偿，参加了学校的暑期秘鲁西班牙语的项目，来到了印加的胜地。

古柯叶子——诉说着人类与毒品千年的不解之缘

安第山如一条南美的黑龙，蜿蜒曲折地将秘鲁、智利、玻利维亚——贯穿。她世间少见的宏大壮阔中蕴藏着令人屏息的悲壮和苍凉，那绝无仅有的皱褶中折叠着无人参透的历史和秘密，古柯树便是一个最大的秘密。

古柯的叶子其貌不扬，乍一看和常青树一般无二，可是那五短身材的植物的叶子里含有大麻、可卡因等各种毒品所必需的元素。秘鲁为山国，满山遍野的古柯叶便好像是满山遍野的黄金，也好像是满山遍野的罪恶。秘鲁政府坚决抵制毒品，于是古柯叶只好在瑟瑟的秋风中无奈地摇曳。后来我们去了真正的山城，才发现古柯叶与南美洲人民之间真正的千年之缘。

原来，古柯的叶子虽然不是毒品，但具有天然的药物功能，可以麻醉人的部分感官系统。千百年来，安第山上的居民在劳作的时候咀嚼这种叶子，让他们忘记了饥渴，于是他们可以在日晒雨淋中数十个小时不停劳作。贫瘠的土地、落后的技术使山民们年复一年代代生活在困苦窘迫中，古柯叶子是他们最好的朋友。虽然叶子不能填饱肚皮，但毕竟他们不再受到饥饿的折磨，可以享受片刻的安逸。

仿佛是他们的命运还不够悲惨，十六世纪末期，西班牙入侵南美洲，奴役了当地的山民，逼迫他们如牛马一般为西班牙人修建基督教堂。侵略者不肯发给劳工们报酬，只发给他们廉价的古柯叶子，让他们在精神亢奋中日夜不停地劳作，直到在筋疲力尽中死去。古柯叶子，成了西班牙人奴役秘鲁人民的帮凶。

如今在秘鲁的高山地区，古柯叶子被装在小袋子里，卖给旅游者用以减轻令人窒息的高原反应。我在库斯科（Cusco）的时候，由于当地的海拔高至三千五百米，我明显感觉到呼吸困难，头晕目眩。于是我也学着当地居民的样子将十多片古柯叶子放进嘴里，再放进一小片碳状的黑色叶子作催化剂，像山羊一样津津有味地咀嚼起那几片干叶子。一开始的感觉很奇怪，叶子的表面很粗糙，本身又没有什么滋味，于是感觉好像在嚼一片砂纸。慢慢的，叶子被嚼碎后与唾液混合，一种很独特的、有一点苦涩、甚至有一点茶香的汁液便湿润了整个口腔。我与朋友们说说笑笑，不知不觉嚼了大概有十分钟，然后我突然发现，有古柯叶子的半边口腔不知何时已经完全失去了知觉，我的嘴在机械地运动，却完全感受不到任何味道与触觉。慢慢地，整个人开始飘飘然，一种麻酥酥的快乐感觉从心里涌上来，仿佛天忽然变得蔚蓝，呼吸变得通畅，人生变得无比美好。

那一刻，从小受到视瘾君子为洪水猛兽的宣传教育的我，忽然对在毒品中不能自拔的人们感到深深的同情。印加的山民用古柯叶子麻醉饥饿的肠胃，游客用古柯麻醉窒息的胸腔，可是从古到今，精神和肉体上受苦的人们，不也是在用毒品麻醉自己的神经而获得片刻的，哪怕是虚伪的快乐吗？就这样，人类千百年来绵绵不绝的痛苦，使人类世世代代与毒品结下了不解之缘。

库斯科：印加永远的叹息

库斯科被称为秘鲁的历史和文化中心，更多的时候，它被称为印加的城市。城市里的一切，都是历史弥

高山古城，自有一股惊天地泣鬼神的气魄

足珍贵的见证。她见证了印加文化的鼎盛和极端的繁荣，她见证了西班牙侵略者的残酷和野蛮。她蕴藏着如此多的财富和秘密，也许那令人眼花缭乱的传说全部是真的，也许事情的真相本身根本令人难以置信，也许这里的故事永远都没有人可以读懂，但是有一点可以肯定，这里的故事，绝对可以令天地动容。那惊天地泣鬼神的过去使库斯科永远不再平静，血腥的过去使库斯科永远洗不去那一抹血迹。库斯科就好像历史的一声叹息，久久不散，环绕在这些山、这些湖的上空。

我漫步出城，信步走上山谷，向山民租了一匹马，就在这辽阔的高原草原上信马由缰地来回驰骋。这是怎样的一幅景色呀！虽然时至南半球的隆冬，放眼望去却只有视野所不能囊括的翠绿，远方的群山呈苍蓝的墨色，与更远处的雪山形成了鲜明的对比。马儿在青草干净的清香中悠闲地踱步。我时不时停下来，翻身下马，往往映入眼帘的便是一座座印加神庙的遗址。时隔数个世纪，当初金碧辉煌的神庙早已褪去了浑身上下的铅华，当年烟火缭绕的神像也早已不知去处，可是那井然有序的布局，依然屹立的巨石仍然不失气宇不凡的王者风范。在盖楚瓦语里印加的意思是王，库斯科则是印加王国的首都。印加人骁勇善战，麾下疆土辽阔，现在的秘鲁、波里维亚、厄瓜多尔以及局部的阿根廷和智利当年都属于印加王国。万里疆土，千载财富，全部聚焦于一个地方——库斯科。

于是库斯科屹立着亘古少见的大殿，金箔覆盖的大柱支撑起一个王国的骄傲和尊严。于是在库斯科排列着形形色色的祭坛，那后人永远不能想象的沉重的巨石依然无声无息地述说着那一个时代的虔诚和残酷。虽然后来的西班牙军队完全摧毁了库斯科，神像被推倒被砸碎，财宝被洗劫一空，印加王健硕的脚腕被挂上了沉重的脚镣；虽然西班牙人想尽办法试图将印加的气味从库斯科洗掉，圣母玛丽亚的微笑代替了

印加的那抹精魂，从未离开过那片土地

Panchamama(在盖楚瓦语里的意思是大地的母亲)凛然的面容,耶稣的十字架代替了印加神龛,但印加的灵魂,印加的血液,还是深深铭刻进了库斯科每一粒最微不足道的沙砾。这是一个印加的城市,印加的最后的城市,但也是印加永远的城市。

我与秘鲁女仆的友情

昨天,又做了那个梦。梦中,我站在利马的中心,在那宏伟的教堂前,在一群洁白活跃的鸽子中,静静地将面包屑一包一包地扔出去。乳黄色的面包屑,地上的落叶,鸽子的羽毛,被风吹得飞扬起来,旋转着,覆盖了整个天空。远远地听见有人叫我的名字,两个矮矮的女生跑过来,拉着我的手,她们的笑脸,明媚却又模糊。

周末的夏洛茨维尔阳光明媚,我正坐在我紫色的摇椅上数窗外的松鼠。电脑提示音响了,打开信箱,Aracelli 和 Fiolella 短短的、不是特别通畅的语句在电脑上一行行地舒展开来。对她们的思念,忽然一发不可收拾。于是,我想讲讲两个秘鲁女生的故事。

时光回到一年前。想当初我一句西班牙语都不会说,却雄赳赳气昂昂地拉着两个大皮箱从秘鲁首都利马的国际机场大摇大摆走出来,倒也勇气可嘉。当时我以为利马是个国际化的大都市,会说英文的人一定到处都是,所谓会说英文走遍天下,于是我一壮胆就选了秘鲁这个项目。

可是,现实很快就证明我是真正的有勇无谋。从美国南部的迈阿密开始，说英语的人数就直线下降，说西班牙语的人比比皆是。到了所谓秘鲁现代化的国际大机场，我更是两眼一抹黑。幸好有学校派人来接，要不然我可能到今天还没找到出机场的路呢。

车子把我带到了我在秘鲁的友好家庭的楼前，一个身材特别矮小，不足一米四的女人打开门，脸上带着怯怯的笑容，接过我的行李。我正要跟她说话，友好家庭的女主人，我的秘鲁妈妈特大的嗓门就传了出来："美国来的女孩子到了吗？"接着，高大美丽的秘鲁妈妈给了我一个热情的拥抱，我笑着，把脸伸过去给她亲吻。南美洲的人见面总喜欢在脸上亲来亲去的，我十分喜欢这种温暖的亲热。一家人鱼贯而出，于是，五分钟之内，我有了一个秘鲁爸爸，一个弟弟，还有一个仅十个月大的婴儿妹妹，好不热闹。那个给我开门的女人，却再也没露过脸。

第二天，我起了大早要去学校，秘鲁妈妈的大嗓门一大清早就中气十足地在我的房间响起，人高马大的她一把把我从床上抓起来，扔进了洗澡间。五分钟后，仍然睡眼惺忪的我，正要背着书包去学校，身后却有人在焦急地叫我的名字，转身一看，原来是昨天晚上开门的女人，一脸关切地追上我，嘴里不停地吐出一大串对我来说如听天书般的语言。看见我一脸的茫然后她不容分说地将我推进了厨房。

厨房里圆圆的小桌子上，摆着热气腾腾的一杯热咖啡，香气四溢的煎蛋，还有一种我说不上名字的黑麦面包火腿三明治。她把我按在椅子上，示意我快吃。我大快朵颐之后，她才微笑着将我的书包递给我，跟我摆手挥别。

我在学校上的是西班牙语的强化集训班，每天五个小时的课程，三个小时下来，我们就都疲惫不堪。课间同学们纷纷到学校外买东西吃，我正要去，找钱包的时候却发现书包里面不知道什么时候放进了一个小小的午餐盒，里面是一个大大的火腿鸡蛋三明治和一个苹果。愕然之中，我不客气地将这份午餐吃得干干净净。毫不夸张地说，这是我一辈子吃过的最好的一个三明治。面包外焦里嫩，火腿新鲜爽口，芝士奶香浓郁，同学们买了小吃回来，看见我带着一脸的被宠坏的孩子的坏笑大吃大喝，都羡慕不已。

回到家中，走进我的房间，我险些没认出来，以为走错了地方。本来应该在地上摊开的旅行箱不翼而飞，本来应该散落四方的衣服理得整整齐齐，干干净净地挂在了衣橱里，脏的已经洗干净，烫过的痕迹十分明

显，叠得像军装一般的齐整。我家人的相片摆在了床头柜上，我乱七八糟的 CD 都被整理过后规规矩矩地放进了 CD 包。我吓了一大跳，跑下去找我的秘鲁妈妈，大惊小怪地叫了半天，让她老人家大大地嘲笑了一番，说难道我从小到大家里就没有女仆么。我想了半天，似乎觉得解释我家里为什么没有女仆这件事对她的英语能力和我当时基础为零的西班牙语都是一个太大的考验，只好苦笑作罢。

我就是这样认识了这个"田螺姑娘"，她的名字叫 Fiolella。每天，我都瞠目结舌地看着她一手抱着我胖墩墩的秘鲁妹妹，一手不停地打扫、做饭，为这个家的老老少少不厌其烦地准备早午晚饭。这种家务能力，恐怕我一辈子只能望洋兴叹。

很快，我就开始每天在房间里啃西班牙语，厚厚的教材，砖头一般的词典，慢慢地细细地一点点学，每次累了的时候，就跑去厨房向 Fiolella 讨一点东西吃。她每次都奇迹般地从我三脚猫的西班牙语中准确地猜到我是想吃水果了，还是想要热巧克力，或者就是没事找她聊聊天磨磨牙。完全不懂英语却掌握着分配食物大权的她成了我努力学习西班牙语最好的动力。很快，她就成了我的专用西班牙语老师，还不会说一个完整句子的我很快就对厨房里每一个大大小小的物件的名字了如指掌。对所有关于食物的问题例如"我要喝凉的"，"饿了"，我最常用的却是"还没够，再给点行吗"。有一次我的秘鲁妈妈听到我字正腔圆地用西班牙语说，"我饿了，我想吃半生不熟的煎蛋和细细的油炸葱圈"，

竟然吓了一跳，从此认定我是个语言天才，对我更是宠爱有加。

有一次我经过厨房听见里面女生们的笑声几乎震翻了房子，跑进去一看，只见Fiolella正在跟一个比她稍高一点的漂亮女生说笑。看见我进去，Fiolella拉着她给我介绍，她叫Aracelli，是Fiolella的表姐。Aracelli比Fiolella个性活泼，话也更多，她说她在利马找不到工作，于是暂居这里，顺便帮着干点家务活。

于是，当时间如流水一般地过去，我的西班牙语，就在与Fiolella和Aracelli的说说笑笑中一天天地好了起来，渐渐地，可以用西班牙语跟她们寒暄，听她们讲她们的故事。Aracelli告诉我，Fiolella之所以身材如此畸形矮小，是因为她从小跟一个杂货店的店主做女仆，每天干繁重的家务活不说，这个因为瞎了一只眼睛而性格暴躁苛刻的店主不给年仅十三岁的Fiolella吃饱饭，四年后，她十七岁的时候，这个店主终于去世了。她来到现在这个家庭，秘鲁妈妈对她很好，所以她现在很满足。Aracelli 还告诉我，她自己本来有一个男朋友，但是贫穷的村庄里他找不到足够的钱来养活他们两个，于是她出来做女仆，希望今后他们可以盖一座小小的房子。做女仆每个月的工资是五十美金，他们从早到晚地劳作，带着那个拥有一个小小房子的美好梦想。

下午没课的时候，我喜欢到处乱跑。最喜欢去的两个地方之一是海边。每天上学都会经过的海滩，每天清晨在冬日的微曦中都美丽宁静得让我窒息。另一个是利马中心，那里有利马最古老的建筑，一座由印第安人初建，而后经过西班牙人改建的教堂。宏伟的教堂前有一个辽阔的广场，满地都是鸽子。我慈爱的秘鲁妈妈总是不放心我一个人乱跑，于是恩准 Aracelli 和 Fiolella 放下手中的活，陪我出去逛。她们两个总是很紧张地一左一右走在我的身旁，一边不停地给我介绍城中的建筑，一边紧张兮兮地握着我的手，生怕一不小心让我被别人拐了去。中午饭总是在外面吃，我知道她们平时不出门，于是坚持去最好的餐馆，她们就小心翼翼地点最便宜的东西，我就告诉侍者我要最贵的。秘鲁的外国人不多，一个亚洲女生和两个有明显印第安人特征的女生摇摇晃晃地走在一起，经常引起路人侧目。给她们买了午饭以后，她们就一定不让我再打的士回家去，有的时候我们乘坐满是三教九流的公车，有时候就干脆一路走回去。两个女生喜欢小小的饰品，我就经常给她们买下她们喜欢的小东西。每次她们接受我的礼物，都很不好意思。而事实上，心里不好意思的是我，就因为陪我，她们晚上可能又要少睡一个小时。

晚上的节目总是丰富多彩的。几乎每天晚上，我和我的美国朋友们与在大学里新认识的秘鲁朋友们都会流连在风味十足的小酒吧、音乐会、雪糕店。南美洲是酷爱音乐的土地，几乎人人都是探戈、萨尔萨舞的高手。舞厅里，旋转的舞步，美丽的人们，让我眩目。有一天晚上回家，听见厨房里面有音乐，过去一看，Aracelli和Fiolella正在厨房里面守着一个小小的录音机，跳着让我自羡不如的舞步。那一刻，我忽然很惭愧，怎么自己出去玩了这么多次，都忘了她们每天晚上劳作到深夜，可能到了利马这么多年都没有见过这个城市热闹的夜生活。第二天，我去央求了秘鲁妈妈好久，她老人家终于同意让两个丫头出去疯一个晚上。我一高兴，在她老人家的脸上亲了又亲，把她精雕细琢的妆容都弄花了，又是免不了挨一顿埋怨。

告诉了两个女孩子我要带她们出去玩一个晚上，她们欢呼雀跃。千盼万待等到了星期五，我们商量好了十点钟出去玩，两个女生从太阳刚下山开始，就把家里搅得如临大敌，鸡犬不宁。七点钟，我对着满盘的鸡腿吃得满嘴冒油，含糊不清地跟秘鲁妈妈聊天，她们两个就在楼上每个人洗了好久好久的澡；八点，我跟秘鲁爸爸一起切水果看电视，她们在互相将头发一丝丝地吹干，戴上发卷，放下来定型再盘上去；九点，我跟着广播练拗口的西班牙语，她们把秘鲁妈妈的化妆盒打开，"对镜贴花黄"；九点四十五，她们在楼上瞥见我还穿着灰色的家常罩衫和短裤晃来晃去，急得放声尖叫，厉如女鬼。我吓出一身冷汗，用五分钟梳了头发，换了裙子，穿上鞋子，跑到街边叫了一辆的士。回来的时候，时钟敲响了十点，Aracelli 和 Fiolella 从楼上裙裾翩翩地走下来，我简直不敢相信自己的眼睛。她们本来就姣好的五官经过精心修饰后完美无比，那种异国情调和顾盼生姿是我拙劣的笔所无法描述的。从来没有见过她们不穿围裙的样子，忽然见到她们在绿色和紫色的衣裙里身材凹凸有致，足以让世界上百分之九十的女人自惭形秽。她们两个看见我瞠目结舌的样子，脸上浮现出小女生特有的红晕，避开眼睛不去看我。我的秘鲁妈妈更是开心得大叫这三个美丽的姑娘真不愧是她的女儿啊。我大笑不已，看来她老人家自吹自擂的功力又更上了一层楼。

我们来到我平时跟美国朋友和秘鲁朋友去的小酒吧。我新认识的秘鲁朋友们性格都十分大方豪放，看见漂亮女生也就毫不脸红地看了个目不转睛，我十分得意。我正暗自窃喜的时候，我最帅的一个秘鲁朋友忽然问我，"俏，你是怎么认识这两个女生的呀？" Aracelli 和 Fiolella 的头突然低下

那是怎样一个令我们倾倒的奇迹啊

去，我心里还正盘算着一会儿我白蹭酒是喝秘鲁的酸蛋酒还是长岛冰茶，顺口便说："她们给我的秘鲁家庭工作啊。"桌子上的美国人和我一样对这句话毫无反应，但所有的秘鲁人都一下子沉默下来。那个秘鲁朋友想了一会儿，改用英语问："她们，是你们的女仆吗？""可以说是我秘鲁妈妈的女佣吧，是我的朋友。"秘鲁人之间互望许久，终于那个帅哥继续用蹩脚的英语问我："为什么要跟女仆一起来酒吧？"我觉得这真是一个可笑的问题，我喜欢她们，她们想出来玩，自然就带上咯，有什么为什么的。秘鲁人中英语最好的一个见我真的如此执迷不悟，忍不住便像连珠炮一样说道："俏，我们没有批评你的意思。可是你来到这里就要尊重我们这里的民俗。我们是受了教育的大学生，怎么能跟女佣一起去酒吧呢？你们是外国人也就算了，我们的秘鲁朋友们知道了会怎么看我们？女佣就是女佣，我家里的女佣在我家里二十多年了，我和我的妹妹连她的名字都不知道。主人们和女佣们是不用沟通的，更不能在一起社交。"桌子上突然安静得可以听见每个人的心跳，所有人的目光一下子都集中在我的脸上。我看看两个女孩子，她们没有听懂那个秘鲁人的话，有点担心地看着我。我的心就好像被撕开一样难过。两个如花似玉的善良女生，就这么在自己的土地上，被自己人毫无怜悯地踩在脚下。我直直地看着这个受过高等教育的秘鲁人，一字一句地说："是的，我们是不应该交往的，因为，你不配。"把足够付我们三个酒钱的钞票放在桌子上，我低声对 Aracelli 和 Fiolella 说，我们走。她

们两个没有问为什么，乖巧地站起来，一左一右地牵着我的手，走出了小酒吧。几乎每个桌子上的美国人都站起来，付了账，跟我们走出了酒吧。

我们去了另一个新开的音乐厅，很新潮的音乐，很特别的饮品，两个女生跟我的美国朋友们玩得很尽兴，我跟他们一起笑，可是每次仰起头，都有很酸楚的感觉涌上心头。这样的情景，在她们的生命中，发生过了多少次，又会再发生多少次，有谁会知道。我在的时候，可以牵着她们的手，带着一点仅存的尊严走出那个酒吧，我不在的时候，有人攻击她们，有谁会牵她们的手呢？

离别的日子还是在很多的不情愿中如期而至。离别的前一天，Aracelli 和 Fiolella 把我叫进了她们的房间，很大很大的一个红色包裹，递到了我的手上，映红我的脸庞。里面几乎收集了所有她们可以找到的秘鲁有特色的女生饰品，她们两个七手八脚地把这些东西全部套在了我的头上，我在镜子中的模样像极了一个印第安部落的小女人。她们拍手大笑，轮流在我的脸上亲个不停，直到我从脸庞到心里都湿得一塌糊涂才罢休。

第二天清晨，凌晨五点钟的飞机，跟她们说了很多次不用送了，她们还是早早地起来，为我最后一次准备好了早饭，跟我抱了很久很久，才依依不舍地与我挥手道别。

常常想，到过那么多的地方，为什么利马，唯独让我如此刻骨铭心？为什么一提到这个名字，心中就有那种酸楚的温柔一圈圈地弥漫？其实我是知道答案的，这个城市里的人，为了我这一个游客，付出了那么多爱和关怀。那些受苦的人们，给我的友情，让我永世难忘。

我的
美利坚
本科岁月

一样的富人，不一样的穷人

我是一个喜欢做志愿者的人，特别喜欢帮助贫穷的孩子们，从北美走到南美，社会的不同给了我很深的震撼，而社会贫富分化程度的不同，更是给了我刻骨铭心的印象。贫富分化已经成了很普通的一个词，可是这个词到底意味着什么，却很少有人真正去探究。对于我来说，贫富分化意味着世界上富人的生活已经真正的全球一体，而穷人的生活却相差悬殊。

我在秘鲁住的友好家庭属于社会的中产阶级。男主人是一个建筑师，女主人是全职主妇。家里有两个女佣，将家里大大小小的事务一一操办。他们的家在利马市高尚住宅区的一座三层小楼里。有儿女一双，小黑狗一条，见人就咬。家里有本田车一部，男女主人经常带着儿女到美国、墨西哥、阿根廷等地度假，其乐融融。

我在美国的友好家庭属于美国社会的中产阶级。男主人是一个画家，女主人则是勤劳持家的典型家庭主妇。他们住在美国弗吉尼亚州夏洛茨维尔市，有一座三层的小楼房，前后小花园里种了樱花树，每到春天落英缤纷。有儿子三个，大小不一。大黑狗一条，也是见人就咬。家里有丰田SUV一辆。男女主人很少带孩子们度假，一家人也快快乐乐地生活着。

对这两户人家来说，生命的长河，就这样缓缓地平稳地向前流着。美国也好，秘鲁也好，实在没有什么区别。可是，故事到了两个国家的穷人那里，就变了样。

我在美国的时候喜欢到男孩女孩俱乐部（Boys and Girls' Club）做志愿者，其实就是帮美国的穷人看看孩子。孩子们下午两三点就放了学，而家长们，却五六点才下班。这段时间，贫穷的家庭请不起保姆，于是便把孩子们送到男孩女孩俱乐部这个政府设的慈善机构来。做志愿者的大学生们，便给这些孩子读读故事书，陪他们画画唱歌。男孩女孩俱乐部大概有五六十个孩子，几乎都是黑人小孩，他们的年龄从五岁到十四岁不等。俱乐部有面积近一百平方米的游戏厅一个，里面有乒乓球台、桌球台、弹球台。孩子们还有一个阅读室，里面有所有我可以叫得出名字的儿童读物、英语和西班牙语双语教材。阅读室的背后有一个游戏室，走进去，男孩女孩们正在折纸画画玩得高兴，一手一身的染料花花绿绿。我们坐下来开始给这些孩子讲故事，五六岁的小孩子便坐着听。一个穿粉色衣服的小女孩坐在墙角哭泣，我把她抱上膝盖问她怎么了，她在为一块丢失了的朱古力号啕大哭。

另外一个四岁的小男孩在为颜料的不足而捶胸顿足。

两个星期后，男孩女孩俱乐部举办筹款活动，我作为俱乐部的代表对着夏洛茨维尔最富有的人们发表了一个激情澎湃的演说："女士们先生们，当你们的孩子流利地用拉丁文评论莎士比亚的时候，这里的孩子们才刚刚开始识字；当你们的孩子漂亮地打着网球的时候，这里的孩子们因为颜料的不足而没有办法画完一幅色彩斑斓的画⋯⋯"于是，筹款活动结束的时候，富人们爽快地写出了支票，俱乐部的孩子们得到了他们想要的朱古力和五彩缤纷的颜料。

虽然在秘鲁只有两个月，我还是到利马当地教堂资助的儿童院当了好几次志愿者。儿童院在一座年久失修的教堂里，慈眉善目的修女为我们打开吱嘎吱嘎的大门。一群皮肤黝黑的孩子们蜂拥而至，把我们团团围住了。我的西班牙语还讲不好，突然让十多个小男孩围住，七嘴八舌地问我问题，急得我满头大汗。儿童院只有一个大房间里放满了小床给孩子们睡觉，一个小食堂，还有一个空空如也的屋子权当游戏室。我们带去了一个迪斯尼电影《狮子王》，找了半天才找到一个电视和录放机，找了几个破旧的凳子放在房间里，放电影让他们看。一个瘦弱的十二岁光景的小男孩一直拉紧我的手，当别人都在看电影的时候，他把嘴凑近了我的耳朵说："你能当我的女朋友吗？"我还以为我的西班牙语不好没听明白，让他重复了一遍，结果又把他的话当作玩笑，摇了摇头便没理睬他。接下来的两个小时里，他便不断地哀求，而我就一直没再理他。我们离开的时候，我突然发现，被他一直紧紧握住的左手，竟然不知何时带上了一枚玻璃戒指！我回去找到他，很严肃地跟他说："我比你大很多，我不能当你的女朋友。"这个矮矮的小孩子忽然很认真地望着我，用我能听得懂的西班牙语慢慢说："我们这里有几个大男孩经常欺负我，如果他们知道我有个像你这样的女朋友就不会欺负我了。"我有点儿不明白："他们怎么欺负你了？可以告诉嬷嬷啊。"他很尴尬地说："他们，强迫我跟他们睡觉。"我吃了一惊，撇下他去找到儿童院的修女，那个很老的修女告诉我，这些孩子，都是修女们在街上捡回来的。他们的父母，大都是吸毒者。而这些看似十二三岁的小孩子们，实际都已经是十六七岁的大男孩了。因为从小发育不良，所以他们看上去比实际年龄要小。修女们找到他们的时候，他们都在街上靠捡垃圾、吸古柯叶为生。虽然进了儿童院，这些目不识丁的孩子们已经很难被教育了。在这些孩子中，由于他们从来没有接触过异性，同性滥交是很正常的现象。儿童院没有钱没有能力为这些孩子进行性教育，于是这些慢慢长大的男孩就这样尴尬地活下去。

那个蓝色的戒指，我每次去儿童院都带上，而且总是很亲切地去跟那个矮矮的男生说话。他叫 Rafael，已经十七岁了，身高还是大概一米五都不到。每次他看见我，眼睛里都闪着感激的光芒。

但是，Rafael 还是逃走了。一个晚上，他越过儿童院的墙，从此杳无音信。我想象不出，在儿童院他受到了其他人什么样的虐待，才选择了外面那个凄风苦雨的世界。他已经没有亲戚，今后又怎样露宿街头，怎样解决温饱？

那枚蓝色的玻璃戒指我一直留着，每次看到它都有一股眼泪，酸酸地流到心里。

当我们看一个国家的发展程度，往往总是看到这个国家的城市建设，啧啧称赞她的科技发展。富人们，由于种种原因，自然有他们求生的一技之长，因此他们永远有能力养活一家几口。可是穷苦的人们，政府不照顾，又有谁来照顾。希望 Rafael 一路走好。

横穿美国
的梦想实
现,我乐得
合不拢嘴

我的
美利坚本科岁月

横穿美国手记

记得上文学课的时候,教授说,世界上所有的故事,永远是围绕旅程而展开的。要不就是普通或显赫的人们因为种种原因走上旅途,要不就是陌生人因为他们的旅途而来到镇上,来到我们的生活中。

于是大学毕业,我送给自己的礼物,就是一个长长的旅途。我的旅途,是横穿美国。麦特是我读商学院时认识的最亲近的好友之一,这个来自佛罗里达的帅帅的黑人男生,成了我的旅途伙伴。于是,那个云淡风轻的夏日,我们将食物和水满满地装上了车,脚下的油门轻踩,我们横穿美国二十八天的旅途,就这样拉开了序幕。

横穿美国第一天: 美丽的蓝带山

很小的时候就很喜欢听约翰·丹佛(John Denver),

风靡美国的乡村音乐中最著名的一首莫过于他的"Take Me Home, Country Roads"（带我回家吧，乡村路）。那么多次，小小的我，入迷地听着丹佛轻轻地吟唱："Blue Ridge Mountains, Shenandoah River（蓝带山，舒南岛山谷）……"到了美国这么久，平日忙于学习和工作，渐渐地忘记了那首美丽的关于蓝带山的歌，直到计划这次旅行的时候，才猛然发现，原来蓝带山这条美国最长的也是最著名的山路，竟然远在天边近在眼前，就在弗吉尼亚州和北卡罗来纳州的边境。

横穿美国的第一天，我们的计划就是开车横穿蓝带山，行程共计是 469 英里。租的是有名的快车，一辆 Pontiac 制造的 2006 年的 Grand Prix。第一次试驾，就爱上了这部深蓝崭新的车，她的油门是我从来

世界上绝无仅有的蓝色的山峦

没有感受过的敏感迅捷，5升的引擎，开起来安安静静的车却可以在极短的时间内加速到时速60英里，绝对是高速公路上的赢家。开着这辆美丽的车在蓝带山上风驰电掣的感觉，是从来没有过的舒畅。

蓝带山并不以险峻陡峭而闻名，蓝带山的独特在于其延绵不绝，看不见尽头的山路舒展到山的另一边，那个山和天融合的地方。路的两边是我从来没有见过的茂盛浓密的树林，层层叠叠的树叶将路的两边密密实实地遮盖了起来，放眼望去，只看见突兀的山路绕山而上，那绿得化不开的树林在云淡风轻的蓝天衬托下竟然散发着淡淡的蓝色。熟悉弗吉尼亚的朋友笑着告诉我，这就是蓝带山名字的由来。轻轻淡淡的山雾中，万丈阳光照在山峰山谷上，金色和蓝色交相辉映，仿佛是一幅不真实的印象派油画。

在蓝带山上我们足足开了十一个小时，盘盘旋旋的山路将我们从弗吉尼亚一直带到了北卡罗来纳州。那种感觉我永远不会忘记，庞大的山峰，绵绵不绝的山路，两边完全没有往来车辆，只有我们的车，无声无息地在山上穿行。车窗放了下来，放上清爽的音乐，车子就这样一直向前开，仿佛永远没有尽头。从清晨的山风中，开到太阳一点点地从云舒云展的天边跳出来，开过那正午树叶的缝隙中透出的太阳的斑影，开过蝉声嘹喉的下午，一直到那如火的晚霞笼罩了这个山中的世界，脚就那样轻轻地踩在油门上，任车子没有尽头地跑下去。那一刻，心里面竟然悄悄地希望，这一辈子，可以就这样潇潇洒洒地在这辆车子上，在这座美丽的山里，信马由缰地不停地开下去。

　　夜深了，我们终于开完了山路，来到一个叫做布恩(Boone)的小镇下榻。布恩大概是我见过的最小的城镇了吧，我们绕着城开了好几圈才找到一个加油站。城里除了几间炸鸡快餐店，就是汽车旅馆。我们好不容易找到一家二十四小时开放的食品店，进去问路，不大的店里面有两个职员，零零星星的五六个顾客，听见

有人问路，职员们竟然停下了手中的活计，顾客们也忘了自己正在买什么东西，都过来七嘴八舌地给我们各种各样的指示，你说东，他说西，浓浓的南部口音竟然让我们晕头转向，不知所云，正所谓过犹不及，让我们哭笑不得。美国南部人们的热情好客是出了名的，果然名不虚传。

　　终于找到了一家汽车旅馆，沉沉睡去，一觉睡到天亮。

横穿美国第二站：

阿拉巴马——马丁·路德·金的故事

马丁·路德·金的故事，我早就听过。他是美国二十世纪六十年代种族解放运动的领袖，他著名的演讲"我有一个梦"我中学的时候就可以逐字逐句地背出来。对当时的我来说，马丁·路德·金和其他的历史人物一样，是书上的一个名字，一段尘封的往事。遍览美国，黑人和白人已经处处平等，马丁·路德·金的故事，也就不再常被人们提起。

可是，到了阿拉巴马以后，历史，以她绝无仅有的巨大力量将我卷了进去。那种震撼，一直到离开阿拉巴马州很久很久，还让我记忆犹新。

1953年，马丁·路德·金成为了阿拉巴马州的一个教士，种族解放运动的烈火，也是在阿拉巴马州点燃，熊熊地烧遍了全美。在阿拉巴马州纪念马丁·路德·金的石碑和纪念馆随处可见，我去了伯明翰最著名、也是最大的马丁·路德·金博物馆。

博物馆的第一部分，好像一部时光机器，将我们带回了上世纪五十年代的美国，带回了当时的阿拉马州那个黑白分明的世界。学校、教堂、车站，甚至连街头的小小汤摊，也明明白白地摆上了是专门给白人还是"有色人种"服务的牌子。金碧辉煌的旅店，挂着大大的"白人请进"的牌子，摇摇欲坠的小棚子，也有一个小小的黑板写着"有色人种"。阿拉巴马的黑人人口超过百分之七十，于是一群群衣衫褴褛的黑人，眼巴巴地看着白人们来往穿梭，看着自己人轻则挨耳光，重则被拳

我的美利坚本科岁月

打脚踢。白人的戏班子，会招来白人演员，戴上黑人的面具，装出一副痴呆迟钝的样子，观众们无不哄堂大笑，为这些"黑人"的傻样拍手叫好。美国南部黑人的传统食物是炸鸡和西瓜，于是真人大小的海报上，是黑人妇女白痴的吃相和满手的鸡骨头、西瓜皮。黑人没有社会保障，于是在当时世界上社会保障制度最先进的国家，黑人的老人和抱着哭泣婴儿的妇女在街头瑟瑟发抖，眼神里满是在可悲的命运面前无能为力的绝望。黑白的照片一张张地在眼前流过，看到最后，两个黑人青年因为抗议白人对他们姐妹的调戏而出手打了一个白人，愤怒的白人们将他们团团围住，当众吊死在伯明翰小小的广场上。黑白相机的镜头上，围观的白人们脸上的神情淡漠，警察们围住了广场，黑洞洞的枪口瞄准的却是广场外的黑人人群，一个老年黑人妇女哭倒在地，大概是两个青年的母亲，看着自己儿子的尸体高高地吊在广场的上空。虽然隔了半个世纪，她的眼泪，她整个身体散发出来的悲痛，还是传到了我的心中，让我打了一个寒战。心中的怒火，压抑不住地喷了出来，竟然让我浑身禁不住地颤抖。

　　第二个展厅，是一个关于罗莎·派克的故事，很久很久以前在历史书上看过的故事我依然记忆犹新。1955年的十二月，黑人妇女罗莎在公共汽车拒绝为白人让座，被当地警察逮捕。可是以前觉得简单的一个行为，现在才悟出，在那个压抑的社会里，罗莎的行为，是多么的勇敢。美国全国近一亿的黑人，在社会的不公面前沉默，在白人屠杀他们的兄弟，烧毁他们家园的时候沉默，在自己种族三百年的屈辱前沉默，只有一个瘦小的、以洗衣为生的黑人妇女，决定不再沉默。当年的公共汽车被保留了下来，当时罗莎的座位上有个大大的标记。我凝视着这个木制的公车前部一个矮矮的、破破烂烂的座位，仿佛看见倔强的罗莎在这个座位愤怒地抗议，拒绝站起来，最后被粗暴的警察拖下车。她，最终没有站起来让这个座，可是千千万万的黑人，为了她站了起来。"星星之火，可以燎原"，黑人运动，就好像一阵暴风骤雨将美国袭了个措手不及。整整三百六十三天，全国黑人拒绝乘坐公共汽车，道路上，一群群的黑人倔强地以步代车。沉默已久的怒火一旦迸发，就一发不可收拾——群体抗议，烧毁汽车，流血冲突，层出不穷。黑人和白人在冲突中死亡的人数不断增加，政府严加镇压也不是，听之任之也不是，束手无策。仇恨的怒火下，人们丧失了倾听的能力。

最后一个展厅，入口的地方写着"马丁·路德·金的事迹"，走进去后发现偌大的展厅竟然空空如也。愕然之中，正面的墙上慢慢照亮，投影仪将整面墙变成了一个屏幕，1963年八月，种族运动的第八年，首都华盛顿人山人海，近百万的人们手拉着手，高举写着"自由"的标语，唱着歌，进行一次大规模示威，就是在这个集会上，马丁·路德·金发表了举世闻名的演说。他慷慨激昂的嗓音在空空的展厅里响起的时候，由于室内的特殊音响效果，竟让人觉得自己身在其中，正在广场上和百万群众一起，听着那掷地有声的演说。马丁·路德·金说，我们对自由的追求不能建立在愤怒上；

马丁·路德·金说，我们的斗争不能让我们失去人的尊严和慈悲；马丁·路德·金说，我们要坚决，却不要暴力。广场上的人们开始静静地哭泣，许许多多的黑人们，脸上的泪水已经决堤。我忽然明白了，他们不是为愤怒而哭，不是为悲伤而哭；他们哭，是因为他们最伟大的领袖正在求他们做一件最艰难的事，那就是原谅白人，原谅过去，不再用暴力去平衡历史，而是用仁慈去追求和平。对当时黑人们来说，赴汤蹈火不是难事，攻城略地也不是难事，可是，放下屠刀，忘记怒火，却是世界上最难的事情。时间一分一秒地过去，原本愤怒的群众眼中的火焰渐渐熄灭，取而代之的是坚忍和冷静。马丁·路德·金说：

"我有一个梦想，一个从一开始就深深铸进所有人的美国梦的梦想；

我有一个梦想，那就是有一天，佐治亚(美国历史上最大的奴隶产地之一)的山丘上，过去的奴隶的后代和过去的奴隶主的后代可以称兄道弟，举杯言欢；

我有一个梦想，那就是有一天，仇恨的干土化成自由的绿洲；

我有一个梦想，人们评价我四个幼小的孩子的时候，谈论的不是他们的肤色，而是他们人格的力量。"

泪水，终于从我的眼中流下来。

看着广场上的群众，千千万万的白人也坚决地站在了黑人当中。人头攒动的广场上，没有一丝的杂音。

他们，才是真正感动我的理由。

马丁·路德·金是一个英雄，可是没有孕育这个英雄的土地，再大的英雄也不会有用武之地。这块土地的黑人儿女们从暴力报复转型为和平示威，这块土地的白人儿女们决定站在他们的黑人兄弟的一边。正义不分肤色，和平不分种族，有这样的土地，这样的人们，注定了种族解放的成功，注定了今日强大的美国。

展厅里那个著名的演讲仍在一遍遍上演，巨大的黑白影片仿佛充满了整个屋子，将我卷进其中，一次又一次，好像汹涌的浪潮，强烈地冲击着我的心灵。

走在阿拉巴马的街头，当年腥风血雨的地方，早已一片宁静，阿拉巴马的亚洲人很少，在我走进一家小酒吧要了一杯啤酒的时候，还是引来了一阵注目，可是一道道目光里传来的都是友好和善良。看看周围，黑人白人同桌而坐，谈天说地。这个民族，早已经度过了那段狭隘的种族隔离的历史，以海纳百川的气度和胸怀，向世界展开双臂。就为了这个原因，我笑着对这一屋子的阿拉巴马人举举杯，把手中的啤酒一饮而尽，也算是我对马丁·路德·金，也是对阿拉巴马的一点敬意。

横穿美国第三站：沙漠生活

从小到大，最钟爱的一个作家莫过于三毛。真正的文学家们会对三毛不屑一顾，她的作品没有惊天地泣鬼神的风采，也没有千秋万代流传的价值。是的，三毛不是文学家。可是，这么多年来，我在她的作品中不能自拔，因为我在读的，不是文学作品，不是虚拟的

人物，而是一种真实的生活，一种美丽得让人感到伤痛的生活。对沙漠的向往，大概也是从三毛这里开始的吧。从前在南美洲也见到过沙漠，不过是那种渺无人烟的、平滑温顺地一直延绵到天边的沙漠。那种沙漠，是一种自然的美景。可是我真正想见的沙漠，是那种有人烟、有生机、有着自然与人之间荒凉又美丽地交融的沙漠。

这也就说明了为什么，在亚利桑那，当我看见自己梦中的沙漠的时候，不禁屏住了呼吸。在西部风沙滚滚的广阔沙漠里，我们一共生活了五天。从得克萨斯州与墨西哥的边境开始，一路经过亚里桑那的凤凰城，一直开进了赌城拉斯维加斯。沙漠与人，就这样多姿多彩地相处着，那种壮观而感人的美丽，让我铭记终身。

得克萨斯州的南部和墨西哥接壤。我们一大早从得克萨斯州北部一马平川的草原和牧场出发，因为知道那一天要开一千多公里的路，我和麦特没有歇气地开了一天。鲜有人烟的草原公路，两边的绿茵无边无际地蔓延开去，像一幅巨大的毛毯平平整整地覆盖着大地，毛毯的那一边，是万里无云的蓝天。天地之间，除了草绿色和天蓝色仿佛没有其他的颜色，可是那种美丽，竟然让我觉得，万紫千红的世界本来就是多余。那么简单的色彩，勾画出的却是我们见过最天姿绝色的世界。我跟麦特翻译"天苍苍，野茫茫，风吹草低见牛羊"，跟他讲惠特曼的《草叶集》，麦特对文学向来兴趣寡寡，竟也被我说得一愣一愣的，被这大好河山感动得热泪涟涟。

开出草原的时候，天色已经晚了，我们一鼓作气，开到了凌晨三点才意犹未尽找了个旅馆。

就这样，我们深夜时分悄无声息地走进了沙漠的怀抱，自己却还毫无知觉。

第二天早上醒来，我被眼前的景色惊得目瞪口呆。我的窗前，是一座如假包换的沙漠中的城市。四周的建筑风格完全是墨西哥的特色，矮矮的楼房、天主教堂的十字架随处可见，大大的广告牌上，写的竟然都是西班牙文。深色皮肤的墨西哥女生正在楼下向着我们甜甜地笑。我一把抓住麦特，大喊："这不是美国，一定是我们昨天不小心开过头开到了墨西哥！"我穿着睡衣紧张地跑下楼去拦住一个老头问，"请问这里是美国吗？"看着人家一脸惊诧的样子，又发神经一般用我蹩脚的西班牙语问了一遍，那个老头这才忍不住哈哈一声笑了出来，指了指门外的牌子，"九十五号公路，距离墨西哥边境十英里"。原来就是因为距离墨西哥这样近，这个美国边境小城的风格才会完全被墨西哥化，我松了一口气，放开了老头，跟在我后面的麦特一脸尴尬地将我拉回房间去，老头子还在后面笑，小子，你太太很可爱嘛。我偷偷在心里骂，南美洲人口无遮拦说话冒冒失失的，在秘鲁时我早就领教过，结果这个老头也沾惹了南美洲人的坏脾气。

从这个小城往亚利桑那州开，一路上完全就是一片沙漠，广阔而荒凉，没有美国其他地方那种工业化的繁忙，没有高楼林立的景象，平整的高速公路向前没有尽头地延伸着。窗外的风充满了沙漠的那种干燥和苍凉的味道，两边的黄沙并不是在风中卷起骇人的沙浪，而是被灰绿色的仙人掌和矮矮的灌木牢牢地抱着，不屈不挠

地，一直缠绵到天边。以前看的仙人掌，都是被老妈心血来潮弄来栽在花盘里昙花一现。每次在我家阳台看见仙人掌，总觉得有那么一点点说不上来的别扭，现在忽然明白，这种特殊的植物，只有在沙漠的背景中才不会别扭。盆中的仙人掌总有那么一种无精打采的干蔫，可这里，千千万万棵姿态各异的仙人掌，精神抖擞，在蓝得出奇的天幕下骄傲地展示着它们的顽强和巨大。

麦特把车停下，我们就在一棵硕大无朋的仙人掌的阴凉下顶着热浪抿着车上小冰箱里的柠檬汁。不时有车呼啸而过，要不是它们，我可能真的会忘记了人类的存在，沉浸在这个炎热而神奇的仙人掌世界里。一辆卡车在我们车旁停下，一家人蹦蹦跳跳地走了出来。父亲和母亲的样子都很是沉静温柔，和和气气地跟我们打过招呼，他们告诉我们，他们从来没有离开过美国东岸，从来不知道西岸是什么样子，却突然有这么一天，厌倦了东岸快节奏的生活，决定举家西迁，于是就租了一辆卡车，把他们所有的家当都装上车，拉着孩子，浩浩荡荡地开往加利福尼亚。三个孩子的表情兴奋而期待，对新的生活跃跃欲试。我和麦特大方地给了他们一些柠檬汁，而他们也慷慨地分给了我们一些女主人烤的曲奇饼。这幅情景，竟然跟《愤怒的葡萄》如出一辙。不甘现状的家庭，把他们小小的家和对未来的梦装进车里，一家人在一起，拉着手，向着更好的生活开去。这种不怕天高水远的近乎游牧性的精神，其实在很大程度上定义了美国人。

绿色的公路牌上写着：拉斯维加斯，六十公里。

普克的麦加 Bellagio，让我也来一试身手

横穿美国第四站：走进赌城

从前，有这么一个著名的故事：二十世纪五十年代，有个富有的人，从加利福尼亚的洛杉矶开车经过茫茫的沙漠，在一个小型的绿洲城市停了下来。他突然意识到，这个小镇尽管气候炎热，但人口稠密的洛杉矶近在咫尺，而从地理位置上这个在沙漠中几乎孤立的小镇属于内瓦达州，一个独一无二的坚持赌博合法化的州。这位老兄突然大彻大悟，单膝跪地感谢上帝赐给了人类这个完美的赌博城市。别人都说他疯了，可是他坚持己见，在这个小镇建起了第一个赌博旅店。

这个小镇的名字，叫做拉斯维加斯。Vegas 在西班牙语里的意思，是沙漠中的绿洲。半个世纪以来，这个名字跟纸醉金迷、黑帮暴力、大喜大悲始终都如此紧密地联系在一起。这是世界上最为戏剧化的一个城市，也是好莱坞电影最为青睐的城市。

大多数远道而来到拉斯维加斯的人，都是从它二十四小时灯火通明的机场上空第一次鸟瞰这个不夜城的万家灯火；而我们，却有幸开车进入赌城，真正体会到了这个沙漠中的城市海市蜃楼一般的神奇。

还记得那个雾茫茫的傍晚，我们在了无人烟的沙漠中整整开了一天的车。八个小时的马不停蹄，映入眼帘只有茫茫的黄沙和笔直的公路，连加油站都甚少遇见。我们能做的，仿佛只有每次经过一个弥足珍贵的休息站的时候，加满油，再装满冰水和食物，然后重新回到那笔直的公路，在滚滚沙尘中无边无际地开下去。有幸看到了那传说的大漠落日：沙漠上空的太阳，带着那么苍凉欲滴的深红渐渐向沙漠的深处沉下去，仿佛将世间所有的光芒和热量都一并携带远去，四周变成了沉寂得让人窒息的漆黑一片。CD 机播放的是我最喜欢的墨西哥乐队 Mana 的歌，高昂而苍凉的歌喉使我们都

Bellagio 前美轮美奂的喷水池

懒于对话，分别沉浸在自己的沉思中。

就在那个时候，在墨一般漆黑的前方，突然出现了无数的灯火，照亮了远处的苍穹。无穷无尽的色彩，亮如白昼，却又无时无刻不在闪烁变幻，刺痛了我习惯了黑暗的双眼。拉斯维加斯，世界上最声名赫赫的赌城，就这样富有戏剧色彩地闪亮登场，果然不同凡响。

汽车徐徐地开进拉斯维加斯，街上竟然是人山人海，男女老少盛装而出，街边每个餐厅都传出震耳欲聋的摇滚音乐和浓烈的酒精的味道。来到城市最新的中心，俗称"Strip Mall"，世界上最鼎鼎大名的几大赌场——Bellagio，Wynn，MGM Grand，就在此骄傲地展示着它们的美丽与宏大。Bellagio 前那美轮美奂的水池每隔几分钟便喷出冲天水柱，蓝色的水珠天女散花一般从天空中洒下，被五彩的灯光照得珠光宝色，仿佛无数的钻石，带着那举世无双的光芒从天空徐徐落下。每个赌场前无一不停满了法拉利和保时捷，绝色的金发女子不时裙裾飘飘地从红地毯边傲然走过，走向那充满了诱惑的赌场大厅。

横穿美国第五站：巧遇赌王

说起拉斯维加斯的赌场，首当推 Bellagio。纯白色的环形大楼灯火通明，从规模和设施上说都是世界上数一数二的赌场。而对我这个普克迷来说，这个赌场最大的吸引力莫过于其世界闻名的普克场了。

普克，俗称 Texas Holdem，是美国最受欢迎的一种纸牌赌注游戏。我在大三和大四的时候接触到这种游戏，发现这个规则简单的游戏真的趣味无穷。有一句谚语说你可以用几分钟时间学会 Texas Holdem，但要用一生的时间来真正掌握它。普克不光是所有大赌场的重头戏，而且已经成为了一种国际承认的赛事。每年举办的国际普克赛，World's Series of Poker（WSOP），都有成千上万的人报名。每个人都要花钱买入，赢家通吃，最后的大赛赢家们的收益可高达几十亿美金，真是令人瞠目结舌。

我自从学会了玩普克，便经常与朋友们兴致勃勃地牛刀小试，这次来到普克的麦加圣地，自然不肯放过如此大好机会，拉着麦特进入了 Bellagio 的普克场。与外面嘈杂的老虎机场截然相反，普克场竟然是肃然无声，打着黑色领结的庄家优雅修长的手指在一幅幅印着 Bellagio 徽记的牌间飞舞，牌桌前穿着不凡的男男女女神色凝重，如临大敌。买入的最低限额是四十美金，我放下了两百美金，心里暗暗祈祷，只求这些武林高手们可以让小女子勉强维持一两个小时，别输得太难看就好。我在一个已有三个人的桌子前坐下，桌子围坐着一个络腮胡子，一个金发美女，还有一个亚洲老头，我们目光接触，脸上都没有一点表情。

庄家开始发牌。我第一次的暗牌只拿了一对四，第一轮便弃牌了了。一轮下来，络腮胡子小胜。第二轮和第三轮，我都没有拿到好的暗牌，于是叉手旁观，无输无赢。

我平时玩普克，有一个原则，那就是不赌则已，赌则全力以赴。赌场中，身材娇小的亚洲女生凤毛麟角。人们普遍认为亚洲女生保守含蓄，这种世俗偏见是我最有力的武器。如果我一连几轮都袖手旁观，突然开始加注，并且一赌到底，不管对方如何跟注加赌决不手软，牌桌上的人都会暗想这个女生手里一定拿着出现几率为 65 万比 1 的皇家同花顺，这种神话般的皇家同花顺出现的几率比哈姆雷特彗星出现的几率低多了，此时不弃牌而逃更待何时。这种逻辑让我经常唱空城计，即使手上拿的是特别烂的暗牌仍突然加注，竟然屡试不爽。

输了钱还强颜欢笑

　　第四轮，我拿到的暗牌是一个 Q 和 K。开头不错，我决定买入。前两张明牌出来了，竟然又是一个 Q 和 K，我不动声色，络腮胡子突然开始加注，我跟牌，美女和老头也跟牌了。最后一张明牌出来了，是个 A，络腮胡子突然将注加到 200 美元，如果我跟的话那就意味着全盘托入，孤注一掷。我咬咬牙，将面前所有的筹码都推到了桌子的中央。庄家吩咐："亮牌"。我翻出牌，两对 Q 和 K 整整齐齐；对手亮牌了，我的头嗡的一声：同花顺。

络腮胡子脸上的表情还是那么波澜不惊，我也故作平静地看着庄家将我的宝贝筹码拢到他可恶的大胡子下面去，我礼貌地站起来说一声："先生女士们，失陪了。"

扑克厅外面是一个带有小型喷水池的美丽圆形阳台。我和麦特走到水池边，我不禁大放悲声，絮絮叨叨地说那个络腮胡子毫无绅士风度啦，老谋深算啦，欺负弱小女子啦，麦特早习惯我的自言自语喋喋不休，微微地笑着给我一个安慰性的拥抱。我坐在水池边，没有风度地踢掉令双脚痛苦不已的高跟鞋，心里还为那十分钟以内白白丢掉的两百美金愤愤不平。水池边的两个正在抽烟的男子闻声转过身来，我和麦特一下子都呆住了，天啊，那是 Johnny Chan！

看着那张在电视和新闻上瞻仰过无数次的胖胖的脸，我的脑海中如计算机一样闪过他的材料：Johnny Chan，中文名字是陈强尼，一个生于广东的华人，上个世纪六十年代末赴美，二十一岁辍学去拉斯维加斯。他迅速升为美国扑克界的北斗泰山，世界扑克系列赛 WSOP 1978~1988 前无古人的蝉联冠军。他在扑克桌子上赢的钱，总和超过 30 亿美金。

看着我们目瞪口呆的样子，他和气地笑了笑："刚才输了吧？"接着自言自语地说："我年轻的时候，也经常输。年轻人，别放在心上，娱乐而已。"他掏出一盒烟，递了一支给麦特："一起抽一支？"麦特嫉烟如仇，

麦特和赌王 Johnny Chan 的合影（我的那张找不到了，终身遗憾啊）

正要推却，我掐了他一把轻轻地说："您老人家就勉强抽一支也不会少块肉，说不定他会给我们传授些秘诀。"麦特一脸悲壮地接过烟，勉勉强强地抽起来。

赌王的话倒是不少，知道我也是广东人便感慨万千地说起自己那个从餐馆到赌场曲折跌宕的美国梦。于是，我们就在拉斯维加斯，Bellagio 的阳台上，跟世界第一号普克手聊起了家常。秘诀没取着，那个夜晚剩下的光阴，我们就这样跟 Johnny Chan 坐在露天的阳台上啜着威士忌，麦特舍命陪君子陪着他慢慢地吐着烟圈。

专业普克手，大概是我永远不会考虑的职业吧。可是这趟神奇的旅行，把我们带到了这个极致疯狂的城市，于是就有这么一个夜晚，我们和这个城市里最大的赢家之一的生命短暂交会，我们竟坐在一起，在皎洁的月色下聊人生，聊普克，这也算是拉斯维加斯送给我的特别礼物吧。

我见过的最美丽的湖，印第安人千年的梦，就这么安安静静地沐浴在阳光下

横穿美国第六站：太浩湖

加利福尼亚州北部的太浩湖（Lake Tahoe），在美国是真正的远近闻名。位于海拔两千两百米的山上，这个被雪山包围的高山湖，被称为是印第安人的蓝色的梦。我们在加利福尼亚的最后一站，就是太浩湖。

旧金山的巨人队棒球赛是真正的万人空巷，我们在棒球赛把嗓子都喊哑了才出来，已是晚上的九点多了，看看表，我们离今天晚上的目的地太浩湖还有整整五个小时的车程。

麦特神通广大，托人买来的一等票令我整整两个小时精神高度兴奋，喊完了还意犹未尽地大嚼了三个汉堡包，一鼓作气地要开去太浩湖。

三个小时之后，疲惫还是一点点地爬进了小小的车厢，麦特均匀的鼾声已经在车厢响起，我灌下一大口咖啡，抖擞精神，双手把住方向盘。汽车无声无息地沿着加州笔直的公路向北延伸开去。渐渐地，宽阔的高速公路变成了平坦的普通公路，接着变成了弯弯曲曲的山路。四周是伸手不见五指的漆黑，车子只能靠着自身的车头灯在灌木丛中窄窄的小路上一圈又一圈地绕着开。

开着开着，我眼睛的余光发现了左边的树丛里点点的亮光，根据树丛的稠密程度大小不等地闪烁着，车子开过一处开阔的矮林丛的时候，我一下子屏住了呼吸。这一定是一个仙境，一个从无人烟的圣地，雾茫茫的月光下，是一个静谧得让人窒息的湖，微微地闪着粼粼的光芒。月色下，可以隐隐约约地看见皑皑的雪峰高大的影子，好像温柔的情人环绕着这个与世无争、天姿绝色的湖。山风摇曳着青松，沙沙的声音仿佛羽毛一样轻轻地拂动着湖的表面，水波荡漾中，仿佛在诉说一个

千年的童话，万年的梦。

我看看身边麦特熟睡的样子，不想吵醒他，就让我自私地再独自品味这三十秒的震撼吧，因为我知道这三十秒的魔力，将延续至我余生的所有岁月。

一个晚上，就这么在对太浩湖的惊艳中悄悄地度过了，一夜无语。

白天醒来，第一件事就是拉开落地窗的窗帘。当耀眼的阳光射进屋里，眼前是一个我见过的最蔚蓝的湖，浩瀚无边的水波颤颤地将这片蔚蓝向远处慢慢地延伸开去，湖的尽头，是突兀而起的庞大雪山。雪的洁白和水的蔚蓝，勾画出了干干净净的一个世界，世界里只有最纯洁的颜色，最简单的线条，但却是世间少有的绝色无双。

开车出去兜兜转转，发现眼里看到的每一处景色，都可以被装进镜框里直接成为一幅画，走过看过世界那么多的名胜古迹、风景胜地的我，就这么心甘情愿地

拜倒在太浩湖的脚下。躺在湖边的小沙滩上，看着细细软软的沙子闪着温暖的白色光泽，那种怦然心动让我不禁想如果一生能在这个湖上泛舟划艇、滑浪潜水，我大概会停住那车轮一般不断向前滚动的脚步，在这里逍遥此生吧。

尾记

开车横穿美国，是我一个魂牵梦萦了好久的梦想，这个梦想终于实现的时候，它的美丽超出了我所有的想象。二十八天，我和麦特开了近一万七千英里（两万七千公里）。我们从东海岸的弗吉尼亚一口气开到美国的西海岸圣迭哥，从南到北地横穿了加利福尼亚州，接着开上西北岸的西雅图、蒙大拿，顺便瞻仰了大冰川和黄石公园。往南开去了卡洛拉杜，拜访了盐湖城，接着马不停蹄地开回了弗吉尼亚。这一路上为了沙漠的日出日落而着迷，为地球最大的伤疤之一美国大峡谷而震惊，幸会了濒临灭绝的北美牦牛，邂逅了雪山上的岩石羚羊，也曾在得克萨斯州鹦鹉学舌地放牛开拖拉机，在黄石公园跟着人家欧洲登山队疾步如飞……横穿美国的故事太多太长，在这里不能一一记下，只能挑最钟爱的那几个画面，以飨读者。